CLAUDIA VELASCO

Ojos verdes

Editado por Harlequin Ibérica.
Una división de HarperCollins Ibérica, S.A.
Núñez de Balboa, 56
28001 Madrid

© 2015 Claudia Velasco
© 2016 Harlequin Ibérica, una división de HarperCollins Ibérica, S.A.
Ojos verdes, n.º 204 - 1.2.16

Todos los derechos están reservados incluidos los de reproducción, total o parcial. Esta edición ha sido publicada con autorización de Harlequin Books S.A.
Esta es una obra de ficción. Nombres, caracteres, lugares, y situaciones son producto de la imaginación del autor o son utilizados ficticiamente, y cualquier parecido con personas, vivas o muertas, establecimientos de negocios (comerciales), hechos o situaciones son pura coincidencia.
® Harlequin, TOP NOVEL y logotipo Harlequin son marcas registradas por Harlequin Enterprises Limited.
® y ™ son marcas registradas por Harlequin Enterprises Limited y sus filiales, utilizadas con licencia. Las marcas que lleven ® están registradas en la Oficina Española de Patentes y Marcas y en otros países.
Imagen de cubierta utilizada con permiso de Dreamstime.com.

I.S.B.N.: 978-84-687-7800-6

Prólogo

—¿Sabes dónde está el éxito de un negocio?
—¿En la inversión? ¿En una buena gestión? —respondió, sin levantar los ojos del portátil.
—Nah, *Spanish Lady*. El secreto de un negocio está en el instinto y de eso a mí me sobra.
—Patrick… —Levantó los ojos y suspiró. Él se giró hacia la cama sacándose la camiseta y le sonrió.
—Así que no necesitas ir a Australia para ver de cerca aquello, te digo que funciona bien. Confía en mí.
—Y confío en ti, pero La Marquise Sídney también es nuestra responsabilidad y debería… Oh, Señor, ¿quién llama a estas horas? —Agarró el móvil y parpadeó, sorprendida.
—¿Qué? ¿Quién es?
—Es Diego, mi primo Diego. Qué raro. Hola…
—Primita, ¡¿qué tal, tía?!
—¿Diego Vergara en persona? No me lo puedo creer. ¿Qué tal te va?
—No tan bien como a ti, por lo que sé.
—Ya, ya… dame un segundo. —Prestó atención al intercomunicador de Michael y un ruidito les indicó que estaba a punto de echarse a llorar. Miró a Patrick y él salió de dos zancadas hacia el dormitorio del niño—. Perdona, es el pequeñajo. ¿Cómo estás? Qué alegría saber de ti.

—¿Qué edad tiene?

—¿Michael? Quince meses.

—Joder, Manuela, quince meses. ¿Hace cuánto que no hablábamos?

—Desde la boda de María, tres meses por lo menos.

—Es cierto. Pues ahora necesito hablar contigo.

—Claro, dime, ¿qué pasa?

—No, mejor en persona. Estoy en Londres.

—¿Estás aquí? ¿En serio? ¿Cómo no me habías dicho nada...?

—Un impulso, Manu, ya te contaré.

—¿Y cuándo has llegado?

—Esta mañana, y he estado todo el puñetero día durmiendo. Agotado de la despedida en Madrid. Llevaba unas treinta horas de juerga y lo pasé fatal en el avión.

—¿O sea, que vienes a quedarte? ¿Dónde estás alojado?

—Estoy en casa de Pepe Alonso, no creo que lo conozcas, un poco lejos del centro y sí, vengo a probar suerte. Me quedé sin trabajo en mayo y llevo cuatro meses puliéndome el finiquito.

—Lo siento, Diego. Pues hablamos mañana si quieres. Yo trabajo hasta la cinco, ¿puedes pasarte por nuestro local y así charlamos tranquilamente? Te invito a comer, a María le encantará verte.

—De puta madre, primita.

—Genial, toma nota de las señas.

—Sé dónde está La Marquise, Manuela. Menudo local tenéis.

—No es para tanto... —Subió los ojos y vio aparecer a Paddy con el niño en brazos. Despierto y sonrosado, con el chupete en la boca, sin ninguna intención de volver a su cama—. Vale, pues nos vemos mañana, yo llego sobre las nueve y media.

—Vale, genial. *See you tomorrow*, prima.

—Adiós. ¿Y vosotros dos qué pretendéis? —Los observó seria y su hijo le sonrió sin soltar el chupete.

—Viene a dormir un rato con papá.

—Paddy, por favor… —Dejó el ordenador en la mesilla e hizo amago de levantarse, pero ya estaban los dos metiéndose a la cama—. No puede ser, te lo digo en serio. No puede dormir todas las noches con nosotros.

—No lo he visto en todo el día, ¿verdad, cachorrito? Nos echamos de menos. —Lo abrazó para comérselo a besos mientras el niño gritaba de felicidad—. Le encanta, solo será un rato.

—Acabas de espabilarlo, ahora se quedará despierto hasta las tantas.

—Y da igual. Vamos, *Spanish Lady*, no seas gruñona. Luego te mimaré a ti y verás qué bien.

—Madre mía… —Apagó la luz y se recostó sobre la almohada pensando en su primo Diego, el único primo que siempre le había caído fenomenal y al que solo podía definir con tres palabras: guapo, golfo y adorable.

—¿Qué quería tu primo…?

—Diego, se llama Diego Vergara. Está en Londres, viene a buscar trabajo, me imagino que querrá que le echemos un cable.

—¿Diego Vergara? —Pronunció con un acento horrible. Ella lo miró y sonrió, estirando la mano para acariciar el pelo de Michael—. ¿Ese tío moreno y guapete que quería poner un bar en Ibiza?

—Ese mismo.

—Muy simpático.

—Demasiado simpático es Diego, todo un personaje. En fin, mañana hablaré con él. ¿Nos dormimos? ¿Cerramos los ojitos, mi amor? —Se inclinó para besar a su bebé y de paso besó a su marido en los labios—. Sois unos indisciplinados, los dos, no hago carrera de vosotros.

Capítulo 1

Dejar Madrid y los amigos, la familia, las tapas del domingo en La Latina, las noches en Huertas y al Real Madrid era demasiado duro, pero le apetecía cambiar de aires. Licenciado en ADE (Administración de Empresas) por una buena universidad, como muchísimos conocidos de su generación, Diego Vergara estaba listo para salir de España y comerse el mundo. Ya había estado de Erasmus un curso en Italia y pasado dos veranos en Inglaterra aprendiendo inglés, en una academia llena de hispanohablantes y relacionándose solo con españoles, pero ambas experiencias le hacían suponer que un salto a Londres, a los veintinueve años, y después de encadenar varios trabajos de relativa importancia en su país, era lo que tocaba. Más aún, cuando se enteró de que su prima pequeña, Manuela, era dueña de un espectacular restaurante de moda en Mayfair, el barrio más caro de la ciudad (tal vez de toda Inglaterra) tan solo seis años después de emigrar a la capital del Támesis.

Por lo tanto se tiraba a la piscina con paracaídas, pero sin querer incordiar demasiado a Manuela, que era una chica muy seria y responsable, ahora esposa y madre de un niño. Un dechado de virtudes que siempre había ido a su aire, volando lejos de su familia, independiente y trabajadora. Brillante, decía todo el mundo, aunque para él seguía siendo solo Manu, su guapa primita pequeña. Una tía buena a la que todos sus amigos le habían tirado los tejos, en algún momento, y sin ningún éxito.

Ahora Manu dirigía un negocio propio, se había casado con un tío forrado y vivía en Gran Bretaña a todo tren, o eso creían los Vergara, que especulaban muchísimo sobre Patrick, el marido irlandés que se había agenciado. Un tío separado y al que rodeaba un halo de misterio que tenía fascinado al personal. Una historia de amor de la que nadie sabía nada en España, porque ella era muy discreta, pero de la que se hablaba siempre que se reunía la familia, dando opiniones varias sobre Paddy, que había estado un par de veces en Madrid con Manuela, pero con el que apenas se habían relacionado.

El irlandés era un tiarrón con pinta de actor de cine y mucho carisma. Locas las tenía a todas en la boda de María Pérez del Amo, la mejor amiga de Manuela, cuando lo había visto por segunda y última vez. Un guiri muy divertido que aguantaba bien el alcohol, con el que había estado charlando un poco sobre negocios e inversiones y que no sería un escollo a la hora de pedirles ayuda, estaba seguro, porque parecía un buen tío, o al menos uno que haría cualquier cosa por su mujer.

Se bajó en el Metro de Green Park, cruzó Piccadilly Street y se adentró en Mayfair un poco perdido, buscando la famosa Marquise, que era el local de Manuela. Cuando al fin encontró el Hotel Claridge, su referencia más cercana al restaurante, callejeó un poquito más hasta dar con una preciosa casa victoriana, con parking de entrada, reformada primorosamente para albergar el restaurante y el club La Marquise, del que todo el mundo hablaba, pero al que muy pocos de sus conocidos en Londres podía acceder porque decían que era carísimo. Y no le extrañó, viendo lo que tenía delante.

—Hola, busco a Manuela, Manuela Vergara —preguntó en la entrada a la maître, una chica rubia de punta en blanco que llevaba una tablet en la mano.

—¿Cómo dice?

—Perdona mi inglés, yo…
—No importa. ¿Tiene reserva?
—No, no, busco a Manuela, Manuela Vergara.
—¿La señora O'Keefe?
—Supongo, claro, yo…
—¡Diego! ¡Diego Vergara! La madre que te parió —oyó a su espalda, y acto seguido tenía a María saltando a su cuello para abrazarlo—. Dieguito, ¿qué coño haces aquí?
—María Pérez del Amo, ¿qué tal, reina mora?
—No tan bien como tú. —María coqueteó muy a su pesar y luego miró a la maître con gesto tranquilizador—. No te preocupes, Heather, es Diego, un primo de Manuela, yo me ocupo.
—Claro, yo preguntando por Manuela Vergara y ahora se apellida Dios sabe cómo.
—O'Keefe, ¿no lo sabes? Menuda familia sois vosotros. ¿Cuándo has llegado?
—Ayer. Anoche llamé a mi prima y quedé en venir pronto, pero me dormí y mira las horas. ¿Está o ya se ha ido? ¿Cómo está Borja?
—Borja, bien, trabajando como un burro, pero contento. Ven, Manuela no se ha ido, no se va hasta las cinco. ¿Te quedas a comer?
—Sí, si me invitáis.
—Eso está hecho. —Le guiñó un ojo y lo llevó primero a una oficina con dos escritorios y una sala de espera y luego hacia una puerta enorme que daba a un despacho privado. Llamó con dos golpecitos y entró tirando de su mano—. Manu, mira a quién me he encontrado en la puerta.
—¡Diego! —Manuela se apartó de su escritorio y se puso de pie para abrazarlo. Él dio un paso atrás y silbó admirando lo guapa que estaba con una falda negra, estrecha, y una blusa blanca muy sencilla, pero que le sentaba a las mil maravillas—. ¿Has llegado bien? ¿Cómo has venido, en Metro?
—Joder, qué guapa, primita.
—Sí, ya, muchas gracias. Siéntate.

—En serio, joder con la Manolita —bromeó, guiñando un ojo a María, que lo observaba como siempre, con la boca abierta—, y sí, vine en Metro. Siento el retraso, pero me dormí.

—Y cuéntanos, ¿qué planes tienes en Londres?

—Yo... pues buscarme la vida. —Barrió con los ojos oscuros el escritorio de caoba y vio un par de marcos que se inclinó para coger y ver de cerca—. ¿Este es Michael? Cómo crece, en tu boda apenas andaba, ¿no, María?

—Bueno, estaba empezando a andar de la manita, ahora ya no hay quien lo pare —contestó ella, muy orgullosa de su ahijado—. Es un torbellino.

—¿Y tu marido, Manu?

—Bien, todo bien. Muy liados, como siempre, pero bien. ¿Y tus padres? ¿Javier y Marta?

—Bien, mis padres estupendamente. Javier pensando en casarse, sigue en Hong Kong ¿sabes? Y Marta acabando la carrera para posteriormente pasar a engrosar la lista del paro.

—Joder, es que la cosa está fatal.

—Vi a tus padres y hermanos antes de venir, te mandan saludos.

—Gracias, pero cuenta, ¿cómo es que te has decidido por Londres? ¿Vienes con trabajo o...?

—No, vengo a la aventura y me quedan trescientos euros en el banco. ¿Cuánto es eso en libras esterlinas?

—Unas doscientas cincuenta, con algo de suerte —respondió María, hipnotizada con esos ojazos oscuros y esa sonrisa de la que siempre había estado prendada. Carraspeó y miró a Manuela de reojo—. ¿Y dónde te alojas?

—En casa de un amigo y sus cuatro compañeros de piso. Todos curritos madrileños que no ganan ni para calefacción. Me han dejado el sofá medio descuartizado del salón y está a tomar por saco, cerca del aeropuerto... Solo en venir aquí ya me he gastado una pasta.

—Puedes quedarte en mi casa unos días, si quieres —ofreció Manuela mientras oía vibrar el móvil—. Lamentablemente no puedo darte alojamiento permanente porque el hijo mayor de Patrick viene a Londres de vez en cuando y…

—No, déjate de gilipolleces, se viene con nosotros a Russell Square, tengo una habitación disponible. Diego, ¿por qué no me avisaste de que venías?

—Es que no quería molestar, en serio, yo… Puedo quedarme con Manuela unos días, hasta que encuentre algo y…

—¿Estás loco? ¿Sabes cuánto cuesta un piso cerca del centro? ¿Y que sea decente? Ni hablar, tú te vienes con nosotros a casa y, cuando tengas curro, me ayudas con el alquiler. Estábamos pensando en alquilar la habitación libre y qué mejor que un conocido, ¿no, Manuela?

—Claro —respondió ella, imaginándose la cara de Borja cuando descubriera que su mujer quería meter en casa a su amor imposible del instituto—. Habladlo con Borja y tomad una decisión. De momento, te puedes quedar en casa…

—No, de eso nada. ¿Me dejas el coche de Paddy? Podemos ir después de comer a buscar sus cosas y esta noche ya duerme en una cama decente.

—¿Y no vas a llamar a tu marido? —preguntó Diego sin poder creerse la suerte que estaba teniendo—. Igual no le apetece tener compañía en plena luna de miel.

—Ja ja, qué gracioso. —María se puso de pie—. Después de doce años de noviazgo, lo nuestro poco tiene de luna de miel.

—Por Dios, María… —Manuela movió la cabeza y sonrió a su primo, que siempre se había dejado organizar la vida por las solícitas mujeres de su entorno—. ¿Estás de acuerdo? ¿No tienes otros planes, novia o…?

—No, si por mí, encantado, imagínate. Gracias, María, eres un ángel.

—Vale, vuelvo al trabajo y comemos en media hora, ¿de acuerdo? Pediré que nos pongan una mesa en el club.

—Muy bien, gracias… —Manuela esperó a que su amiga se fuera y volvió a clavar los ojos en Diego, que sonreía de oreja a oreja—. Es como una madre.

—Sí, siempre lo ha sido. —Suspiró—. Ya veo que las cosas te van de maravilla.

—Estamos en la lucha. Llevamos poco más de un año frente al negocio y es una carrera de fondo, ya sabes.

—Ya, pero es la bomba, menudo local, Manu. —Se puso de pie para mirar por la ventana la terraza trasera—. Menuda inversión. Va a ser verdad y tu marido es una especie de magnate.

—De magnate nada, es un empresario muy arriesgado que lleva más de veinte años matándose a trabajar.

—Pues tu hermano Luis dice que es multimillonario... —Vio como movía la cabeza sonriendo y se metió las manos en los bolsillos—. ¿Qué?

—Que me extraña que Luis se atreva a decir nada al respecto si jamás ha cruzado una frase con Paddy y a mí jamás me ha preguntado cómo me va la vida o a qué nos dedicamos.

—Familia...

—Sí, nuestra familia... Pero mejor cambiemos de tema antes de que empiece a cabrearme. Al grano, ¿en qué te puedo ayudar?

—Trabajo.

—¿Qué experiencia en hostelería tienes? —Abrió el ordenador y Diego se sentó otra vez frente a ella—. Puedo buscarte algo para empezar enseguida, siempre buscamos apoyo y...

—¿En hostelería? Nada. Soy licenciado en Administración de Empresas, seguro que puedo ayudarte un poco.

—Tengo el departamento de administración cubierto, Diego, pensaba en otra cosa.

—Pues yo pensaba en poder ayudarte en un negocio tan grande, creo que tenéis más cosas en Irlanda, ¿no?

—Patrick y su familia tienen negocios en Irlanda, sí. ¿Quieres mudarte a Dublín o a Derry? Yo allí no tengo mucha mano, pero podría intentarlo...

—¿Para la gerencia?

—¿La gerencia? Diego... yo...

—Ya sé que es como querer llegar y besar el santo, pero tengo experiencia, llevo seis años trabajando en puestos intermedios de dirección, ¿Cuánta experiencia tenías tú cuando te hiciste cargo de este negocio?

—Un año como camarera, luego otro como jefa de camareros y dos de directora adjunta. Además de la coordinación de varios de los negocios de los antiguos dueños. Conocía La Marquise como la palma de mi mano cuando decidimos quedarnos con el traspaso, pero, en todo caso, no voy a contarte mi vida. Puedo buscarte algo en el comedor, las cocinas y dentro de unas semanas en el club. ¿Qué tal el inglés?

—Soy licenciado universitario. —Se apoyó en el respaldo de la butaca un poco contrariado. No esperaba una entrevista de trabajo por parte de su prima y la miró con los ojos muy abiertos.

—Como el noventa y nueve por ciento de los empleados de comedor que tenemos. De hecho, la mayoría trabaja aquí para aprender el negocio o para pagarse estudios de postgrado, como lo hicimos María y yo al principio. ¿Te parece muy duro?

—No tengo experiencia.

—Si quieres probar, te enseñaremos.

—Podría considerarlo como algo pasajero, un paso para…

—Claro. Las condiciones son buenas y te ayudará a empezar en Londres, y créeme, esto sí que es llegar y besar el santo. Con tanta inmigración de españoles en Inglaterra la cosa está cada día más complicada…

—¡*Spanish Lady!* —La voz grave de Patrick los sobresaltó y ella lo miró a tiempo de verlo entrar con las gafas de sol puestas, arrancándose la corbata de un tirón—. Te he estado llamando, ¿no oyes el teléfono?

—Estaba reunida con mi primo Diego.

—Ah, hola, ¿qué tal Diego? —Se acercó y le dio un abrazo, luego miró a su mujer y se inclinó para besarla en los labios—. ¿Todo bien?

—Sí, ¿qué tal en el banco?

—Perfectamente, luego te cuento, no hay de qué preocuparse. ¿Qué tal todo por España, Diego?

—Fatal, por eso he venido.

—Empezará a colaborar con nosotros.

—Ok, estupendo, ¿nos vamos a comer? Me muero de hambre y quiero ir temprano a recoger al cachorrito.

—No sé para qué pagáis guardería si pasa menos tiempo allí que ningún otro niño. —María entró por su espalda y sonrió a Diego con los ojos brillantes—. Tengo todo listo para comer arriba, ¿vamos?

—¿Y hay para mí? —preguntó Patrick observando como Manuela se ponía una chaqueta.

—Claro, tú eres el jefe, Paddy.

—Pues si eres el jefe tal vez puedas convencer a tu mujer de que me busque un trabajo en administración —se aventuró a comentar mientras salían al pasillo. Patrick O'Keefe se detuvo y lo miró a los ojos.

—¿Cómo dices?

—No quiero ser pesado, pero tal vez pueda ayudar en administración.

—Tal vez deberías empezar por mejorar ese inglés, porque no te entiendo ni papa.

—¿En serio? —preguntó un poco ofendido—. ¿Tan malo es mi inglés?

—Pésimo —respondió María cogiéndolo por el brazo—, pero mejorará, ya verás. Hasta Borja ya habla como la reina de Inglaterra. Paciencia, nosotros te ayudaremos.

Capítulo 2

—*Spanish Lady*... Manuela.
—¡Qué! Lo siento, no te he oído entrar. ¿Qué tal, mi amor? —Lo miró de reojo y le sonrió—. ¿Has podido con todo?
—Sí, ¿qué haces? —Observó su aspecto inmejorable ahí, de pie junto al mostrador de administración, de negro, con pantalones de vestir y una camisa de corte varonil muy sexy, con un cinturón enorme alrededor de su estrecha cintura. El pelo oscuro y ondulado suelto sobre los hombros. Se acercó y le acarició el trasero besándole la cabeza—. Hola, *Spanish Lady*, ¿qué es eso?
—¿Eso? —Miró el vaso de café que le habían mandado del bar y movió la cabeza sin dejar de prestar atención al ordenador—. Un invento de los chicos. Pruébalo si quieres, está muy bueno.
—¿En serio? —Se inclinó, buscó su boca y le dio un casto beso entornando los ojos—. Está bien.
—¿Ah, sí? —Sonrió de oreja a oreja viendo como se acercaba otra vez para besarla un poco más seriamente, lamiéndole los labios hasta que le plantó un beso largo que ella devolvió sujetándolo por el cuello.
—Es cierto, está muy bueno. Sabe deliciosamente.
—Tú sí que sabes bien, lo mejor del mundo. —Le besó la mejilla, el cuello y lo abrazó con mucha fuerza—. Te quiero.

—Sí, pero no me haces ni puñetero caso.
—Estoy con este trabajo para la escuela, pero ya he acabado, lo mando por email y nos vamos, ¿quieres?
—Vale. ¿Qué tal tu primo?
—Agotado en su primer día, hecho polvo. Creo que ha subido a descansar un poco antes de irse a casa.
—Tal vez no pueda con este trajín.
—Sí que puede, es cuestión de acostumbrarse. Es duro, pero se adaptará.
—Pero es familia —se apartó y se apoyó en un escritorio sin dejar de observar como ella acababa con el ordenador—, a lo mejor en la oficina…
—Es familia y por esa razón le he dado el turno de comidas y no el de cenas, donde sí se curra de verdad. —Mandó el email, apagó el portátil y le clavó los ojos negros—. ¿Qué tal con la gente de Manchester?
—Creo que cerraremos el trato, me gustan esos hoteles. Son perfectos. Sean se los ha llevado a tomar una copa.
—Genial, ¿no vas con ellos?
—¿Y tú?
—No, hoy quisiera cocinar tranquilamente y…
—Vale, es igual, a mí tampoco me apetece salir. Recogemos a Michael y derechitos a casa.
—Primero un paso rápido por el súper, ¿vale? Quiero hacer pasta rellena… —Entró al despacho y salió con el bolso y una chaqueta, apagando las luces de la oficina—. En Tesco hay una pasta estupenda.
—Ok, pero espera un momento. —La sujetó por las caderas y la acercó para mirarla a los ojos—. Me ha llamado mi hermana Erin, necesita que le hagamos un favor.
—¿De qué se trata?
—De Grace. Ha roto con su prometido, ha mandado los preparativos de la boda y todo ese lío al carajo y quiere salir de Dublín.
—¿Y quiere venir a Londres?

—Eso dice. Es una chica estupenda, seguro que nos puede echar un cable con el cachorrito. Serán un par de semanas como mucho.

—Por supuesto, cariño, dile que venga cuando quiera.

—¿No te importa?

—Claro que no, me encanta Grace y, si Paddy Jr. viene a Londres, seguro que no le importará compartir su cuarto con ella.

—Ok, pero habla tú con Erin, dice que en casa mandan las mujeres... —agarró el teléfono móvil al tiempo que veía aparecer por el pasillo a Diego Vergara con cara de agotamiento— y yo le dejé claro que la mía manda dentro y fuera de casa, así que...

—Muy gracioso. Hola, Dieguito.

—Hola, prima. Paddy, ¿qué tal, tío?

—Bien, toma *Spanish Lady*. —Le pasó el teléfono y ella saludó a su cuñada.

—Hola, Erin.

—Hola, Manuela ¿Cómo estás? ¿Mi pequeñajo?

—Todos bien, gracias. Tu hermano ya me ha contado lo de Grace, lo siento. ¿Está bien?

—Está estupendamente, lo mejor que ha podido hacer es echarse atrás a tiempo. Ya sabes que no nos gustaba nada el tal Kevin y que la boda era un empeño suyo, no nuestro, así que...

—Bien, pues mándala cuando quieras, estaremos encantados de recibirla en casa.

—Sabes que es una niña muy trabajadora, te echará un cable con el bebé y con lo que quieras.

—No te preocupes.

—Y dejo que vaya con vosotros porque confío ciegamente en mi hermano, pero sobre todo porque me fío de ti, Manuela, sé cómo eres y por eso te mando a mi hija. Si no, ni se me ocurriría dejarla marchar.

—Claro, y te agradezco la confianza. Estará muy bien, te lo prometo.

—Gracias, cariño, manda un beso a mi Michael y mañana te digo cuándo viajará Grace.

—Estupendo, saludos a todos por allí. Adiós. —Se giró y vio que estaba sola, se asomó a la terraza y comprobó que Patrick y Diego estaban fumando junto a la puerta—. Todo arreglado, Paddy, ¿nos vamos? Es tarde.

—Manu, María dice que sueles ir a un gimnasio por aquí cerca y nada caro —susurró Diego, suspirando.

—Sí, bueno, está cerca de Oxford Street. Mañana te doy los datos.

—Vale, estoy hecho una mierda y tengo que ponerme en forma o no sobreviviré a La Marquise.

—Poco a poco. ¿Vamos, Paddy?

—Sí, *Spanish Lady*, vamos.

—¿Por qué te llama *Spanish Lady*? Ya me imagino que por razones obvias, pero...

—Es por una canción irlandesa, ya te contaré —contestó Manuela saliendo hacia el hall—. ¿Te llevamos a alguna parte?

—No sé... ¿al metro?

—No, vente a cenar a casa y luego te llevo a Russell Square —intervino Patrick mirando el aspecto desolado del español—. ¿No quieres ver a Michael?

—Claro, claro, me encantaría ver al niño, pero hoy no puedo con mi alma, necesito una cama ahora mismo.

—Vale, hombre, te llevamos a casa, pero antes tenemos que recoger a nuestro cachorrito de la guardería, ¿te parece?

—Gracias, tío, te lo agradezco muchísimo.

—Blandengue —susurró Manuela dándole un empujón. Él se encogió de hombros y los siguió arrastrando los pies hacia el parking, reventado, más agotado de lo que había estado en toda su vida.

Capítulo 3

Todo el mundo dice que la hostelería es dura, o se imagina que la hostelería es dura, pero no tienen ni idea, ni la más mínima idea, pensó estirando la espalda contra la balaustrada de la zona Vip. Se aferró a las rejas de ese balcón interior, que se abría hacia el club de La Marquise, e hizo un estiramiento de brazos intentando desentumecerse, alargar el cuello y dejar de sentirse como un inútil. Solo llevaba cuatro días en el local y ya estaba pidiendo a gritos un día libre, solo uno, para dejar de sentir que su vida se había convertido en una sucesión de horas de trabajo y nada más. Porque estaba tan agotado que solo optaba por salir medio a ciegas camino de casa para dormir y descansar, comer algo rápido y volver a madrugar para presentarse en el restaurante, donde se pasaba cinco horas seguidas a la carrera y aprendiendo cosas como sujetar una bandeja, atender con una mano a la espalda o servir una copa de vino a los clientes.

María, en un acto de extrema generosidad, lo dejaba currar solo cinco horas, pero ya le había advertido que después de su periodo de entrenamiento el horario aumentaba a siete horas fijas, más un par o tres horas extras, si quería ganar dinero. Aunque a esas alturas le daba igual ganar dinero, en realidad le importaba una mierda, porque si su vida (por ganar pasta) se iba a reducir al trabajo, no le interesaba. Ya se lo había comentado a María, que era la responsable de la cocina y el comedor, pero ella se había limitado a sonreír, asegurándole que en cuanto cogiera el tranquillo podría tener una vida normal, como todo el mundo. Aunque él lo dudaba.

Agotado, así estaba, y para más inri, todo el mundo le hablaba de su prima Manuela, una trabajadora incansable que hasta antes de tener a su hijo doblaba turnos y curraba como la que más. Mano derecha de sus antiguos jefes, Manuela controlaba hasta el más mínimo detalle de La Marquise, mucho antes de hacerse con el negocio en propiedad, y la gente la respetaba, al igual que a María, por su capacidad de entrega y compromiso. Las dos se habían forjado una reputación intachable en el restaurante y a él no le quedaba otra que dejar el pabellón bien alto, sobre todo porque sus colegas españoles residentes en Londres le decían, una y mil veces, que había tenido una suerte bárbara al conseguir trabajo en un sitio como aquel, enseguida, y sin necesidad de peregrinar por la ciudad buscando alguna oportunidad como lavaplatos. Que era lo que había en esos momentos para los cientos de inmigrantes que llegaban a diario por allí.

Estaba agradecido de su suerte, a pesar de tener que tocar todos los palos: desde lavaplatos a pinche de cocina, pasando por auxiliar de camarero o encargado de la limpieza. Lo hacía todo con diligencia, observando el ritmo frenético pero perfectamente organizado del comedor y la cocina, donde el chef francés, un tal Phillipe, reinaba con toda su arrogancia. El tío aún no le había dedicado ni media mirada, pero él sí lo observaba trabajar, era una máquina y contaba con un grupo de ayudantes de primera, como tenía que ser. En el turno de comidas Phillipe apenas intervenía, lo hacía su segundo de a bordo, el subchef Richardson, pero él lo controlaba todo, al igual que María, que era una especie de enlace entre ambos servicios: comidas y cenas. Llegaba sobre las once de la mañana, lo vigilaba todo, se iba tres horas y volvía para la cena y la locura del club y la zona Vip de la noche, aunque ya se había enterado de que el encargado de las noches era otra persona, un tal Sonny, otra de las manos derechas de Manuela porque, si algo había comprobado en cuatro días de trabajo allí, era que su prima había conseguido un férreo control sobre su negocio a través de un equipo de primera, compuesto por varias personas que dependían de ella, pero en los que delegaba con maestría: María, Helen, Phillipe, Günter y Sonny. Un equipo perfectamente armónico que actuaba como un motor bien engrasado. Un gran *staff* del que podría formar parte si tenía paciencia y se lo curraba un poco. Esa era su meta y de ahí no lo desviaría ni Dios.

Suspiró, sintiendo los músculos agarrotados del cuello, y de repente oyó voces que venían desde el club, vacío a esas horas de la mañana. Miró la hora y comprobó que ya eran las once y que la que entraba acompañada por una chica pelirroja era Manuela. Se inclinó para verlas mejor y oyó que hablaban bajito y que su prima le enseñaba el sitio agarrándola por el brazo. La chica parecía joven y era espectacular, un cuerpazo, aunque la cara apenas se la podía ver. Carraspeó y decidió bajar para saludarlas.

—Hola, buenos días —dijo en español.

—Hola, Diego, ¿qué tal? Te presento a Grace, una sobrina de Patrick, bueno, y mi sobrina —bromeó, hablando en inglés. Diego se acercó y se encontró con una belleza de ojos verdes enormes, que lo dejó un poco patidifuso, sobre todo porque ella apenas lo miró—. Grace, este es mi primo Diego.

—Hola —respondió Grace con un acento extraño que lo dejó más confuso todavía.

—¿Va a trabajar aquí? —preguntó al fin.

—No, viene de vacaciones, a pasar un par de semanas con nosotros.

—Genial.

—Sí, bueno. ¿Viene el tío Paddy ahora con Michael o se lo lleva a la guarde?

—No, se lo ha llevado de compras y seguro que luego lo trae para acá. ¿Lo esperas en mi oficina o quieres volver a casa?

—Me voy contigo a la oficina, así me dejas usar Internet. ¿Puedes? Me he quedado sin el móvil.

—¿Qué le pasó?

—Se me rompió, tengo que comprarme otro.

—Vale, pues ya sabes dónde es, vamos... —Ambos la vieron caminar hacia las escaleras y Manuela se giró hacia su primo con una sonrisa—. ¿Qué tal vas? ¿Ya te acostumbras un poco?

—Un poco, reventado estoy. ¿Qué edad tiene Grace?

—Dieciocho, pero es como una niña pequeña. Es la primera vez que se separa de su familia. Patrick dice que es culpa de su madre, que siempre la ha tenido pegada a sus faldas.

—Pues menudo bellezón.

—Bellezón prohibido desde todo punto de vista, ¿vale? —Lo agarró del brazo para animarlo a bajar a la cocina—. Si no quieres que Paddy te corte las pelotas.

—¿A mí? Por Dios —le guiñó un ojo y Manuela se echó a reír—, ya sabes que soy un santo.

—Ya, ya, tú cuidadito y todos en paz.

—Oye, ¿te has dado cuenta de que tu marido es clavadito a Michael Fassbender, el actor irlandés ese que está tan de moda?

—Sí, todo el mundo se lo dice.

—¿No son familia ni nada?

—No... —Bajó las escaleras a la carrera y saludó a las camareras que ya empezaban con el turno del brunch—. Casualidades de la vida, pero yo creo que Patrick es más guapo.

—En la cocina lo llaman Fassy, de Fassbender —bajó el tono y ella se echó a reír—, que lo sepas.

—Lo sé.

—¿Y no te ayuda con La Marquise?

—Directamente no, él tiene su empresa de hoteles y eventos y me deja esto a mí. Bueno, a mí y a todo el equipo.

—Claro. En fin —suspiró arreglándose el mandil y cuadró los hombros—, vuelvo a la faena o María me mata.

—Ánimo y no decaigas, dentro de una semana todo será pan comido.

—Dios te oiga, primita, Dios te oiga.

Capítulo 4

Veintinueve años. Se miró en el espejo del cuarto de baño y no vio ningún cambio particularmente llamativo. Se lavó la cara, se echó crema con calma y procedió a maquillarse un poquito, lo mínimo, como siempre. A Patrick se le había antojado celebrar su cumpleaños en casa, con sus amigos más cercanos y, a pesar de que ella prefería un millón de veces una cena a solas y con velas, en cualquier restaurante de la competencia o incluso en La Marquise, él había insistido, lo había organizado todo y había invitado a las personas que podían acercarse a una pequeña fiesta en sábado y por la noche, a su casa. Un verdadero milagro para parte de sus amigos, que se dedicaban en su gran mayoría a la hostelería.

Miró la hora y comprobó que ya eran la siete de la tarde y que sus compañeros estaban sacrificando horas libres (o de su turno de trabajo) por estar allí, lo que la conmovió lo suficiente como para obviar el cabreo y salir a atenderlos con una sonrisa.

Paddy había encargado un catering completo y había pedido a una de las camareras de confianza del restaurante que se acercara para ayudar. Tenía todo bajo control, pensó Manuela, desde las bebidas a la música, y se había pasado el día mandándole flores y regalitos de parte de Michael, en un intento vano por distraerla y evitar que siguiera pidiendo su cena a solas. Cualquier cosa con tal de sortear la opción de salir de casa y dejar al bebé con Grace o una canguro.

Desde que el niño había nacido se había convertido en un padrazo, dependiente y maniático, siempre con Michael, su cachorrito, en brazos, mimándolo hasta la saciedad y decidido a llevarlo con él a todas partes. Aunque la cruda realidad era que su trabajo y sus viajes lo alejaban de Michael más de lo que podía soportar, con lo cual, si estaban juntos tenía por norma no separarse de él, bajo ningún concepto, ni siquiera por una cena a solas con su mujer en el día de su veintinueve cumpleaños. Manuela lo sabía, los dos lo sabían, aunque él tenía la desfachatez de negarlo con cara de inocente.

—Manuela, ¿tu primo es gay? —le soltó Phillipe, su chef, en cuanto la tuvo a tiro. Ella se acercó y se agarró al brazo de Peter, su antiguo jefe, levantando las cejas.

—Esa es una pregunta políticamente muy incorrecta, Phillipe, no se lo he preguntado.

—Chorradas, ¿lo es o no lo es? Tú tienes que saberlo.

—¿Por qué?

—Porque tengo a dos tercios de mi cocina prendada de sus ojazos oscuros y su sonrisa de anuncio.

—¿En serio? —miró a Pete y él asintió, muerto de la risa.

—Ya ha habido escarceos serios y no quiero a nadie tirándose de los pelos en mi office.

—¿Qué?

—Creo que ya se ha enrollado con dos camareras y la cosa está que arde —intervino Peter.

—¿Qué? —repitió, muy confusa—. ¿Y yo en la inopia? No tengo ni idea, pero ahí tienes tu respuesta, Phillipe, si han sido dos camareras y no dos camareros…

—Chorradas otra vez. Creo que se deja querer por todo el mundo, igual le gusta la carne y el pescado.

—No creo, pero, en todo caso, no me parece bien que a las

dos semanas de estar trabajando con nosotros ya esté metido en estos rollos. Hablaré con él.

—¿Hablar con quién? —María llegó a su lado y se puso las manos en las caderas.

—Con Diego, dicen que ya anda rompiendo corazones en la cocina y…

—Como siempre, ese es su sino, siempre ha sido así.

—Pero ya no estamos en el instituto y aquí las relaciones en el trabajo no…

—La culpa es de las camareras, Chantal y Alina, ellas son las que se tiran a todo lo que se menea —opinó María—, y ya sabes cómo es Diego, un encanto y lo acosaron, soy testigo.

—Ay, María, se te está viendo el plumero… —Soltó una carcajada Peter viendo a Grace, la sobrina de Patrick, aparecer con Michael en brazos. El pequeñajo, que era igual que su padre, localizó a Manuela y se puso a lloriquear estirando los bracitos hacia ella.

—Mami, mami…

—¿Qué pasa, mi amor? —Lo cogió en brazos y él enseguida se calmó y los miró a todos con sus enormes ojos color aguamarina muy abiertos—. Di hola, mi vida.

—Hola.

—Hola, guaperas.

—¿Tienes sueño?

—No quiere estar en su cuarto, ni en el vuestro, solo os llama y hace pucheros —susurró Grace.

—Vale, no pasa nada, Gracie, así te quedas con nosotros y te tomas algo también. ¿Qué quieres beber?

—Yo no bebo.

—No tiene que ser alcohol, cariño. ¿Un refresco?

—No sé, voy a ver… —Les dio la espalda y se fue a la cocina. Manuela besó los mofletes de su bebé y luego miró a sus amigos—. ¿Qué?

—¿Pero esta niña se adapta? —preguntó Peter—. ¿Le gusta Londres?

—No lo sé, habla poco y no sale apenas. Lleva una semana entera aquí y aún no sé qué le apetece hacer.

—Es preciosa —opinó Phillipe—, menuda belleza irlandesa.

—¿Belleza irlandesa? —Patrick se les acercó de repente y sorprendió a Michael, que en cuanto lo vio saltó a sus brazos, muerto de la risa—. ¿Quién? ¿Michael? Ya sabemos que es un irlandés muy guapo.

—Medio irlandés —dijo María sonriendo a su ahijado—. Hablamos de tu sobrina.

—¿Grace? —La buscó con los ojos y luego se encogió de hombros—. Una cría, eso es lo que es, más vale que nadie lo olvide.

—Hala, tenía que decirlo —bromeó Peter—, qué carca eres, Paddy.

—Con las mujeres de mi familia, sí. Conviene tenerlo en cuenta.

—¿Tú te oyes cuando hablas? —Manuela movió la cabeza sintiendo el timbre—. Voy a abrir.

—Dame un beso, *Spanish Lady*, feliz cumpleaños.

—Gracias. —Aceptó el beso y miró hacia la puerta, donde en ese momento entraba una de sus mejores amigas, Laura, recién aterrizada de Nueva York, y justo detrás de ella la figura de su primo se le hizo visible dejando meridianamente claro que ya estaban encantados de conocerse—. Hola, chicos.

—¡Manuela! —Laura la abrazó y le plantó dos besos—. ¿Has visto? Me acabo de encontrar con tu primo. No me habías dicho que tenías a este monumento en el restaurante.

—Solo lleva dos semanas con nosotros. Hola, Dieguito.

—Hola, prima. Feliz cumple —dijo él en castellano, entregándole un ramo de flores—. No sabía qué traer.

—Nada, no tenías que traer nada, pero me encantan. Muchas gracias. Pasad. ¿Qué queréis tomar?

—Lo que sea. ¡Hola, Michael! —gritó Laura hacia el niño,

y corrió para darle un beso a la par que Diego seguía a Manuela hacia la zona que habían habilitado como bar.

—Menudo piso, Manuela, me encanta.

—Ah, claro, es la primera vez que vienes. —Le sirvió un margarita hecho a granel por Sonny y le sonrió—. Es cómodo y está cerca del restaurante, nos gustó en cuanto lo vimos.

—¿Y es muy caro?

—Pues mucho más caro de lo que me apetecería pagar, pero no había muchas alternativas. ¿Y qué tal tú?

—Genial, Laura me ha estado hablando de su empresa. Igual puede conseguirme una entrevista de trabajo, pero dice que debo meterle caña al inglés. Y yo que pensaba que mi inglés era de nivel alto —bromeó y miró a Manuela, que lo observaba con esos enormes ojos negros medio entornados—. ¿Qué pasa? ¿No crees que pueda echarme un cable? Es una consultoría y me vendría de puta madre.

—No, nada de eso, seguro que, si puede conseguirte una entrevista, lo hará, es una tía legal. Es otra cosa y me sabe mal decírtelo, pero…

—¿Me vas a despedir? No me jodas, ahora que me estoy acostumbrando.

—No, hombre, no es eso. Ya sé que tus avances son extraordinarios, se trata de las relaciones con los compañeros. Por norma no se toleran las…

—Ya lo sé, me lo dijo María, pero, Manuela —se acercó y le habló pegado al oído—, son como lobas.

—¿Ah, sí? —Se echó a reír viendo por el rabillo del ojo como Paddy se ponía a Michael en el hombro, igual que un saco de patatas, para servir los aperitivos a la gente—. En eso no me meto, pero al menos intenta ser discreto y no las colecciones de dos en dos o tendremos un problema con Phillipe, o con la gente de las cocinas, y no es una buena idea, ¿vale?

—¿Se han quejado?

—Sí, pero basta con que no se repita.

—Lo intentaré.

—Por favor, estoy hablando en serio.

—Vale, vale, Manolita, no te preocupes.

—¿Y? ¿Adónde nos vamos de juerga después? —Laura se sumó a la charla abrazando a Diego por el cuello—. A este muchachito me lo llevo yo de parranda hoy.

—Donde queráis, pero yo no os puedo acompañar.

—¿Por qué? ¿Ni en el día de tu cumple, Manu? No seas aguafiestas. Voy a preguntárselo a Paddy.

—Es precisamente él quien no quiere salir.

—¡Dios bendito, quién le ha visto y quién le ve! No te imaginas cómo era antes este tío, Diego, incansable y superenrollado.

—¿Y qué le ha pasado?

—La paternidad. Lo ha santificado —bromeó Laura—. Eso de ser padre cerca de los cuarenta marca.

—Pero ¿no tiene hijos de otro matrimonio? —preguntó Diego, que seguía sin tener nada claro del pasado de su primo político.

—Los tiene, pero como no los disfrutó, porque era muy joven, está como loco con Michael y parece una gallina clueca. —Manuela suspiró y llamó a Grace, que andaba como un perrito perdido detrás de su tío—. Laura, ¿conoces a Grace? Es hija de Erin, la hermana de Patrick.

—Hola, Grace, encantada.

—Hola, ¿de dónde eres? —preguntó muy seria.

—De Nueva York.

—Ah, me encantaría conocer América.

—Pues cuando quieras, ahí tienes tu casa.

—Gracias... —De repente sacó su móvil nuevo e intentó contestar a un mensaje, pero no pudo—. Jolines con el dichoso móvil, no me hago con él ni pa'trás.

—¿Cómo? —Diego se acercó y, sin entender muy bien el lenguaje, sí captó el mensaje y le agarró el móvil con curiosidad—. Es un móvil muy chulo, ¿te ayudo a configurarlo?

—Vale —Grace lo miró por primera vez a la cara y Manuela sintió un escalofrío extraño en la nuca. La muchachita, que era preciosa como una muñeca pero más tímida que nadie a quien hubiera conocido antes, clavó los ojos verdes en su primo y se sonrojó hasta las orejas. Luego se quedó rígida y no dejó de observarlo con la boca abierta mientras él, ajeno al revuelo, intentaba enseñarle a usar el teléfono nuevo.

—En fin, déjalo, Diego —soltó por puro instinto—. Luego lo miramos con calma, ¿verdad, Gracie? Ahora, ¿por qué no coméis algo? El catering es estupendo.

—No, si es solo un minuto —insistió él, muy concentrado—. Mira, Grace, tienes que leer lo que te vaya diciendo. Lo primero es leer, como en los ordenadores. Si sigues los pasos, aprendes enseguida.

—Hablas de una forma muy extraña —dijo ella y Manuela cruzó una mirada fugaz pero muy significativa con Laura—. Me encanta.

—Pues debes ser la única que no flipa conmigo, a todos les parezco un desastre hablando inglés.

—A mí me gusta mucho.

—*Spanish Lady*, ¿sacamos la tarta y soplas las velitas?

—¿Velitas? —Se giró hacia Paddy y sonrió.

—Sí, velitas, ¿pasa algo?

—Nada, nada. Saca la tarta, si quieres. Estupendo.

—¿Segura? —Barrió con los ojos claros al grupo y luego se fijó en su mujer, que como siempre, era la más guapa de la fiesta—. Ahora vengo. Michael, quédate con mamá, ¿quieres?

—¡Sí! —asintió el pequeñajo aferrándose al cuello de su madre.

Capítulo 5

Madre del amor hermoso. Se giró en la cama y comprobó que estaba solo. Solo, en medio de un enorme colchón cubierto con sábanas de algodón egipcio de quinientos hilos por lo menos, o eso se imaginó, viendo lo suavísimas que eran. Se estiró cuan alto era y en ese momento recobró la conciencia, se sentó en la cama y observó, parpadeando, aquella suite de hotel de lujo a la que había llegado con una cogorza tremenda. Miró la hora, pero su muñeca estaba desnuda, saltó al suelo y se agachó buscando la ropa, el móvil y el reloj. Por las ventanas entraba la luz del día y supuso que era tardísimo.

—¡Hostia puta! —exclamó, y se fijó en la ropa de mujer que estaba esparcida por el suelo. Ropa de primera calidad pero comprada a través de Internet, le había jurado su dueña, Laura Reynolds, la amiga americana de Manuela, que no tenía tiempo ni para ir de compras, le contó.

Joder, menuda noche. Encontró los calzoncillos y los pantalones y se vistió a toda prisa sin atreverse a usar la ducha. No quería encontrarse con Laura en el baño y alargar las despedidas, así que lo mejor era vestirse a toda hostia, escribir una nota y desaparecer. No sería la primera vez.

Se sentó en la enorme cama y sintió un impulso sobrehumano de acostarse y seguir durmiendo, sin embargo, no era buena idea, a pesar de la nochecita de cine que habían pasado, había que espabilar y cuanto antes mejor. Laura, una de las mejores amigas de su prima, era una máquina, muy agresiva sexualmente, como la mayoría de las mujeres estadounidenses a las que había conocido en su vida, y estaba seguro de que no aceptaría un no por respuesta y, a pesar de que le apetecía otro encuentro loco entre las sábanas, no era buena idea y menos a esas horas. Tal vez en otra ocasión.

Laura. Una tía buena que sabía llevar las riendas, pensó poniéndose los calcetines. De hecho, habían salido de casa de Manuela a las once de la noche (con demasiadas margaritas en sangre) y a las once y media ya lo tenía en el ascensor de su hotel cinco estrellas, bajándole la cremallera de los pantalones. Visto y no visto, ni se había molestado en disimular. Le contó que estaba por viaje de trabajo en Londres, solo una semana, y que no tenía tiempo para citas o gilipolleces similares, que estaba soltera y le apetecía un buen polvo español. Y él había cumplido, como correspondía a un caballero. Aunque a veces tantas prisas le ponían de mala uva, con ella la cosa había ido bien, todo lo bien que puede ir entre dos desconocidos, en un país extraño y con un hotel como nidito de amor. Nada romántico, pero ¿quién habla de amor cuando quiere decir sexo?, se preguntó, recordando una película española de los ochenta o los noventa que se llamaba así.

—¿Pensabas largarte sin decirme adiós?
—¡¿Qué?! No, para nada. —Se puso de pie de un salto y se arregló la ropa sonriendo a Laura, que lo observaba con suspicacia y el albornoz del hotel puesto.
—Y yo que he pedido el desayuno...
—Me iba a despedir, lo que pasa es que llego tarde al trabajo.
—¿Seguro? ¿No empezabas hoy una semana de turno de noche?
—Claro, pero debo llegar antes y...

—No me mientas, Diego, no hace falta, en serio... —Se tiró en la cama y encendió la tele—. Si te quieres ir, lárgate, no voy a llorar ni a ofenderme, solo quería invitarte a desayunar.

—Bueno, si es así, mejor te invito yo. ¿Bajamos a alguna cafetería?

—No, hombre, ya sé que andas tieso y a mí me lo paga todo la empresa. Tranqui... —golpeó la cama—, yo invito.

—Gracias —susurró con el orgullo herido. «Tieso», ¿quién se lo había dicho? ¿Manuela? ¿Él mismo?

Joder con la Laurita esta, qué sabía ella de quién era él en realidad. Carraspeó y caminó hacia el baño lo más dignamente posible.

—Hay dos cepillos de dientes, usa el azul, si quieres.

—Vale. —Se encerró en el cuarto de baño y abrió el grifo para lavarse los dientes. «Tieso». La pura verdad era que sí, que estaba tieso, pero era momentáneo, pronto volvería a manejar dinero, a poder invitar a las chicas a cenar, a ir a esquiar a Baqueira y a veranear a Ibiza, por el amor de Dios.

—Diego... —Laura abrió la puerta sin llamar y se lo quedó mirando—, ¿sabes que tienes los ojos muy parecidos a los de tu prima?

—Ella los tendrá parecidos a los míos, yo soy mayor...

—Solo seis meses mayor, me lo sopló un pajarito.

—Bueno, en serio, Laura, agradezco lo del desayuno y todo, pero debo irme, quiero ir a casa a cambiarme y a descansar un poco antes de ir a las clases de inglés y luego al restaurante.

—¿Clases de inglés?

—Sí, María me matriculó en la academia a la que va Borja y empiezo hoy.

—Ah, bueno. Luego me llamas, ¿vale? Me han invitado al Groucho Club, es lo más por aquí, con permiso de La Marquise, claro, y tengo consumiciones gratis... —Se giró hacia el cuarto y él la siguió entornando los ojos—. Llámame sobre las nueve y te digo dónde quedamos, ¿ok?

—Pues hoy no podrá ser, lo siento.

—¿Te haces el duro conmigo? No me lo puedo creer. —Se detuvo y lo miró echándose a reír—. Me vuelvo a casa casi enseguida, solo te acapararé un par de días y lo podemos pasar genial. Tengo una bolsa de viaje que me quiero fundir.

—Pues qué afortunada, pero yo estoy muy liado y no me puedo comprometer a nada. En fin... —se acercó y le dio dos besos—, si puedo te llamo y, si tengo suerte, igual aún quieres salir conmigo, ¿te parece?

—Qué listillo —bufó Laura completamente desconcertada.

—Adiós.

Salió de la suite y caminó por esos pasillos tan mullidos, gracias a las moquetas que lo poblaban todo, y pulsó el botón del ascensor pensando en las dichosas clases de inglés que María había insistido en reservar para él. Podía estar una semana de prueba, gratis, y lo haría, pero le resultaba agotador el rollo de ponerse a estudiar, horroroso, y sabía que al final tendría que dejarlo y que María se lo tomaría como algo personal. Como lo de la noche anterior, cuando la había dejado junto a Borja en la calle, esperando un taxi y con cara de sorpresa mientras él había decidido largarse con Laura Reynolds camino de su hotel.

Lo había mirado igual que hacía su madre cuando quería reprenderlo sin hablar, con los ojos desorbitados, la misma mirada asesina y casi, casi, lo había asustado. Pero estaba tan piripi que había pasado de ella y se había ido abrazado a Laura camino de su noche loca. Mujeres, pensó, entrando en ese ascensor de lujo que tenía ascensorista y todo, siempre intentando organizarle la vida, a él, que era un alma libre y un espíritu aventurero. Cuándo aprenderían a dejarlo en paz.

Capítulo 6

Manuela entró en el restaurante a la carrera. Eran las cinco de la tarde, Patrick estaba de viaje en Liverpool y por primera vez se había aventurado a dejar a Michael en casa con Grace. El niño ya la conocía lo suficiente como para estar a gusto con su prima y ella era maravillosa con él, no en vano había ayudado a criar a cinco hermanos pequeños y, además, era responsable y seria. No pasaría nada, todo iría bien, solo se trataba de una hora como mucho de reunión, media hora en el mejor de los casos, y luego volaría de vuelta a casa para preparar la cena y volver a respirar.

Lamentablemente la guardería solo tenía a los niños hasta las cinco y media de la tarde y ella no había podido eludir la reunión general. No había otra opción después de tantos rumores y cuchicheos y malas informaciones que circulaban por allí motivados por los alborotadores de turno. Los típicos descontentos eternos, que no entendían los cambios que el restaurante sufriría a partir del uno de noviembre, y que no perjudicaban a nadie, todo lo contrario, aunque muchos fueran incapaces de asimilarlo.

Entró al comedor principal y de un vistazo localizó a los responsables (María, Helen, Phillipe y Sonny) sentados en un extremo de la sala y al resto del *staff*, treinta personas, justo al otro lado. Caminó con energía y dejó el bolso sobre una mesa dando por inaugurado el cónclave, que estaba deseando zanjar de una vez por todas.

—Buenas tardes y gracias a todos por venir, no me gusta haceros perder vuestro tiempo libre, pero después de un mes de rumores y malentendidos se ha hecho necesario tener otra reunión para aclarar vuestras dudas. ¿Alguien quiere empezar? —Silencio absoluto. Miró a su equipo de dirección y ellos se encogieron de hombros—. Vale, entonces lo explico yo otra vez y luego podéis hacer las preguntas que queráis. La Marquise, con sus dos estrellas Michelin, opta estas próximas semanas a la tercera, lo que supone que el restaurante, que es el alma de nuestro negocio, adquiere un nuevo estatus que nos empuja, asesorados no solo por Phillipe y su equipo, sino también por muchos expertos a los que hemos consultado, a establecer nuevos horarios y días de cierre. Un restaurante de nuestra categoría no puede estar abierto siete días a la semana, rotando turnos y forzando la máquina como hasta ahora porque puede ir en detrimento de nuestra calidad. Así pues, se ha decidido que a partir del uno de noviembre se abrirá de martes a sábado, de once a tres de la tarde, cerrando, como siempre, entre las tres y las seis, dejando que el club y la zona vip mantengan su horario habitual nocturno, solo, eso sí, dentro del horario general, es decir, de martes a sábado. Como la mayoría libra dos días a la semana, rotando en turnos diferentes para completar las cuarenta horas, no variarán vuestras nóminas, ni contratos. Todo se queda igual, simplemente se trata de optimizar el servicio y descansar el domingo y el lunes, como la mayoría de los restaurantes de lujo de Europa.

—Incluso algunos abren solo dos días a la semana —puntualizó Phillipe—, y no dan brunch, ni comidas…

—Exacto. Nosotros seguiremos con el brunch y las comidas e incluso se podrá tener la opción de organizar algún evento, muy puntual y solo en contadas excepciones, en domingo, pero eso es otra cosa. Lo que quiero dejar claro es que lo único que cambia son vuestros días de descanso, que obligatoriamente para todo el mundo serán el domingo y el lunes, nada más. ¿Cuál es el problema?

—Las propinas —soltó uno de los chicos del club—. Dos días menos de propinas.

—Siempre tenéis dos días menos de propinas porque nadie, desde que yo estoy aquí, trabaja siete días seguidos, habitualmente se descansan dos.

—Pero el domingo es un buen día de propinas en el club y la zona vip, nuestros clientes vienen mucho para acabar el finde...

—Pues no tanto —Helen se levantó con una carpeta en la mano—. Según las estadísticas que hemos hecho, nuestros clientes habituales y potenciales no suelen venir en domingo, tampoco en lunes. Nuestra fuerza está de jueves a sábado por las noches y de martes a sábado a mediodía, así que solo tratamos de optimizar el rendimiento y enfocar toda nuestra energía en los días que son claves en La Marquise.

—Gracias, Helen. —Manuela se sentó al borde de una mesa y se cruzó de brazos—. Hemos estudiado muchísimo este tema, hemos visto los pros y los contras, el beneficio no solo para el negocio, sino para todo el equipo. Sinceramente, necesito que me digáis cuál es el problema y lo más importante, ¿por qué tantos rumores y malos rollos?

—Hay quien dice que primero se imponen los días de libranza y que luego vais a empezar a despedir personal, es lógico si no hay turnos rotatorios —Giovanni, uno de los camareros, habló con calma—. ¿Para qué queréis tantos camareros ahora?

—Para tres turnos de martes a sábado porque, si sacáis cuentas, seguimos teniendo tres turnos fijos: brunch, comidas y cenas. No damos abasto con las reservas, ampliaremos el servicio en ocho mesas a partir de noviembre y esperamos hacerlo en un poco más en cuanto el ayuntamiento nos dé permiso para habilitar la terraza... No prescindiremos de nadie, habrá dos camareros más en cada turno, cuatro más para el club y la zona vip, para dar un servicio mejor y más rápido, propio de un establecimiento de esta categoría. De martes a sábado, seguiremos trabajando a tope. No se despedirá a nadie.

—Se trata de convertir un servicio que ya es bueno en óptimo —opinó Sonny—. No es una decisión al azar, está bien pensada y no perjudicará a nadie. No hay de qué preocuparse.

—¿Y qué opinan Peter y Jonathan de esto?

Milena, la camarera brasileña, habló al fin. Era la instigadora de todo el descontento, lo sabían y Manuela la miró con paciencia. La muchacha, que había sido compañera suya desde el principio, no la soportaba, mucho menos desde que se había hecho cargo del negocio, y no era capaz ni de mirarla a la cara, con la mandíbula tensa, haciéndose la dura y la lista, cuando en realidad era justamente lo contrario.

—¿Qué tienen que ver Peter y Jonathan? —intervino Phillipe—. Si aún, después de un año, no te has enterado de que los dueños de La Marquise son ahora los O'Keefe, es que eres mucho más tonta de lo que pareces.

—No te pases conmigo —ella se levantó, airada—. Lo pregunto porque ellos fundaron esto y quisiera saber qué opinan de que se destroce su proyecto.

—¿Crees que destrozamos su proyecto por mejorar el rendimiento? —Manuela intentó que la mirara a los ojos, pero Milena le daba casi la espalda, dirigiéndose a sus compañeros.

—Quisiera que ellos hablaran con nosotros, ¿no creéis? Yo empecé trabajando para ellos, como muchos de los que estamos aquí, no con vosotros y...

—Y por lo tanto eres libre de abandonar el barco si no te gusta. —María habló alto y claro—. Aquí todos empezamos con ellos, o una gran mayoría y, cuando Patrick y Manuela compraron el negocio, nos dieron la oportunidad de seguir en el equipo, no obligaron a nadie. Si no te gustan los cambios, ahí tienes la puerta, pero no seas tan idiota como para pensar que los antiguos dueños, a los que les importas un pimiento, vengan a darte explicaciones de un negocio que ya nos les pertenece. Es tan absurdo que da risa.

—Es que es ridículo, Milena, te lo digo en serio —opinó Sonny, mirando a Manuela de reojo—. ¿De dónde sacas esas ideas?

—Que yo sepa, ellos siguen siendo socios aquí.

—No sé de dónde sacas eso, pero te informo de que no son socios aquí. —Manuela volvió a ponerse de pie, muy tranquila, pero con unas ganas enormes de abofetear y despedir a esa tía, que solo malmetía a sus espaldas, cuestionando continuamente su autoridad. Levantó los ojos y se encontró con los de Diego, que seguía la reunión concentrado y en silencio—. La Marquise es ahora propiedad de un solo dueño. Peter y Jonathan nos lo vendieron al cien por cien, a ver si queda claro de una vez. En resumen, esta es la situación: el actual dueño oyó las sugerencias de todos, los estudios, los consejos y las buenas ideas para mejorar el negocio y finalmente nos dio carta blanca para acometer los cambios que ya son inevitables. Esto es lo que hay y, si hay alguien que prefiera dejarnos, no habrá ningún problema, solo os rogamos que los que se queden dejen ya de cuestionarse las decisiones, murmurar y soltar rumores catastrofistas que son totalmente falsos. No hay despidos, ni cambios sustanciales en el trabajo, trataremos de mejorar el conjunto y, a la larga, este nuevo horario de apertura nos beneficiará muchísimo.

—Te beneficiará a ti, que te acuestas con el dueño del negocio —soltó Milena medio entre risas.

—¿Cómo dices?

—Ya vale, tengo trabajo. —Phillipe se levantó y dio una palmada—. Creo que nuestra jefa ya ha tenido demasiada paciencia. En un restaurante cinco tenedores como este, los jefes no suelen discutir sus decisiones con el personal, así que se acabó. Mi gente: a la cocina.

—Voy a despedir a esa idiota —le susurró María en español, observando cómo se dispersaba la gente, hablando bajito y dejando las sillas ordenadas en su sitio.

—No quiero darle esa satisfacción, deja que se fastidie y que tenga que irse sola.

—De eso nada, no quiero gente así entre mis camareros, ya la he aguantado demasiado tiempo.

—Déjalo, María, en serio… Hola, Diego. —Miró a su primo y le dio dos besos.

—Joder con la reunión, me ha encantado. Qué de tablas tiene la Manolita, ¿eh? —bromeó mirando a María, que frunció el ceño agarrando sus cosas—. Con el tiempo, los trataré con el mismo estilo: duro pero correcto…

—Lo primero que tendrías que hacer para llegar a rozar la profesionalidad de tu prima es centrarte y trabajar.

—¡¿Qué?! —exclamó viendo como Manuela, quieta, los observaba a los dos con cara de pregunta—. pero ¿y a ti qué te pasa, Mary?

—Déjame en paz. —Salió airada hacia el pasillo y Manuela se quedó esperando alguna explicación.

—Es de un borde… En serio, tía, creo que empezaré a buscarme otro piso. El hecho de que me diera cobijo en su casa la ha convertido en mi madre y no tengo diez años.

—¿Qué ha pasado?

—Está neurasténica porque me fui de parranda con Laura.

—¿De qué clase de parranda estamos hablando?

—¿Te lo deletreo, Manuela? Hombre, que ella sea una aburrida no implica que los demás lo seamos.

—Vaya por Dios. —Agarró el bolso y lo animó a salir al hall—. Ella solo quiere ayudarte, protegerte y una aventura con Laura es siempre un lío. La adoro, pero es una tía complicada, como le dé por un hombre no para y bueno… No es asunto mío, solo te pido que tengas un poco de delicadeza con María, que sí que es asunto mío.

—No puede sacarme a empujones de la cama para echarme la bronca y mandarme a las clases de inglés, ¿o sí?

—Hablaré con ella, pero tú, ten paciencia.

—Vale. ¿Adónde vas tan guapa?

—¿Tan guapa? —Se miró a sí misma—. Gracias, pero a ninguna parte, a casa corriendo. He dejado a Michael con Grace, a ver qué tal se ha portado.

—Vale, adiós y saludos al dueño del negocio —bromeó, viendo como salía corriendo hacia la calle.

Llegar a pie a casa desde La Marquise le costaba exactamente diez minutos, así que aceleró el paso sin mirar a Diego, que estaba cada día más integrado en el trabajo gracias, esencialmente, a su don de gentes. Todo el mundo, desde que era pequeño, decía que Dieguito era un encantador de serpientes, y lo era, por eso la mayoría de la gente lo quería, algunos, incluso, lo querían demasiado, como María Pérez del Amo, que se había pasado media vida prendada en silencio de él. Ella lo sabía, conocía a María mejor que nadie en el mundo, pero jamás se había atrevido a preguntarle directamente por sus sentimientos hacia su primo, al que veían en el colegio con regularidad, aunque fuera de él, jamás compartieran demasiada vida social porque Diego siempre andaba muy ocupado. Después del instituto, ellas se habían ido a la Universidad Complutense y él a una facultad privada que lo alejó irremediablemente de su círculo, convirtiéndolo de paso en un snob. Un snob encantador, pero un snob con el que tenían poco en común. María había asentado su noviazgo con Borja, con el que se había casado hacía cuatro meses, y ahora, al ver su reacción, supuestamente por culpa del *affair* que Diego había tenido o estaba teniendo con Laura, sintió un escalofrío por todo el cuerpo. Se detuvo un segundo y notó que alguien, un tío, la estaba siguiendo muy de cerca, se giró hacia él y comprobó que le sonaba horrores su cara.

—Hola.

—Hola —contestó, viendo a un tipo con pinta de macarra hacerle una venia—. ¿Te conozco?

—Dimitri —le extendió la mano—, el prometido de Milena, tu camarera.

—Ah, claro. Hola, Dimitri, te he visto por el local alguna vez.

—Acabo de hablar con mi chica y estaba llorando.

—¿Y eso por qué? ¿Está bien?

—No, no está bien, cree que la van a despedir.

—¿Ah, sí? ¿Ha tenido algún problema?

—Si no lo sabes tú, entonces estamos listos... —Se acercó más y Manuela dio un paso atrás.

—Mira, tengo prisa, no puedo entretenerme y, en todo caso, aunque no soy la jefa directa de Milena, no he oído nada sobre su despido. No debería preocuparse.

—Más os vale.

—¿Cómo dices?

El tipo no respondió, se dio la vuelta y siguió caminando en dirección a La Marquise. ¿Qué era aquello? ¿Una amenaza? Respiró hondo y llegó a su edificio muy inquieta, mirando a su espalda. Subió al ascensor con un frío helado recorriéndole la columna vertebral. Abrió la puerta de casa, oyó un poco de alboroto, se acercó al salón y vio a Paddy sentado en el suelo, con Michael entre las piernas, tomando un botellín de cerveza con su hermano Sean mientras Grace salía de la cocina con un cuenco lleno de ganchitos de queso.

—Hola.

—*Spanish Lady* —saludó levantado el botellín y regalándole una sonrisa—. ¿Qué tal, preciosa? A tiempo para una cervecita.

—No, gracias y tú... —se agachó para quitarle a Michael un ganchito de sus manos regordetas— nada de porquerías ahora, cenas en media hora.

—¡No! —El pequeño la miró, hizo un puchero y se puso a llorar a todo pulmón.

—Nada de comida entre horas, me da igual que llores. —Miró a Grace y luego a su cuñado, cogiendo en brazos al niño—. Hola, Sean, ¿qué tal el viaje? Habéis llegado muy pronto.

—Bien, pero deja que pruebe uno, no le pasará nada.

—Él no come entre horas y menos aperitivos repletos de grasa y sabe Dios qué aditivos más, es muy pequeño.

—Manuela —susurró Patrick levantándose para seguirla al dormitorio—, ¿qué pasa? Mírame, ¿ha ido mal la dichosa reunión? Si se ha montado el pollo, despide a toda la peña y empezamos de cero, ¿vale? *Spanish Lady*...

—La reunión ha sido tensa, pero ha ido bien... —Se sacó los zapatos y se fue al cuarto de baño pequeño para preparar la bañera de Michael, que seguía llorando como si quisieran matarlo—. Voy a bañarlo y así se distrae. No puede comer esas porquerías, Paddy, lo hemos hablado cientos de veces.

—Los niños comen porquerías.

—No el mío, que aún es un bebé.

—Vale, vale. Ven, cachorrito. —Le arrebató al niño y la sujetó por la cintura para intentar besarla, ella se resistió y él acabó pegándola contra la pared para besarla entre sus protestas—. Te quiero.

—Yo también te quiero. ¿Me dejas? —Le puso las manos en el pecho y él negó con la cabeza—. Patrick...

—Patrick, Patrick, ya te he advertido que ese acento tuyo me pone cachondo.

—Por favor.

—Nah...

—¡Paddy! —soltó al fin, echándose a reír—. No seas niño. Mira, la bañera ya está, ¿lo bañas tú?

—Lo baño yo si me dices qué te pasa.

—Nada, es que... en fin...

—¿Qué?

—Ha sido una tarde rara, odio enfrentarme a la gente y actuar como jefa. —Miró a Michael, que había dejado de llorar, y se acercó para darle un besito en la frente—. Y en serio, no quiero a nuestro bebé cerca de botellines de cerveza y ganchitos de queso.

—No estaba cerca de los botellines, sabes que jamás permitiría que los tocara. —Se apartó y la ayudó a desvestir al pequeñajo, que ya estaba entusiasmado mirando sus juguetes del baño—. Y solo le iba a dejar comer un ganchito, tiene que probar de todo, no podemos mantenerlo lejos de las cosas que un día probará igualmente.

—Ya habrá tiempo. De momento, no es necesario que coma porquerías.

—Ay, Señor...

—¿Qué?

—Te quiero. —Se acercó y le besó el cuello—. ¿Qué hay de cenar?

—Risotto y ensalada. ¿Se queda Sean a dormir aquí?

—No, se va a Battersea, pero sí cenará con nosotros.

—Perfecto. Y si tú bañas al cachorrito, yo me cambio y hago la cena.

—Vale —contestó en un perfecto español. La miró y le guiñó un ojo, ella sonrió, más relajada, se acercó y le plantó un beso en la boca.

—Qué guapo eres, Patrick O'Keefe, cada día estás más bueno.

Le dio un golpecito en el trasero y salió camino de su cuarto, olvidándose instantáneamente de la reunión, de Milena y del macarra de su novio.

Capítulo 7

—Un momento, un momento —repitió en inglés sujetando las manos de Laura, que lo cabalgaba como una loca. Respiró hondo y ella se apartó el pelo de la cara para mirarlo a los ojos.

—¿Qué te pasa?

—Me vas a dejar en carne viva… un segundo, ¿quieres?

—¿Qué? Y una mierda, estoy a puntito. ¡Oh, Señor! —Dio un grito de jinete texano y volvió a moverse encima de su pobre pene con la energía de una batidora. Medio segundo después ambos se habían corrido y ella lanzaba un suspiro de triunfo apartándose de él a la carrera—. Vale, vamos, nos esperan en La Marquise y, para una vez que Manuela se digna a tomar algo conmigo, no quiero hacerla esperar. ¡Vamos!

Él giró en la cama, agarró una almohada y se tapó la cabeza soñando con estar bien lejos de allí. Muy mala idea había sido sucumbir a las manos y la boca de Laura, que le había hecho una mamada en el ascensor victoriano de La Marquise, casi sin mediar palabra, para convencerlo de un último polvo en su hotel, porque era su última noche en la ciudad. Lo sacó de su turno para preguntarle algo y de repente estaba de rodillas frente a él succionando como una experta. Porque era una experta, para qué negarlo. Sin embargo, no le gustaba acostarse con ella, era mandona y exigente, demasiado práctica, y aunque él no era precisamente un alma romántica, necesitaba un poco de los juegos preliminares, una copita de vino, un par de frases para calentar el ambiente.

—¡Venga, tío! Levanta ese culito de la cama, ¿o quieres uno rapidito antes de irnos.

—No, no, está bien. —Se levantó y se fue directo a la ducha mientras ella buscaba algo que ponerse y se maquillaba frente al espejo del tocador. Se metió bajo el potente chorro de agua caliente pensando en llamar a la compañera italiana de sus clases de inglés, que estaba tan buena que daba miedo, y Laura volvió a llamarlo a gritos, así que salió de la ducha, se secó, se vistió y la siguió a la calle casi sin peinarse.

—Menos mal que hoy no trabajas de noche, Diego, así quemamos Londres hasta la madrugada.

—Claro —respondió por inercia, aunque pensaba escaquearse en cuanto ella se diera la vuelta.

Llegaron a La Marquise y subieron directamente al club, donde se encontraron a Manuela charlando con su marido. Parecían una pareja de anuncio, pensó, mirando con ojos golosos la camisa negra de popelín que Patrick O'Keefe llevaba encima de unos vaqueros muy desteñidos. Cada vez que lo había visto, había fichado su ropa. Vestía de puta madre. Estaba muy en forma (lo que garantizaba que la ropa le sentara tan bien), pero, además, tenía buen gusto, así que no quería dejar pasar la oportunidad de preguntarle dónde compraba sus trapitos.

—Hola, parejita, buenas noches.

—Hey. —Paddy se acercó y le palmoteó la espalda—. ¿Qué tal, primo?

—Bien, gracias. Oye, tío, pensarás que soy muy curioso, pero ¿dónde compras la ropa? Esa camisa me encanta.

—Me las hacen a medida en una camisería de Dublín —respondió con ese acento abrupto, saludando a alguien con la mano—. Si te gusta, te regalo una, pero tienes que ir a que te tomen las medidas.

—¿En serio? Joder, pues encantado.

—Vale, en el próximo viaje, y así conoces a la familia… *Spanish Lady* —dijo acercándose a su mujer—, voy a saludar a Ken McKintoch, está ahí con unos clientes, ahora vuelvo.

—Vale… —Le regaló un beso rápido en los labios y ella lo siguió con los ojos hasta que lo vio desaparecer entre la gente.

—Ay, Dios mío, se te sigue cayendo la baba con él —comentó Laura muerta de la risa—. Aunque no es para menos.

—¿Qué? Tampoco es que llevemos treinta años casados, y aunque los llevara.

—Sí, en eso tienes razón. Además, Paddy es como el buen vino, está mejor cada año que pasa.

—Gracias… —bromeó Manuela moviendo la cabeza.

—Es como el buen whisky irlandés, de triple destilación, ya sabéis, de primerísima calidad…. —Abrió muchos los ojos, chasqueando los dedos—. O mejor, es como un delicioso café irlandés.

—¿Café irlandés? ¿Spanish lady? Muy propio —suspiró Diego, pidiendo una pinta al camarero.

—Es fuerte, potente y está buenísimo… —soltó Laura entre carcajadas—. ¿Cómo no lo llamamos así desde el principio?

—Dios mío… —Manuela movió la cabeza, resignada—. ¿Y qué tal todo?

—Bien, hemos estado ocupados toda la tarde, ¿verdad, guaperas? —Extendió la mano y le pegó un pellizco en el trasero que lo hizo saltar—. Esta vez, me va a dar pena volver a casa.

—¿Y la entrevista en tu empresa? —Manuela vio los ojos entornados de Diego y se dio cuenta de que estaba a un tris de mandarla de paseo—. ¿Pudiste conseguir algo para Diego?

—No, el supervisor está en Nueva York, curiosamente, pero lo veré allí y le pediré el favor.

—No tienes que pedir un favor por mí, Laura, no te tomes tantas molestias.

—Qué susceptible, corazón, será un placer pedir mil favores por ti, faltaría más.

—Manuela, qué bien que estás aquí. —María apareció de repente ignorando a Laura y a Diego y la agarró por el brazo—. Te iba a llamar, he despedido a dos personas esta tarde y...

—¡¿Qué?! ¿A quiénes? —Se puso de pie y la siguió hacia la escalera.

—A Freddy, el pinche de cocina, y a Milena.

—¿Y eso? —Se detuvieron en el hall de entrada y María habló viendo como Diego las seguía en silencio—. Phillipe pilló robando a Freddy, dijo que no era la primera vez y no me quedó otro remedio. A la petarda de Milena porque por intentar defender a Freddy insultó a todo Dios, incluida a mí. Ha venido para recoger sus cosas y Günter la acompaña, porque se ha presentado con su novio, que es un macarra de mucho cuidado.

—Lo sé.

—¿Ah, sí? ¿Y cómo lo sabes?

—Porque antes de ayer, después de la reunión, me abordó en la calle.

—¡¿Qué?!

—Sí, bueno... —Sintieron un revuelo llegando desde las cocinas y las dos partieron con paso firme hacia allí.

—¡¿Qué coño está pasando aquí?! —María tiró su ordenador encima de la mesa del office y salió hacia la parte de atrás, donde en ese momento Günter y Phillipe daban gritos a una pequeña panda de gente que chillaba aún más—. Os largáis de aquí ya mismo o llamo a la policía.

—Mira, la que faltaba —chilló Milena viendo aparecer a Manuela Vergara seguida por el niño bonito de la temporada, su primo Diego, que no tenía ni media hostia y que siempre observaba todo con cara de pregunta—. ¡Quiero mi pasta, ahora!

—Milena... —intervino Manuela, echando un vistazo al novio, Dimitri, y a otra pareja de impresentables que lo seguían—, ¿puedes calmarte? Solo así podremos hablar.

—Quiero mi pasta, ¡zorra!, ¿no me has oído?

—¿Cómo? —La voz grave y serena de Paddy dejó a todo

el mundo en silencio. Manuela se volvió hacia él y trató de sujetarlo, pero ya estaba caminando con las manos en los bolsillos hacia el grupo. Günter, que había sido novio de Milena en varias ocasiones, se envalentonó y se le puso a la espalda—.
¿Quién coño eres tú para hablar así a mi mujer, eh?

—Queremos la pasta. —Dimitri apartó a su novia y lo enfrentó muy nervioso—. Dicen que no se la dan y la queremos ahora mismo o llamamos a la poli.

—¿Qué pasa con su dinero? —Se volvió con calma y miró a María.

—La he despedido hace dos horas, su finiquito y su paga los tendrá mañana en horario de oficina, es lo único que le hemos dicho.

—Ya lo habéis oído, mañana en horario de oficina. Y, ahora, salid de mi propiedad. —Clavó los ojos claros en el novio, que bufaba como un animal, y Manuela sintió que le temblaban las rodillas. Diego se puso a su lado y la abrazó por los hombros—. ¿O quieres que te rompa las piernas, capullo?

—Esto no se va a quedar así, que lo sepáis.

—Vale, perfecto, pero ahora a la puta calle, ¡ya! —Avanzó un paso y el grupo retrocedió soltando toda clase de improperios y enseñándoles dedos varios como amenaza—. Como alguno de estos gilipollas se acerque por aquí, me avisas, Günter, ¿queda claro?

—Tú mandas, Paddy.

—¿Y vosotras dos? ¿Cómo coño os enfrentáis a esta gentuza, eh? ¿Estáis locas? ¿Cómo podéis ser tan imprudentes?

—Solo salimos a ver qué pasaba, Paddy —contestó María—, y estaban Günter y Phillipe…

—Y una mierda. Esa gente es peligrosa.

—Solo intentamos actuar como lo que somos, las responsables de esto. —Manuela cuadró los hombros y tragó saliva—. Igual de imprudente me parece a mí que les plantes cara de esa forma. Estábamos a punto de llamar a la policía.

—Vale, todo Dios dentro —musitó Günter, invitándolos a

entrar a la cocina. Patrick entornó los ojos y miró a su mujer, que no se movía, fijamente.

—Que yo me enfrente a personas que te faltan al respeto, Manuela, no tiene discusión. Que tú salgas aquí fuera y te pongas delante de dos capullos que llevaban navajas escondidas en los pantalones es una imprudencia, una grande, y espero que no vuelva a repetirse. Para eso tienes un equipo de seguridad a tu disposición y el teléfono para llamar inmediatamente a la poli.

—Vale, muy bien. —Se tragó la réplica porque estaban en un sitio público, pero giró sobre los tacones pensando en continuar esa charla en cuanto estuvieran a solas.

—Manuela…

—¿Qué? —Se volvió y lo miró a los ojos.

—No pienso pelearme contigo por culpa de unos gilipollas, ¿de acuerdo?

—Yo tampoco.

—Bien, vamos, ¿y por qué la han despedido? —Se acercó, la abrazó por el cuello y le besó la cabeza, luego levantó los ojos y los clavó en el primo de su mujer—. Vamos, Diego, ¿te hace una pinta?

—Claro, tío. —Entró en el office y se encontró a Borja, el marido de María, que estaba allí tan tranquilo oyendo las novedades.

—¿Qué tal, Diego? ¿Estás bien, tío? —dijo en cuanto lo vio con cara de susto caminando detrás de Paddy y Manuela.

—Hola, Borja, macho, es que… —Se pegó a él y le susurró—. Joder con la sangre fría del guiri este, no veas cómo manejó a esa gente tan rara. Yo estaba a punto de salir corriendo y él ni siquiera cambió el tono de voz.

—Ya, lo sé, Paddy es la leche.

—¿En serio, eh? Un tío con dos cojones. ¿Y qué haces tú aquí?

—Vine a tomar una copa con Laura, como se va mañana… ¿Qué tal con ella? —Le guiñó un ojo y lo animó a subir hacia el club.

—Pues la verdad, Borjita, deseando que se vaya, me tiene un pelín harto y pienso escaquearme en cuanto me tome esa pinta.
—Qué cabrón.

Capítulo 8

—Al fin te tenemos solo para nosotros. —Manuela levantó los ojos de los tomates que estaba picando y le sonrió—. Eres más difícil de pillar, Diego...

—Ya, lo sé, lo siento. Mi madre siempre me pide que le mande fotos de tu hijo y no tengo ninguna, bueno, hasta hoy. —Se puso en cuclillas cerca de Michael, que jugaba tan contento en la alfombra del salón, y lo llamó para que le sonriera hacia la cámara del móvil—. Menudos ojazos, Miguelito. Se parece mucho a su padre.

—Sí, todo el mundo lo dice pero, que yo recuerde, nuestra abuela Sonsoles también tenía los ojos así de claros y era rubia.

—Claro, la tía Marta tiene los ojos verdes. —Volvió a la barra de la cocina americana y se sentó para observar a su prima cocinar—. Las primas de Toledo, todas rubitas, pero no busquemos parecidos porque tu retoño es clavado a su padre y punto pelota.

—Sí, supongo. ¿Qué tal va tu madre? ¿Te echa mucho de menos?

—Se le va pasando, aunque dice que la casa se le hace muy grande, que en cuanto papá pille la prejubilación se van a vivir al piso de la sierra... muy dramática.

—Es que casi a los treinta viviendo con tus padres, Diego... —agarró el aceite de oliva y echó un chorrito sobre el pan con tomate, luego cogió el paquete de jamón serrano en lonchas y lo miró— me parece muy fuerte, no me extraña que ahora te echen de menos.

—La mayoría de mis amigos viven con sus padres, Manuela, con el paro que hay y los sueldos de mierda, muy pocos pueden independizarse.

—¿Pero pueden emigrar?

—No todos tienen lo que hay que tener para emigrar, aunque la verdad es que muchísima gente se ha ido fuera.

—Bueno, sí…

—Tú es que has sido toda tu vida un espíritu independiente.

—Tampoco había muchas opciones, mi madre estaba deseando que me largara de casa y yo deseando irme, no me imagino qué hubiese hecho si no se me ocurre venirme a Londres. Hubiésemos acabado matándonos.

—La tía Cristina es rarita, sí.

—Ah, muy bien, gracias, creía que era la única que lo veía.

—No, es que es maja y a los demás nos cae bien, pero en realidad con vosotros, contigo particularmente, no era lo que se dice una madraza.

—Ni madre, ni abuela. No han visto a Michael desde la boda de María y tuve que hacer malabares para que lo vieran una hora en mi hotel porque ellos se iban de viaje ese fin de semana. Ni siquiera llama por teléfono para saber si sobrevivo o me he ahogado con tanto agobio. Una descastada, eso es lo que es.

—Qué fuerte.

—Lo decía su propia madre, la abuela Manolita: «Mi Cristina es una descastada, nunca debió casarse, ni tener hijos, solo sabe vivir para ella…». Así que ya ves, y mi padre se deja llevar como un calzonazos.

—Entre los Vergara siempre se ha dicho que tu madre era tan guapa que acojonaba y que por eso tiene acojonado al tío Alfonso, que bebía los vientos por ella y le dejaba hacer lo que le saliera del moño.

—Puede ser, pero debió procurar que al menos se ocupara de nosotros… ¿Una moto, mi amor? —De pronto miró a su hijo, que le enseñaba una motito de juguete, y le tiró un beso—. Es preciosa, ¿cómo se llama? Mo-to. Venga, dilo.

—Mo-to —balbuceó Michael en español, y Diego aplaudió.

—¡Bien!

—¡Muy bien, cariño!

—En serio, no sé cómo te las arreglas: el curro, el máster, tu familia…

—Al menos he conseguido trabajar solo hasta las cinco de la tarde, eso me permite seguir con el máster y la verdad es que Patrick y yo nos organizamos muy bien con la casa y con Michael, así que no voy a quejarme.

—Pues yo con el curro y las clases de inglés no doy abasto.

—Pero ya has cogido el ritmo en el restaurante, ¿no? Todos hablan maravillas de ti.

—¿En serio?

—Te lo juro.

—Hola… —La vocecita de Grace se oyó como a lo lejos y Manuela la llamó con la mano para que se sentara en la barra—. ¿Qué haces?

—Una tortilla de patatas, y esto se llama pan tumaca, es comida española para mimar un poco a Diego, que no come muy bien últimamente. ¿Quieres probar el jamón serrano? Está buenísimo.

—Gracias. —Cogió una lonchita y se la comió con cuidado, asintiendo hacia los dos que la observaban con atención—. Qué rico, al tío Paddy le encanta, ¿no?

—Sí, es verdad, le encanta y a Michael también. —Cogió un trocito pequeño y se acercó al bebé para dárselo, él abrió la boquita enseguida para probarlo y Manuela se quedó a su lado esperando a que masticara.

—¿Y qué tal te va la vida, Grace? —preguntó de pronto Diego, y ella se sonrojó—. ¿Ya te arreglas con tu móvil?

—Sí, gracias. Ya me he acostumbrado.

Bajó los ojos y Diego la miró con atención. Tenía una piel blanquísima, con una pequitas discretas en la nariz, los ojos verdes muy intensos, bordeados por unas pestañas oscuras y el pelo, pelirrojo, liso, largo y suavísimo, le otorgaba el aspecto de una ninfa o algo parecido, determinó, recorriendo ese cutis de porcelana con los ojos. Era un bellezón espectacular y parecía completamente ajena al hecho de que fuera tan guapa. Quiso decírselo, pero se reprimió, lo mismo que reprimió el impulso de acariciar ese pelo tan bonito con la mano abierta.

—¿Y cuándo vuelves a Irlanda?

—No lo sé.

—¿Cuánto tiempo llevas aquí? Más o menos como yo, ¿no?

—Tres semanas.

—Tres semanas, cómo pasa el tiempo.

—¿Y tú cuándo vuelves a España? ¿O te vas a quedar aquí como la tía Manuela? —Giró la cabeza y lo miró de frente con un par de ojazos color esmeralda que quitaban el sentido. Diego sonrió y se encogió de hombros.

—No he pensado en volver todavía, quiero trabajar y aprender mucho por aquí, no creo que vuelva hasta dentro de un par de años.

—Deberías venir a Dublín.

—Lo sé, tu tío me ha invitado y creo que voy a ir en cuanto pueda... —De repente se acordó de Manuela y la miró. Ella se había puesto de pie con Michael en brazos y seguía la charla en silencio—. Me encantaría conocer Irlanda.

—¡Hey! —La llave de la puerta principal giró y Patrick entró abriendo los brazos hacia su hijo, que en cuanto lo oyó llegar se puso como loco. Manuela lo dejó en el suelo y el niño corrió con sus pasitos inseguros para abrazarse a su cuello—. ¡Hola, cachorrito! ¿Cómo estás, mi vida? ¿Y mamá?

—Hola... —Manuela se acercó y le acarició la mejilla antes de ponerse de puntillas para darle un beso—. ¿Qué tal? ¿Hay hambre?

—Ahora sí, huele a las mil maravillas. Hola, Diego. —Se acercó y le palmoteó la espalda mirando a Grace—. Gracie, ¿qué tal? Me ha llamado tu madre, luego tenemos que hablar pero primero, si me dejas, *Spanish Lady*, me voy a cambiar.

—Claro, mientras tanto ponemos la mesa. Venga, Michael. —Le quitó al niño y miró a Grace, que tenía los ojos pegados encima de Diego—. Gracie, ¿me ayudas? Pongamos la mesa grande del comedor.

—No entiendo ni papa —opinó Diego poniéndose de pie—. En serio, qué acento más raro y...

—No te preocupes, ya te acostumbrarás.

—Yo puedo enseñarte —intervino Grace—. Inglés, yo puedo enseñarte, si quieres.

—Gracias, Grace, pero ya voy a clases a una academia cerca del restaurante.

—Pero, si yo te enseño inglés, tú puedes enseñarme español.

—¿En serio? —Manuela agarró el mantel y lo extendió con la mano libre sin dejar de mirarlos de reojo—. ¿Quieres aprender español?

—Me encanta. —Suspiró y se fue a buscar los cubiertos. Ella miró a su primo y negó con la cabeza.

—¿Qué?

—Cuidadín, Diego, por favor.

—¿De qué estás hablando? —susurró, muerto de la risa—. Es muy simpática.

—Paddy te corta los huevos...

—¿Por enseñarle castellano?

—Ya, claro, ¿no has notado cómo te mira?

—¿Grace? ¿A mí?

—No te hagas el tonto.

—Te juro por Dios que no...

—Se me daba bien la lengua en el colegio —llegó diciendo Grace—, y el gaélico, me encantaba estudiar esa asignatura. Puedo enseñarte.

—Gracias, eres muy amable.

—Bueno, ya hablaremos —interrumpió Manuela—. Trae la tortilla y el pan tumaca, Diego, porfa.

—Yo quiero aprender muchos idiomas, pero el español primero.

—Estupendo, tal vez deberías matricularte en una escuela de idiomas.

—Pero él puede enseñarme, ¿no?

—Y yo, si quieres…

—¡Bien! Ya estoy aquí. Ven, cachorrito, ¿me has echado de menos? —Paddy apareció con pantalones de chándal y una camiseta, cogió a Michael en brazos y se desplomó en una silla del comedor—. Joder, estoy reventado, la moto me cansa cada día más, será la edad, igual la vendo y en paz.

—La edad, sí, será eso —contestó Manuela besándole la cabeza—. ¿Quieres una cerveza?

—Sí, por favor. —Extendió la mano y la abrazó—. No sabes quién me ha llamado cuando subía en el ascensor.

—¿Quién?

—Jonathan. Quiere proponerme un negocio.

—¿Nuestro Jonathan?

—Sí, y es top secret.

—¿Tienes una moto, Paddy? —intervino Diego—. Si la vendes, igual te la puedo comprar. ¿Qué moto tienes?

—Una Harley Davidson del 2007, la Night Rod Special.

—¿En serio? Joder, pues seguro que no puedo pagarla ahora.

—No tienes que pagarla, si quieres usarla me la pides y ya está.

—¿De verdad? —Diego miró a Manuela y sonrió de oreja a oreja—. ¿Va en serio?

—Claro, somos familia, ¿no?

—Por pura curiosidad, ¿cuánto cuesta?

—Hoy por hoy unos doce mil euros. A mí me costó dieciséis mil en dos mil siete y mi hijo Paddy pena por ella, así que no va muy en serio lo de venderla. Al final acabaré regalándosela, pero, de momento, puedes usarla cuando quieras. Las llaves siempre están por aquí, ¿verdad, Michael? —Miró a su hijo y le besó la nariz—. ¿Cómo te has portado hoy, cachorrito? ¿Bien?

—Bien —repitió él mirando la comida que le llevaba su madre—. ¿Titis?

—No, no son espaguetis, mi vida, es puré de calabaza. Muy rico y luego puedes comer un poquito de jamón y un trocito de tortilla, ¿vale? Deja que se siente en su sillita, Paddy, o no comerás tranquilo.

—Como perfectamente con él en brazos. Venga, *Spanish Lady*, para ya y siéntate.

—Vale. —Se sentó a su lado y lo miró a los ojos—. ¿Jonathan te dio detalles del negocio?

—Nah, comeremos mañana en su club de Marble Arch.

—Bueno, seguro que es interesante.

—¿Te proponen muchos negocios, Paddy? —preguntó Diego, ajeno a la mirada constante de Grace sobre él—. Quiero decir, ¿sueles invertir en empresas ajenas a tus negocios?

—Si invierto dejan de ser ajenas. —Le sonrió cogiendo un trozo de tortilla de patatas.

—¿Pero sueles estar abierto a nuevas aventuras empresariales?

—Sí, ¿por qué? ¿Tienes alguna propuesta?

—Tengo miles, pero ahora mismo no sabría ni qué decirte, sigo pensando en abrir un local en Ibiza.

—Está lleno de locales de todo tipo y color, personalmente no me interesa, pero, si tienes otra idea, soy todo oídos.

—Genial, lo pensaré —contestó muy entusiasmado.

—Pues yo quiero aprender español —soltó de repente Grace, y todos la observaron con curiosidad—. Eso es lo que quiero hacer, aprender idiomas, y empezar por el español me parece una buena idea.

—Estupendo, porque tu madre está deseando que vuelvas

a casa y si lo tienes tan claro, puedes buscar una escuela en Dublín... —habló Patrick mirando a su mujer—. Es una gran idea.

—Nah, el curso ya empezó, quiero quedarme en Londres un poco más y empezar a estudiar aquí, si no os importa.

—A nosotros no nos importa, la que me preocupa es tu madre.

—Hablaré con ella.

—Pues hazlo esta misma noche, no quiero que siga tan inquieta por ti, ¿de acuerdo?

—Sí, tío, en cuanto cenemos la llamo.

—Está todo buenísimo, *Spanish Lady*. —Le guiñó un ojo y ella sonrió—. A lo mejor tú puedes ayudarle a encontrar un buen sitio para estudiar español.

—No, si ya lo encontré —interrumpió Grace muy segura—. Diego me enseñará y, a cambio, practicará conmigo el inglés.

—¿Ah, sí? —Paddy miró a Diego y este levantó los ojos del plato pensando en sus propuestas de negocio y no en las dichosas clases de español—. ¿Puedes enseñarle español? ¿Tienes tiempo?

—¿A Grace? Claro, ¿cómo no? —Miró a Manuela y ella abrió mucho los ojos—. Será un placer.

—Decidido, pues, qué mejor que se quede en familia, ¿no? Estupendo, me parece una idea excelente.

Capítulo 9

Antonella se vistió lentamente y salió del dormitorio con pasos de gacela, pensó, observando cómo se contoneaba por el pasillo igual que un felino. Estaba buenísima, claro, pero además tenía estilo, era elegante y muy divertida. Un bombón milanés al que pensaba mantener contento el tiempo que hiciera falta porque le gustaba bastante, más de lo habitual y en la cama... Señor, en la cama.

—*Arrivederci*, Diego... —susurró con esa voz tan grave, sin mirarlo. Él se acercó al salón y se encontró a su derecha con María y Borja desayunando en la mesa del comedor, los dos en pijama y con la tele encendida. De repente oyó el acento y la voz de una conocida presentadora de telediarios y supo que tenían sintonizado el canal internacional de Televisión Española, sin embargo lo ignoró y siguió a su italiana hasta la puerta—. *Ciao*.

—*Ciao*, guapísima, nos llamamos, ¿ok?

—Vale, llámame tú, estoy muy liada en el trabajo.

—Muy bien. —La agarró por el cuello y le plantó un último beso antes de dejarla subir al ascensor—. *Arrivederci*.

—*Ciao, amore*... —Le guiñó un ojo y él volvió sobre sus pasos para saludar a sus amigos. Cerró la puerta, caminó hacia la mesa y, antes de poder abrir la boca, María le ladró desde su sitio.

—¿Es tu novia formal? ¿Piensas ir en serio con ella?

—¿Con quién, con Antonella? ¿Qué dices, María?

—Y entonces, ¿cómo es que ha pasado la noche en mi casa?

—María... —susurró Borja, y ella tiró la tostada con violencia sobre el plato.

—Esta casa no es una pensión, Diego, aquí no puedes traer a tus ligues a pasar la noche. No pienso salir de mi cuarto para encontrarme con Dios sabe quién en mi cocina o en mi salón, ¿queda claro?

—Ya sé que no es una pensión, lo que no sabía es que es un colegio mayor...

—¿Te atreves a cachondearte de mí? Aquí vivimos tu prima y yo más de cinco años con ciertas reglas, la primera, no traer novios esporádicos para invadir nuestra intimidad, ¿queda claro? No voy a tolerarlo, yo tengo un trabajo agotador, lo sabes, y Borja tiene unos turnos espartanos en el hospital. Vas a respetarnos. No pienso repetirlo.

—Muy bien, queda muy claro, gracias, María.

—¿Quieres un café? —intervino Borja, siempre conciliador.

—Gracias. —Agarró una taza y se sirvió un café mirando de reojo la barbilla tensa de María—. Espero que me deis unas semanas para buscar otro piso. En cuanto pueda, dejo la habitación libre.

—¡¿Qué?! —chilló ella.

—No, venga, Diego, no te pongas así. Vamos, hombre...

—¿Que no me ponga así? ¿En serio? ¿Y ella? —Señaló a María con la cabeza—. ¿Te parece normal que me hable de ese modo? Os agradeceré toda la vida que me hayáis acogido en vuestra casa, pero, desde que pago mi alquiler religiosamente, creo que algún derecho o beneficio debería tener, ¿no? Como, por ejemplo, que no me hable como si fuera un crío de diez años.

—Es su forma de hablar, María no quiere...

—Ya vale, no quiero enfadarme con vosotros y ahora debo irme, así que...

—¿Dónde crees que vas a encontrar un piso como este, en la zona uno y a este precio, Diego, eh? —preguntó María poniéndose de pie—. ¿O piensas instalarte con Manuela?

—No voy a molestar a mi prima, que ya bastante tiene, y tampoco voy a encontrar algo como esto ahora, así que tendré que irme más lejos. Fin de la historia.

—Muy bien, te deseo mucha suerte.

—Gracias. —Le sonrió antes de partir hacia su habitación. Ella bufó y se largó a su cuarto de dos zancadas.

—¡Diego! —Borja saltó para detenerlo y él suspiró—. Por favor...

—Yo ya paso de tu mujer, Borjita. En serio, no es nada personal, pero es que lleva casi dos meses martirizándome. Ya sé que Manuela y tú adoráis que sea así, pero a mí no me va, es peor que mi madre.

—Es muy protectora, pero lo de esta chica... Ni siquiera nos ha dado los buenos días.

—Es la primera vez que traigo a una chica en seis semanas y monta este escándalo, ¿te parece normal? Tengo veintinueve años, tío, no tengo por qué pasar por esto solo porque compartamos piso. Buscaré otra cosa y tan amigos.

—Vale, como quieras.

—Vale, y lo siento. —Le palmoteó el brazo y entró en su cuarto para ducharse y salir pitando.

Manuela y Patrick se habían ido a Dublín, como solían hacer una vez al mes, y Paddy había tenido la enorme deferencia de dejarle su moto. El tío, que era supergeneroso y amable con eso de considerarlo «familia», solo le pidió que la aparcara en un parking, y él había decidido dejarla en el de La Marquise, donde llevaba dos días cogiéndola para dar paseos cortos. Le encantaban las motos, aunque a su padre le daba un infarto solo con pensar que cogiera una, a él le fascinaban y tener una Harley a su disposición era mucho más de lo que podía soñar. Una pasada, y estaba decidido a aprovechar el domingo y el lunes libre para viajar más lejos, tal vez a Windsor, Oxford o Cambridge, y esperaba hacerlo a solas a pesar de que había estado en un tris de invitar a la bella Antonella para que lo acompañara.

Sin embargo, el paseo en moto por las carreteras inglesas era un privilegio que pretendía hacer solo, después de seis semanas de duro y extenuante trabajo aprendiendo a ser ayudante de camarero o pinche de cocina en un restaurante tan exigente como La Marquise.

Por supuesto, seguía pensando que el salto a la administración era solo cuestión de tiempo. Patrick O'Keefe lo adoraba y, aunque siempre repetía que La Marquise era asunto de su mujer, él tenía mano, mucha mano, no en vano era el dueño, y sabía que al final intercedería con Manuela para que lo sacara de la cocina y el comedor y lo pasara a las oficinas. Un sitio con horario normal, trabajo normal y mejor pagado. Solo había que currárselo un poco más y convencer a su prima, que era un hueso duro de roer. Ella podía presumir de trabajar duro, a pesar de estar haciendo un máster o de tener un niño pequeño, también de conocer al dedillo la dinámica del restaurante y de no poner pegas a nada, ni a los horarios, ni a los disgustos o la toma de decisiones, lo que la convertía en un fortín infranqueable y exigente, nada dispuesta a elegir a dedo a un primo suyo para un puesto que muchos codiciaban por allí. Estaba clarísimo que Manuela quería ser justa y él acabaría demostrándole que de justicia sería confiar en su pericia y buen criterio para los negocios.

Se duchó pensando en Antonella, pero sobre todo en la preciosa moto de su primo político, Paddy O'Keefe, un tío que sabía vivir, sí señor. De mayor quería ser como Paddy, que ese año cumplía treinta y nueve en plena forma, con muchos proyectos, pasta, una mujer preciosa, un hijo sano y todos los caprichos que podía desear: restaurantes, hoteles, coches, ropa hecha a medida y la Harley Davidson. Vaya fortuna la del tío guaperas ese, que además se traía de calle a todas las empleadas y clientas de La Marquise. Había oído mil rumores sobre las intenciones de alguna de secuestrarlo un fin de semana o una tarde en un hotel del centro solo para probar la fama que tenía porque, según se decía, antes de conocer a Manuela Vergara era todo un conquistador.

A pesar de todo, estaba como loco por su mujer, no había más que ver cómo la miraba y cómo adoraba a su familia, a ella y al pequeñajo, al que dedicaba muchísimo tiempo. Era un tío majo, lástima que su familia política de España no lo conociera apenas, pero eso se podría solucionar, era cuestión de tiempo. Más adelante procuraría publicitar el buen rollo de Manuela y Patrick, confirmar a los Vergara que ella era feliz y afortunada y llevar a Paddy a Madrid para un par de días de turismo y juerga, si su señora esposa le daba permiso o él se dejaba embaucar, cosa que dudaba porque, al menos desde que él estaba en Londres, Paddy y Manuela parecían hacer vida monacal. Casa-trabajo-casa-niño-trabajo otra vez. Un par de aburridos papás a los que lo único que les entusiasmaba era que su hijito dijera alguna palabra nueva o sus progresos en la guardería.

—Diego... —María lo esperaba con los brazos cruzados junto a la puerta principal. Él se puso la chaqueta de cuero y la miró, completamente ensimismado en sus cosas.

—¿Qué?

—Quiero que te vayas el treinta y uno de diciembre. Tienes mes y medio para encontrar piso.

—Estamos a nueve de noviembre.

—Suficiente. Te apreciamos y no quiero acabar peleándome seriamente contigo. Fue un error intentar compartir piso, ya no tenemos edad ni voluntad...

—Vale, vale, no te preocupes.

—Estupendo, y otra cosa...

—Dime. —Abrió la puerta, se giró y la miró a los ojos.

—Cuidado con Grace McGuinness, te llamó desde Dublín anoche, al fijo, y otra vez esta mañana, cuando estabas con tu amiga. Es una cría y además es sobrina de Paddy, no sabes cómo son los O'Keefe con respecto a su familia…

—¡¿Qué?! ¿Y yo qué culpa tengo? No le he dado este teléfono ni nada y, en todo caso, no es una cría, tiene dieciocho años.

—Para ellos es una niña, al menos en algunos aspectos. —Se pasó la mano por el pelo—. Es complicado, solo te advierto que procures mantener las distancias.

—Manuela y tú estáis paranoicas, te lo digo en serio.

—Será porque sabemos de qué va el percal y tú pasas de todo, como siempre.

—No es verdad, ni le he dado pie ni… En fin, ¿qué quería?

—Ni idea, no quiso dejar mensaje.

—Vale, vuelven mañana por la noche y el martes hablaré con ella. Tenemos una clase, igual era para preguntar algo sobre los deberes que le mandé.

—Sí, claro, los deberes. Tú procura tener cuidado y no alimentar falsas ilusiones. Paddy te ha abierto su casa y te aseguro que no le gustaría saber que tonteas con su sobrina de dieciocho años.

—Yo no tonteo con nadie

—Mira, no es por fastidiar, pregúntaselo a Borja si quieres. —Los dos lo miraron y él asintió—. Es una familia peculiar, mantén las distancias con Grace. Ya sé que te cuesta, pero en este caso pasa olímpicamente de ella y déjaselo claro.

—Ese es un buen consejo, tío —afirmó Borja desde la mesa—. Los O'Keefe son la leche, superacogedores y cariñosos, pero mucho más conservadores de lo que te puedas imaginar.

—Joder, ni que fueran la familia real.

—Casi, casi.

—Muy bien. —Suspiró cada vez más harto de tanta palabrería y pensó en la Harley para animarse— Está bien, pero yo no he hecho nada. Me voy, que tengáis un buen domingo.

Capítulo 10

—Yo creo que jamás debimos ayudarle tan rápido, está acostumbrado a caer de pie en todas partes. Es imposible que valore la suerte que tiene y...

—María —Manuela dejó de revisar el archivo de facturas y se giró para mirarla a los ojos. Su amiga permanecía apoyada en la mesa del escritorio, con la voz temblorosa y a punto de echarse a llorar—, si vas a llorar por esto entonces sí que voy a cabrearme con Diego.

—No, si es por pura impotencia, no me hagas caso. —Sacó un pañuelo de papel y se sonó—. Es que toda la vida ha tenido esa actitud tan pasota y sin embargo le va de puta madre... ¿Qué hubiésemos dado nosotras por un trabajo a las veinticuatro horas de llegar a Londres, eh? ¿Por un piso decente en pleno centro? ¿Por amigos que nos apoyaran sin pedir nada a cambio? Dime, Manuela, ¿cómo podrá valorar esta experiencia si todo le sale a la primera y sin ningún esfuerzo?

—Eso no es asunto nuestro, no es nuestro hijo, nosotras quisimos ayudarlo y eso hicimos, ya está...

—Ahora comprendo perfectamente a Laura, que decidió no echarle un cable en su empresa después de lo mal que la trató...

—Tampoco es eso; Laura quiere que todos los tíos le bailen el agua y, cuando no lo hacen, se porta como una cabrona con ellos.

—Pero Diego la dejó tirada sin avisar, su última noche aquí, ni siquiera se despidió de ella, ni le cogió el móvil…

—Sí, lo sé, pero ella se había ofrecido solita a conseguirle una entrevista de trabajo y luego le da la pataleta y lo manda de paseo. A mí eso tampoco me parece muy normal.

—Tu prima Paula me contó por teléfono que andaba pavoneándose, diciendo que vendría a Londres y besaría el santo a la primera. Aunque todo el mundo le preguntaba si tenía planes claros o al menos pasta ahorrada, él se reía diciendo que no necesitaba gilipolleces de ese tipo, que le bastaba con las ganas y su encanto y, mira, al muy cabrón le ha ido que estupendamente y ni lo agradece.

—Acaba de empezar y está matado trabajando de camarero. Era lo último que esperaba, así que desde su punto de vista tampoco le ha ido tan bien.

—Ya, pero me jode que sea tan mal agradecido. Esa displicencia que tiene es la que a mí me mata. No veas cómo anunció que se largaba, como si nosotros fuésemos una mierda, cuando le tendimos la mano a los diez segundos de llegar. Aunque no había tenido ni el detalle de avisarnos de que se venía a Inglaterra.

—Siempre ha sido así.

—Con todo lo que nos lo curramos nosotras, Manu.

—Y no nos ha ido nada mal. Venga, olvídate de Diego, no te hagas mala sangre.

—Vale. ¿Qué tal en Dublín?

—Bien, como siempre —volvió al moderno archivador de madera y suspiró—, aunque acabé discutiendo con Paddy y me siento fatal.

—¿Qué pasó?

—Un cliente les pagó con una casa, en el barrio de su madre y… en fin, ya te imaginas.

—¿Se la quedó para vosotros?

—No, bueno, me la enseña todo ilusionado con la idea de que sea nuestra, pero a mí no me hace gracia vivir allí. No es que no me guste, pero no quiero vivir en la misma calle que sus padres, sus hermanos, sus cuñados, sus sobrinos. Hay una connotación rara en todo eso e igual acabé ofendiéndolo, se montó un pequeño pollo y no soporto que se enfade conmigo.

—¿Vivir allí? ¿Y qué pasa con todo esto?

—No es para vivir de forma permanente, es para tener nuestra casa cuando vayamos a Dublín. Yo ya me he acostumbrado a ir a casa de su madre, porque te recuerdo que hasta hace nada era impensable para él no dormir con sus padres, que pasan tanto tiempo lejos de Michael, y no entiendo por qué ahora esas prisas por quedarnos con esa casa y empezar a amueblarla si no hay necesidad, ni habíamos hablado de eso. Es de locos.

—Nunca debisteis dejar el piso de Saint Stephens Green.

—Pero es que con el alquiler de Londres ya tenemos suficientes gastos, no valía la pena mantener aquello que, además, no está cerca de casa de sus padres y si vamos a Irlanda es para estar con la familia. —Se giró y movió la cabeza—. ¿Qué te voy a contar yo a ti que ya no sepas?

—Bueno, si es una casa como la de los O'Keefe seguro que es muy bonita, ese barrio es estupendo, no cierres puertas.

—No, si es bonita, pero tener que quedarnos una casa en medio de todo el mogollón no me apetece nada, y se lo digo y él se cabrea y con razón. Dice que siempre tengo que ponerle peros a todo.

—Cedes en mil cosas, Manuela, tampoco eres tan insoportable.

—Pues me siento fatal, en el viaje de vuelta apenas habló, tampoco en el taxi camino de casa, ni cuando se fue a la cama, ni esta mañana y eso a mí me mata... —Sintió las lágrimas subiéndole a la garganta y agarró su botella de agua para beber y tranquilizarse—. Yo nunca pienso antes de hablar y acabo fastidiándola y no quisiera hacerle daño, yo...

—¿Me dejas hablar por el fijo? —Paddy entró sin llamar en

el despacho y se fue directo al escritorio sin mirarlas apenas. Manuela volvió a las facturas y María se puso de pie.

—¿Ya has acabado la reunión con Robert, Paddy?

—Sí, pero quiere aprovechar el Wi-Fi y se ha quedado en el club para tener una videoconferencia con Australia.

—Os tengo reservada una mesa por si queréis comer aquí.

—Vale, gracias, seguro que quiere quedarse. Hola, sí, el señor White, por favor. Patrick O'Keefe, gracias.

—Bueno, Manu, luego te veo... —María le tocó el brazo e hizo amago de irse, pero, antes de salir, fue la cabeza de Helen la que se asomó sin llamar.

—¿Podéis venir un momento? Tenemos un problema.

—¿Qué ocurre? —Manuela salió detrás de María y en seguida vio a Milena Do Santos esperándolas junto al mostrador de administración.

—Buenos días, chicas —les dijo con una gran sonrisa—. Y no hay ningún problema, solo le he dicho quería hablar con vosotras personalmente.

—Tú dirás —contestó María.

—Bueno, llevo trabajando en La Marquise desde que la abrieron, jamás he dado grandes problemas por aquí y si el otro día tuvisteis que darme el finiquito fue por intentar ayudar a un compañero, no por mi culpa, así que... —tragó saliva y volvió a sonreír— venía a pediros otra oportunidad, por favor. No consigo trabajo y sabéis que necesito el dinero.

—Ya contratamos a alguien para tu puesto.

—Lo sé, María, pero también sé que está a prueba, los chicos me lo han dicho y yo he sido vuestra compañera, sabéis cómo trabajo, no podéis dejarme en la estacada. Por favor. —Soltó una lagrimita y Manuela dio un paso atrás mirando a Helen y a María, que permanecían imperturbables—. Tengo un hijo en Brasil, necesito enviarle dinero.

—Pues entonces deberías cuidar más el empleo —bufó Helen— y no andar malmetiendo y faltando el respeto a tus jefes.

—Lo sé, y por eso quería pedirte perdón, Manuela, nunca quise hablarte de ese modo. También pediré disculpas a Phillipe y a quien haga falta. Estaba muy nerviosa y perdí los papeles, lo siento, pero es que mi novio...

—Se te pagó un finiquito hace nada. Si todos a los que despedimos vuelven a las pocas semanas para ser reincorporados, estamos listos —concluyó María—. Lo siento mucho, pero no podemos ayudarte, Milena. Lo único que puedo hacer es darte una carta de recomendación que, por cierto, no mereces.

—Manuela, por favor, seguro que tú la convences, tú eres la directora aquí, no me dejes tirada. —Buscó sus ojos y luego los fríos de María—. No podéis ser tan egoístas, empezamos juntas en este negocio.

—La decisión es de María, lo siento. Ella es la jefa de comedor, Milena y, como te ha dicho, te haremos una carta de recomendación, no puedo hacer más.

—¿O sea que estoy en tus manos, María? No me jodas, tía, te lo pido de rodillas si quieres.

—Mi decisión no cambiará...

—Joder, no podéis ser tan cabronas.

—Increíble... —bufó Helen.

—Vengo a suplicar por mi puesto de trabajo. Necesito el trabajo, era de las empleadas más antiguas, no podéis...

—La decisión es irrevocable —repitió María.

—Manuela, tía, tú eres madre, no puedes dejarme tirada.

—No es posible, lo siento.

—Necesito este trabajo como respirar, no encontraré nada parecido, ni en un millón de años.

—Haberlo pensado antes —susurró Helen, y Milena la miró furiosa.

—¿Qué sabrás tú, eh? Tú siempre has sido una cabrona arrogante y racista.

—Milena —Manuela avanzó un paso y le indicó la salida—, ya es suficiente. Ya no hay vuelta de hoja, así que, si no te importa, por favor, es mejor que te vayas.

—Qué fácil es hablar desde tu pedestal de doña perfecta, ¿no? Muy bonito. ¿Sabes cuál es la única diferencia entre tú y yo, eh? La única diferencia es qué tú te tiraste al tío con pasta y yo no…

—¿Qué está pasando aquí? —Patrick apareció con el ceño fruncido y una carpeta en la mano.

—Nada, ya se iba.

—¿Seguro? —Fijó los ojos en esa mujer tan agresiva y ella le sonrió.

—Solo he venido a suplicar por mi curro, Paddy. Si me dejas, me gustaría hablarlo contigo.

—¿Qué? —Él miró a Manuela y luego a María, que intervino inmediatamente moviendo la cabeza.

—Ha venido a pedir la readmisión y le he dicho que no hay más oportunidades. Peter y Jonathan ya la readmitieron una vez. Personalmente he estado varias veces en un tris de despedirla, así que no voy a dar un paso atrás en mi decisión.

—Vale, perfecto. Clarísimo. Helen, por favor —susurró caminando hacia su mujer—, llama a seguridad. Que acompañen a la señorita a la salida.

—¡Sois unos mierdas! ¡Unos putos mierdas! —gritó Milena, y él agarró de la mano a Manuela para meterla en el despacho, cerró la puerta y habló caminando hacia el escritorio.

—No discutas jamás una decisión profesional con un subalterno, Manuela. Te lo he dicho mil veces.

—No estaba discutiendo con ella, solo estaba intentando razonar y…

—Es igual, escucha: ¿crees que los proveedores de ginebra de La Marquise pueden servir en Derry? Los de allí han hecho suspensión de pagos y Sean está que trina.

—Creo que sí, ahora los llamo y aviso a Sean; si no, tengo otras opciones.

—Perfecto, gracias. Ocúpate tú porque aún no acabo con Robert y…

—Claro, no te preocupes.

—Vale. —Bordeó el escritorio y se puso de pie frente a su portátil. Manuela se quedó quieta y él la miró al cabo de unos segundos de silencio—. ¿Qué?

—¿Quieres volver a hablar de la casa de Dublín o prefieres seguir enfadado conmigo?

—Dejaste bastante claro lo que pensabas, no veo qué más podemos discutir.

—He estado pensando e igual me precipité al oponerme de manera tan radical. No quiero que siempre tengas que acceder a mis deseos, como me dijiste ayer, y estoy dispuesta a considerar otra vez la oferta.

—Me da igual la puñetera casa.

—Pero sigues enfadado conmigo.

—Por cómo reaccionas a cualquier cosa que implique cambiar el rumbo y desbaratar tus planes, nada más. Olvídalo.

—Ok, pero no quiero que te enfades, no soporto… —Se echó a llorar sin previo aviso y él caminó hacia ella despacio. Se sentó en el borde del escritorio, la agarró por las caderas y se la acomodó entre las piernas para mirarla a los ojos de cerca—. Lo siento mucho, Paddy, a veces no me aguanto ni yo y… No sé qué me pasa…

—¿Te gusta la dichosa casa?

—Es muy bonita, pero no necesitamos una casa en Dublín ahora. No sé por qué te entusiasma tanto, la verdad, pero si tú la quieres, estupendo, yo solo quiero verte feliz.

—Y yo seré feliz donde estéis mi cachorrito y tú, mejor donde estés tú porque Michael crecerá, se largará y yo seguiré muriendo por tus huesos.

—Sí, claro… —Levantó los ojos y miró los suyos, que eran transparentes, preciosos, se acercó y lo besó en los labios—. Se me parte el alma en dos al pensar, solo pensar, que pueda hacerte daño con lo que digo.

—No me has hecho daño.

—Pero te he fastidiado la sorpresa.

—Eso es verdad, pero ya está olvidado. —Se echó a reír y

le acarició el trasero ronroneando contra su cuello—. Eres la chica más sexy del planeta, ¿te lo he dicho, *Spanish Lady*? No llores más.

—Si quieres la casa, perfecto, la dejaremos preciosa.

—Estupendo, me alegra muchísimo oír eso porque me la he quedado. Firmaré las escrituras el jueves y ya tengo la cuadrilla para empezar la reforma.

—¿En serio? —De pronto sintió un agujero en el estómago y se apartó para mirarlo a los ojos.

—Sí.

—Entonces, ¿por qué te enfadas conmigo si ya tenías la decisión tomada?

—Me enfado por cómo te pones, no por otra cosa. Y tienes razón, quedará preciosa.

—Paddy —María dio un golpecito en la puerta, entró y se los quedó mirando un segundo antes de hablar—, gracias por el voto de confianza.

—Los camareros son asunto tuyo.

—Sí, pero gracias de todas maneras. De verdad creo que Milena no es un buen elemento para La Marquise.

—Tú mandas.

—Gracias. Ya se ha largado, aunque ha costado… —Parpadeó y observó con atención a su amiga—. ¿Estás bien, Manu? ¿Te sientes mal?

—No, estoy bien —contestó en español—. No te preocupes.

—Bien. ¿Vais a comer con Robert?

—Ahora voy. —Patrick se acercó y la besó en la frente antes de salir—. ¿Vienes, *Spanish Lady*? Robert quiere saludarte.

—Sí, soluciono lo de la ginebra y voy.

—Perfecto. —Sonrió, le guiñó un ojo y desapareció como si tal cosa.

Capítulo 11

¡Mierda! Subió por Piccadilly St. hasta Piccadilly Circus a pie y de ahí hacia Covent Garden con un despiste tremendo, pero sabiendo que en caso de pérdida total podría coger el metro y llegar a Russell Square en un par de minutos. La calle Strand; debía dar con ella y caminar todo recto hasta el Museo Británico, una media hora, le había dicho una vez Manuela. Media hora, clarísimo, pero ¿media hora desde dónde? ¿Desde su casa en Mayfair o desde Piccadilly Circus? Se detuvo junto a un McDonalds, entró y se compró un menú gigantesco. A pesar de los nervios, estaba muerto de hambre y algo tenía que hacer.

Agarró la bandeja, buscó una mesa lo más escondida posible y se desplomó en ella plantándole un mordisco a la hamburguesa. Al menos estaba deliciosa, determinó, sorbiendo el refresco de cola, con el pulso acelerado y esa extraña presión en el centro del pecho. ¿Le estaría dando un infarto? No, imposible, se cuidaba, iba al gimnasio y tenía veintinueve años, era ridículo pensar en eso, muestra más que irrefutable de que estaba perdiendo el control. «No, Diego, respira y tranquilízate, relájate que no ha pasado nada, nada en absoluto para que te sientas así. Vamos, todos somos adultos.»

—¿No tendréis una aspirina? —dijo a un par de chicas que hablaban en español en la mesa de al lado. Una de ellas se puso roja y buscó en su mochila mientras la otra le sonreía con cara de boba.

—¿De dónde eres?

—De Madrid. Gracias... —Suspiró, agarrando la caja de aspirinas que la morenita le ofrecía tan amablemente. Sacó dos del blíster y se las metió juntas en la boca, aunque normalmente el sabor le provocaba náuseas. Buscó el refresco y le pegó un lingotazo largo recordando que Borja le había contado una vez que lo mejor para prevenir un infarto era el ácido acetilsalicílico, la aspirina de toda la vida, vamos—. Gracias.

—¿Te sientes mal?

—Un poquito, pero con la aspirina se me pasa, gracias. —Volvió a la comida y miró por la ventana; primeros de diciembre y hacía un frío de muerte.

—Nosotras somos de Sudamérica —insistió una de las chicas—. Ella es de Perú y yo de Argentina, y nos encanta tu acento.

—Ah, vale.

—¿Trabajas o estudias en Londres?

—Trabajo.

—Nosotras estamos estudiando.

—Genial.

—¿Te vas? —Las dos vieron que se ponía de pie abandonando la bandeja casi intacta y él les regaló su sonrisa de un millón de dólares dejándolas mudas de golpe.

—Tengo prisa, os doy mis patatas. Hasta luego.

—Adiós —dijeron al unísono, y él se largó lamentándose por su hamburguesa, pero estaba claro que no le dejarían comer en paz.

Salió al frío y se cerró mejor el anorak pensando en la excusa que le tendría que dar a Manuela y a Patrick, sobre todo a él, si a Grace se le ocurría abrir la boca y mandarlo todo al carajo. Era una tía muy rara, aparentemente muy tímida y recatada, y por otra parte podía desmelenarse a la primera de cambio dejándote con los pantalones en el suelo sin mediar palabra, porque eso había pasado, lo había sorprendido, tomado las riendas y él no había podido hacer nada. Nada coherente al menos.

La culpa la había tenido aquel primer beso, el primer día de las dichosas clases de español. Él había llegado a la casa de Manuela con su librito de español para extranjeros, que le había dejado María, y se había puesto como un gilipollas a recitar el verbo «ser», mientras Grace, que estaba más buena de lo tolerable, lo miraba con esos ojazos verdes imperturbables, fijos sobre él, sin tregua, hasta que se inclinó y le plantó un piquito inocente sin venir a cuento.

—¡Eh! ¿Qué haces, Grace? Esto no está bien, somos familia.

—No somos familia, no digas chorradas. Eres primo de la mujer de mi tío, menuda familia.

—Familia al fin. ¿Seguimos o lo dejamos por hoy?

—Dame un beso.

—No, venga, tía, no me metas en un lío, ¿quieres? —Acostumbrado a torear a las mujeres, se puso de pie y la miró con cara de enfado—. Me voy si sigues por ahí, ¿quieres que tu tío me mate?

—¿O sea, que es por mi tío?

—Venga, vale ya. Me largo.

Y ella saltó y lo agarró con una fuerza inusitada y lo estampó contra la pared. En un segundo le tenía la lengua metida hasta la tráquea mientras lo abrazaba por el pecho. Era convincente la nena y además, besaba deliciosamente bien. No pudo parar, no quiso parar y se pasaron la hora de clase sin hablar, solo besándose, muy excitados, sin plantearse ni por un minuto que aquello estaba muy mal.

Aquella misma noche cenaron con el resto de la familia sin dar muestras de que hubiese pasado nada fuera de lo normal, incluso ella tuvo la desfachatez de conjugar el presente indicativo del verbo «ser» como si tal cosa, provocándole a él un ataque de tos. Y así llevaban casi tres semanas, encontrándose como furtivos en el piso de Paddy y Manuela, cuando no había nadie, para practicar un español que ella estudiaba a escondidas a través de Internet. Una puta locura muy divertida porque, aunque no estaba para besuqueos inocentes, la muchachita, que era preciosa, dulce y apasionada, bien los valía, mientras por las noches se seguía acostando con Antonella, que lo tenía como loco también.

Y por ese tipo de cosas acabaría condenado y solo. Jamás se explicaría por qué motivo hacía locuras de ese tipo: salir con dos o tres a la vez, combinar relaciones, enrollarse con la novia de un amigo, tirarse a dos tías diferentes en la misma boda o dejarse querer por la sobrina de Paddy O'Keefe, su primo político, que se estaba portando de puta madre con él y peor aún, después de que Manuela le hubiese dicho varias veces que tuviera cuidado con Grace. ¡Qué razón podía tener Manolita si se le prestaba atención! Joder.

Se metió por Covent Garden y se distrajo mirando las tiendas superbonitas de la zona, intentando aparcar la cantidad de ideas que tenía en la cabeza y el sentimiento de culpa que no lo dejaba respirar. Si era cierto todo lo que le rondaba en la cabeza (y lo que le habían advertido Manuela y María), Paddy le querría arrancar los huevos, o no, e igual lo obligaba a comportarse como un novio formal con Grace, cosa que estaba muy lejos de poder cumplir porque era un ligón compulsivo. Siempre lo había sido, desde que a los doce años se dio cuenta de que mientras jugaba al fútbol en el patio del cole las chicas se organizaban en grupos para mirarlo, aplaudirlo y regalarle chucherías. Toda la vida triunfó con las niñas, lo seguía haciendo y no pretendía dejar sus costumbres por cumplir con una sola mujer, aunque fuera como Grace McGuinness, que era una verdadera diosa, para qué negarlo.

Cruzó una especie de soportal, se metió en el Royal Opera House, salió a una calle muy transitada y alguien le dijo que la calle Strand estaba justo a su derecha. Enfiló hacia allí, pensando en que le quedaba poco para llegar a casa, y de repente el pelo rojo de una chica preciosa lo impresionó lo suficiente como para catapultarlo de golpe a la casa de Manuela, al pequeño pero acogedor dormitorio de Grace.

Un polvo magistral. Ella desnuda y con el pelo largo y suave esparcido por la cama como si se tratara de una película medieval. Su sonrisa radiante y esos ojos verdes intensos que no dejaban espacio para la duda. Se había cegado. Se encomendó a Dios y se lanzó a sus brazos como un loco, haciendo el amor con ella con una energía impresionante. Ella era impresionante. Y habían acabado entre jadeos, besándose mientras se miraban a los ojos, sonriendo y cuchicheando palabras de lo más cursis sin ningún pudor, sobre todo ella, que de repente se lanzó a charlar y a contarle confidencias y cosas que acabaron por descolocarlo definitivamente. Lo que venía a probar sobradamente su teoría de que en la cama la mejor opción era siempre el silencio.

—Madre mía —dijo en voz alta.

Al fin llegó a la calle Strand, miró la cantidad de gente que se movía por allí, el tráfico intenso y decidió volver sobre sus pasos y buscar Trafalgar Square, donde pillar un autobús que lo llevara de vuelta a Piccadilly St. Desde ahí salían todos los autobuses, le habían dicho, y esperaba encontrar alguno que lo acercara a La Marquise para hablar con Manuela, o la incertidumbre y la duda no le permitirían descansar.

—Manu… —Afortunadamente, estaba en su despacho y sola. Dio un paso al frente y cerró la puerta a su espalda.

—Hola, Diego, ¿no entrabas a trabajar más tarde?

—Sí, pero quería preguntarte una cosa.

—¿Te has fijado si ya han acabado con las pintadas y los cristales nuevos?

—Creo que ya acabaron. —Esa misma mañana La Marquise había amanecido con manchas de pintura roja y una cristalera de la entrada rota. Era la primera vez que ocurría algo semejante y andaban todos muy atareados para solucionarlo antes del turno de cenas.

—Estupendo.

—¿Tienes un momento? Te quería preguntar una cosa. Es personal.

—Dime. —Levantó los ojos del ordenador y lo miró.

—¿Me puedes explicar qué rollo es ese gitaneo del que tanto habla Grace?

—Define «gitaneo». —Se pegó a la butaca y levantó las cejas.

—Dice que es gitana, que son gitanos, su familia.

—Y lo son.

—¿Paddy es gitano? —Ella asintió—. ¿Te has casado con un gitano? ¿Lo saben tus padres?

—¡¿Qué?! —Se echó a reír a carcajadas y Diego se desplomó en una silla frente a ella.

—Va en serio.

—No creo que les interese.

—Pero es medio rubio... —balbuceó pensando en él—, y Grace pelirroja y tienen los ojos clarísimos y...

—Son irlandeses. Hay muchas clases de gitanos y los O'Keefe, al menos todos los que conozco yo, tienen la piel, el pelo y los ojos claros, como mi propio hijo.

—¿Y la primera mujer de Paddy...?

—Gitana también.

—¿Y te aceptan? Quiero decir... tú eres paya.

—Sí. No les importa, o al menos eso parece. La familia de Patrick es estupenda.

—¿Y están forrados? —Estaba tan perplejo que hablaba sin parar. Agarró un botellín de agua y bebió recordando, de pronto, que seguía con hambre.

—No viven en chabolas, ni se dedican a la venta ambulante ilegal, ni van con la cabra por las esquinas, si es lo que quieres decir.

—No quiero ofender, Manuela. Joder, tía, estamos hablando en confianza.

—No me ofendo, comprendo tus dudas, yo tenía esas mismas dudas cuando conocí a Paddy. Luego me di cuenta de que lo único que sabía de los gitanos eran ideas preconcebidas y llenas de prejuicios.

—¿Y? —La miró a los ojos.

—¿Qué? Se dedican a los negocios, tienen empresas y trabajan como cualquier payo de a pie. No hay nada extraño, oculto u oscuro. No te asustes tanto.

—No me asusto, me sorprendo, jamás hubiese pensado...
—Rememoró la pinta espectacular de Paddy, el dinero que manejaba, esa especie de poder que emanaba por todas partes y parpadeó—. Pero son extremadamente tradicionales, ¿no? ¿Como en España?

—Sí, eso sí, bastante tradicionales. Para mí es...

—Una vez, hace tiempo —interrumpió, y Manuela guardó silencio—, en la feria de Jerez, mi amigo Gonzalo se enrolló con una morena espectacular. Llevábamos toda la noche de juerga y a eso de las seis de la mañana aparecieron los parientes de la chica, que no sabíamos que era gitana, se llamaba Triana, y venían a darnos una paliza. Salimos por pies de la ciudad, acojonados y juramentados para no volver a acercarnos a una gitana si no queríamos acabar en una cuneta, eso nos dijeron. Muy fuerte. Aún me acojono al recordarlo.

—Jamás he visto u oído que haya pasado algo semejante en Dublín, cada pueblo tiene sus costumbres y... —Se calló y se levantó como un resorte—. ¿Qué coño estás tratando de decirme, Diego?

—Yo...

—¡¿Qué?! No, por favor, no me digas que Grace y tú...

—Nos enrollamos. Realmente ella llevaba dos semanas persiguiéndome y no soy gilipollas. Yo no sabía que ella era gitana, no tenía ni idea... podías haberme dicho algo... joder... Soy perfectamente consciente de que he metido la pata hasta el fondo.

—¿Qué clase de rollo?

—Rollo. No te alteres tanto —mintió al ver que estaba pálida, y ella respiró hondo.

—Te advertí que no te acercaras a ella, te lo pedí por favor, Diego... ¿cómo demonios siempre acabas haciendo lo que te viene en gana? —Se sentó otra vez y se pasó la mano por la cara— Grace no es una cría, pero su madre nos la confió, ¿entiendes? Ellos la tratan como a una niña, solo quieren verla casada con un buen hombre y no entra en sus planes que acabe liada con mi primo, que es payo y además un ligón como tú.

—No pienso casarme con ella, así que...

—Por supuesto, lo sé, por esa razón te pedí que mantuvieras las distancias, hablaba muy en serio. Ahora tendrás que decirle que se acabaron las clases de español, que estás muy liado y...

—Es muy insistente.

—Y tú tienes mucha experiencia quitándote a mosconas de encima, así que hazme un favor: por primera vez en tu vida piensa en el resto del mundo y pasa de Grace.

—Oye, ¿me estás llamando egoísta?

—Egoísta e inconsciente, y no te mando de vuelta a Madrid porque no puedo... En serio, tío, ya tienes casi treinta años... Espera, es Patrick. —Agarró el móvil y lo cogió sin quitarle los ojos de encima—. Hola, mi amor. Vale, ya voy.

—¿Qué pasa? —Se revolvió en la silla observando cómo ella cerraba el portátil y buscaba el abrigo.

—Me espera en la entrada. Me voy.

—Vale, Manuela, escucha... —La siguió por el pasillo hasta el parking, donde Paddy fumaba un pitillo charlando con uno de los cristaleros—. No hice nada por liarme con ella, no le tiré los tejos, ni le di pie, ella...

—Ella se te abalanzó, esa es la historia de tu vida, ¿no? —Se giró para mirarlo a la cara y él frunció el ceño.

—Vale, lo sé, la he cagado, pero lo solucionaré.

—Hey... —Patrick abrazó a su mujer por detrás y le sonrió de oreja a oreja—. ¿Qué tal, chaval? ¿Cómo te va la vida?

—Hola, Paddy. —Devolvió la sonrisa extendiéndole la mano—. Todo bien, ¿y tú?

—Bien, gracias. Te vienes a Dublín para mi cumpleaños, ¿no? Ya es hora de que conozcas a la familia.

—A lo mejor no puede, cariño —susurró Manuela, mirando a Diego de reojo.

—¿Cómo que no? Es el catorce de diciembre, domingo, nos iremos el sábado y volveremos el lunes por la tarde. Yo invito.

Capítulo 12

Contra todo pronóstico Diego Vergara se apuntó al viaje a Irlanda y ahí estaban, en casa de los suegros de Manuela, disfrutando del fin de semana en que Patrick cumplía treinta y nueve años. Por supuesto, la familia recibió a su primo español con los brazos abiertos y ya en el aeropuerto Sean y Paddy Jr. estaban invitándolo a diversos planes para conocer y degustar el viejo Dublín como correspondía.

Diego, con el que Manuela no había vuelto a discutir sobre el tema Grace, desplegó inmediatamente esa simpatía natural que tenía y en su inglés, a medio camino entre macarrónico y londinense, se ganó al personal de inmediato sacando de la maleta una caja con vino español para el patriarca, Patrick senior, y una caja de bombones para su anfitriona, la señora Bridget O'Keefe, que estaba encantada, cómo no, con la idea de sumar nuevos miembros a su ya enorme parentela.

En la casa lo instalaron en la habitación de Paddy Jr., que vivía normalmente con los abuelos, y al minuto y medio de aterrizar Manuela lo perdió de vista. Desapareció con los hombres jóvenes de la familia, esperando reencontrarse con los demás en Temple Bar más tarde, para vivir una auténtica juerga irlandesa, solo para hombres, previa a la comilona del cumpleaños que se celebraría el domingo. Todo muy medido y organizado, estupendo para saber que al menos estaba bien lejos de

Grace, que lo seguía mirando con cara de boba, algo que esperaba no se hiciera tan evidente a ojos de su madre, que no tendría la misma consideración que ella con el asunto.

—¿Dónde está Michael? —Entró a la carrera en su cuarto, procedente de la ducha y miró a Patrick, que de pie, vestido solo con los vaqueros, miraba absorto un partido de rugby en la tele—. Paddy.

—¿Qué? —Levantó la vista y la recorrió con los ojos—. Se lo ha llevado mi madre a cenar.

—¿Y sabes qué tiene para cenar? —Se sacó el albornoz y se quedó en ropa interior, agarró la crema y sintió sus manos abrazándola y pegándola a su cuerpo por detrás.

—Eres una obra de arte, *Spanish Lady*. —Deslizó las manos por su abdomen y ella se estremeció hasta la punta del pelo. Tenía la piel suave y caliente, y una excitación instantánea le provocó un pequeño escalofrío—. Tienes la tripa más sexy del planeta.

—¿A qué hora te vas?

—Dentro de un rato. —Le mordió el cuello y le sacó el sujetador sin ningún problema.

—Pues a mí me esperan ahora para la partida de póquer.

—Que esperen. —Le pellizcó los pezones y la dejó fuera de juego mientras le besaba los hombros con la boca abierta.

—Paddy… —Él la agarró de la mano y la empujó a la cama desabrochándose los pantalones—, está todo el mundo abajo.

—¿Y? —Estaba muy excitado y cuando se le puso encima, sus caderas reaccionaron para recibirlo inmediatamente dentro, sin demasiados preámbulos. Él abrió la boca y le lamió los pechos, penetrándola con un golpe seco y certero—. ¿Hace cuánto que no lo hacemos?

—Desde esta mañana… —balbuceó agarrándole la cara para besarlo.

—¿Tanto? —sonrió y le sujetó el trasero con las dos manos

para embestirla ya sin tregua, mientras la besaba y le mordía la boca completamente fuera de control—. Señor...

—El preservativo... porfa... Paddy... —Alcanzó a susurrar pero ya era tarde, él se desplomó encima soltando un delicioso sonido de satisfacción y solo atinó a abrazarlo con todas sus fuerzas.

—¿Cómo es que eres tan guapa, eh? —Se apoyó en los codos para mirarla de cerca.

—Lo mismo digo.

—Sabes a caramelo. —Le acarició los labios con el pulgar y luego le lamió la boca antes de plantarle un beso profundo y despacito que ella devolvió acariciándole el pelo—. Y no te juegues mucho dinero.

—¿Qué? —Lo apartó y se levantó dolorida, agarrando el albornoz—. Qué romántico.

—Es en serio, ya sabes cómo son mis hermanas. —Se sentó, la sujetó y le mordió el trasero suave y respingón—. ¿Otro rapidito? Dame cinco minutos.

—No, me voy a la ducha otra vez. Me esperan para jugar y a ti para llevarte de juerga.

—Me voy a la ducha contigo.

—No, tú ya te has duchado antes. —Lo detuvo por el pecho y sonrió al ver su cara de pillo.

—Tú también.

—Pero ahora la necesito más que tú.

Diez minutos después estaba en la enorme cocina de su suegra poniendo el tapete para la partida de póquer con las mujeres de la familia. Estaban tres de las hermanas de Paddy, la mujer de Sean, su madre, su tía Shirley, que acababa de quedarse viuda, y ella, para hacer una timba por equipos. Le divertía jugar con las chicas porque servía para ponerse al día de cotilleos y noticias, y porque era la mejor forma de integrarse en ese grupo humano compacto y sólido que formaban y donde la habían dejado entrar desde un principio, sin prejuicios, con mucha generosidad, algo que agradecería toda su vida.

—Si está tan delgada, ¿cómo se va a quedar en estado otra vez? —protestó su suegra mirando el pantalón de chándal que se le ajustaba a las caderas por debajo del ombligo.

—Está estupenda, mamá, yo mataría por estar la mitad de buena —bromeó Erin guiñándole un ojo—, y no te metas donde no te llaman.

—Mejor tener los críos seguidos, así son amigos y se acompañan, y mi niño ya tiene dieciocho meses, necesita un hermanito. —Acarició la espalda de Michael, que dormitaba contra su hombro—. ¿Habéis visto lo guapo que está? Es igualito a mi...

—«... Paddy cuando era pequeño» —recitaron todas echándose a reír.

—Y Micky ya tiene un hermano... —Cate puso los aperitivos y se sentó—. Déjala en paz.

—Pero es muy mayor, no vas a comparar.

—Bueno, señoras... —Patrick apareció de punta en blanco, vestido de negro, guapísimo, oliendo a loción de afeitar y les sonrió guardándose el tabaco en el bolsillo—. Me voy, no os paséis con mi mujer...

—¿Adónde vas tan rompedor, Paddy O'Keefe?

—Ya veis, un rato con la juventud. Adiós, *Spanish Lady*, espérame despierta. —La besó en la nariz y luego se acercó a su madre para acariciar el pelo rubio de Michael—. Está rendido.

—Y precioso, se ve que está tan sanito y es feliz. —Bridget le besó la cabecita y se giró para que su padre le viera bien la cara—. Míralo, igualito que tú.

—Parece un querubín —dijo su tía Shannon, y Manuela se acercó para mirarlo con ojos brillantes, tan orgullosa—, todo sonrosado.

—¿Sabéis qué? —Paddy estiró el dedo y le acarició la mejilla, luego extendió los brazos y se lo quitó a la abuela para acurrucarlo contra su hombro—. No me apetece nada salir, voy a coger a mi cachorrito y a mi *Spanish Lady* y me voy a la cama, dan un montón de pelis y el partido de...

—¿Qué? No, de eso nada, están esperándote y necesitas desconectar... —Manuela se apartó para mirarlo a los ojos.

—Y nosotras la necesitamos para los equipos.

—No, me vuelvo arriba, vamos... —la agarró de la mano y todas se pusieron a protestar—. Vale, vale, señoras, qué temperamento. Os dejo a Manuela, pero que suba pronto, ¿de acuerdo?

—Patrick... —Ella lo siguió con los ojos viendo como cogía el móvil con la mano libre para llamar a su hermano Sean—. Paddy.

—Déjalo, hija. Mejor... —su suegra la agarró y la sentó en la silla—. Deja que disfrute de su hijo, antes de conocerte ya salió de juerga lo suficiente como para llenar tres vidas... ¿Quién reparte?

—Hola, ¿puedo jugar? —Grace entró dejando el abrigo en una percha y buscó una silla—. ¿Ya se han ido?

—No puedes jugar, vamos por equipos y se han ido hace rato —contestó su madre mirándola con los ojos entornados—. Si lo sabes perfectamente, sé que rogaste a tus primos para que te llevaran.

—Pero el cuatro por cuatro está aparcado fuera.

—Porque mi hermano decidió no salir.

—¿Y dónde está?

—En su dormitorio con Michael, ¿a qué tantas preguntas?

—Nada, curiosidad. Abuela, ¿tienes algo de cena?

—Claro, coge estofado si quieres. —Se levantó con desgana y Manuela la siguió con los ojos.

—¿Y cómo se te porta Grace en Londres, cuñada? —preguntó Cate.

—Bien, ayuda un montón en casa, Michael la adora.

—Me parece bien, pero ya es hora de que vuelva a su casa. De hecho, su padre y yo creemos que de este viaje ya no vuelve a Londres, iba por dos semanas y ya son casi dos meses.

—¿Qué? Ni lo sueñes, tengo mil cosas que hacer en Londres.

—¿Cómo dices? —Erin dejó las cartas sobre la mesa y todos los ojos convergieron sobre Grace, que se mantenía tiesa como un palo junto a su abuela—. ¿Me hablas a mí? ¿En ese tono?

—Estoy estudiando español, mamá.

—Puedes seguir haciéndolo aquí.

—¿Y para qué quieres estudiar idiomas, eh? —preguntó la tía Shirley—. Todas tus primas están casándose o casadas ya.

—Pero a mí no me interesa ser como mis primas. Yo no soy así.

—¿Ah, no?

—No, yo quiero ser como la tía Manuela. —Manuela sintió cómo la miraban a ella y bajó los ojos—. Ella estudió, fue a la universidad, trabaja y tiene marido e hijo sin necesidad de abandonar nada.

—Pero ella es paya y tú gitana —soltó la tía Shirley—, no vas a comparar.

—No es eso. Cuñada, no le hagas caso. —Cate la miró y extendió la mano para acariciarle el brazo. Ella agarró su taza de té y tomó un sorbito sin saber muy bien qué hacer o qué decir—. Da igual si Manuela es paya, tía Shirley, estás hablando de la mujer de mi hermano.

—No quería ofender.

—No me ofende… —susurró, pero su suegra la interrumpió.

—Paya como yo. Si no te acuerdas, te lo recuerdo, Shirley, así que aquí no ofendes a nadie.

—Claro que no, solo digo que la esposa de Paddy vive de otra manera, la educaron para estudiar y trabajar y a ti no —soltó la buena señora muy convencida—. Las payas son tontas y trabajan dentro y fuera de casa, tienen muy mal acostumbrados a sus hombres, nosotras no.

—Ay, Señor...

—Es verdad, así que no seas idiota y busca un buen marido que cuide de ti. Tu madre debería enseñarte mejor.

—¿Me culpas de algo, tía Shirley?

—Pues yo por ahora solo quiero estudiar —interrumpió Grace—. Incluso aún puedo plantearme ir a la universidad.

—Sí, claro, la universidad —balbuceó la abuela entornando los ojos.

—Mamá, por favor... —Grace buscó los ojos de su madre y esta asintió moviendo la cabeza.

—Ya hablaremos con tu padre y, si quieres estudiar, estupendo, no seré yo quien te lo impida, pero será aquí, en Dublín. Paddy y Manuela también necesitan su intimidad y no a ti incordiando por en medio.

—No incordia, nosotros...

—Déjalo, Manuela, esta se viene para acá y no hay más que hablar.

—¡Dios! —exclamó Grace, se dio la vuelta, agarró su abrigo y se marchó tal y como había llegado.

—Un buen bofetón, eso necesita esta muchacha, y después un buen marido que sepa vestirse por los pies —soltó la tía Shirley, y todas las O'Keefe se miraron sin abrir la boca.

A las doce menos diez de la noche consiguió abandonar la timba, dio las buenas noches y subió a su cuarto para ser la primera en saludar a Patrick. Entró sigilosa en el cuarto y lo pilló dormido, bien tapado, con la tele encendida y Michael acurrucado en su costado. El pequeño estaba tan acostumbrado a dormir con él que se acomodaba igual que un gato en cualquier recoveco que le dejara a su disposición y ahí estaba, debajo de la axila y abrazándolo por el pecho. Les hizo una foto con el móvil y se fue a buscar su regalo, luego cogió a Michael, que protestó un poquito por el cambio de temperatura, y lo dejó en su camita con barrotes, bien abrigado. Afortunadamente, continuó durmiendo, abrazado a su caballito de peluche, y ella aprovechó para sentarse en la cama, en el lado de Paddy, para acariciarle el pelo hasta que él abrió un ojo y le sonrió.

—Feliz cumpleaños, mi amor. —Se inclinó y lo besó, él la sujetó por la nuca y sonrió sobre su boca.

—Mmm, qué regalo más bueno, pero mejor si te sacas la ropa.

—Un momento, toma, a ver si te gusta. —Le entregó la cajita envuelta en papel de seda y él se incorporó en la cama, encendió la luz de la mesilla y la abrió—. Sé que lo miras siempre que pasas por una joyería.

—Joder, el Hamilton Jazzmaster Regulator, me encanta.

—¿En serio?

—Es precioso, *Spanish Lady*. —Sacó el reloj de su estuche y se lo acercó a la muñeca—. Guapísimo.

—Te lo mereces, y mira —lo giró—, está grabado. Es de parte de los dos.

—Una pasada, gracias. —Leyó *Con amor de Michael y Manuela* y sonrió—. Pero te has equivocado.

—¿Por? —Se enderezó y abrió mucho los ojos.

—Tú no eres Manuela, tú eres mi *Spanish Lady*... —Se echó a reír y la agarró para tumbarla en la cama y tratar de desnudarla con la mano abierta—. Voy a desenvolver mi segundo regalito, ¿puedo?

Un leve ruidito le hizo abrir un ojo y sentarse en la cama. Miró hacia Michael y comprobó que seguía dormido, así que volvió a la almohada y se tapó hasta las orejas pensando que debía ponerse el pijama por si acaso, por si a su suegra le daba por entrar temprano a despertar a Michael y los pillaba a los dos desnudos en la cama. Seguro que ni se fijaba, pero le daba mucha vergüenza, y estiró la mano buscando la camiseta, que estaba por algún sitio. Paddy interrumpió la maniobra y la abrazó fuerte impidiendo que se vistiera. Un segundo después, el dichoso ruidito volvió a repetirse y abrió los ojos comprendiendo que se trataba de un móvil.

—Paddy.
—Shhh...
—No es el mío, lo apagué anoche y es tardísimo, igual es una emergencia.
—Maldita sea. —Se separó de ella y se fue hacia la mesilla contraria para agarrar su móvil, que seguía vibrando, y mirar la hora antes de contestar—. Sean, coño, son las cinco de la mañana, ¿qué demonios ocurre? ¡¿Qué?!
—¿Qué pasa?
—¡La madre que os parió! —Michael soltó una pequeña queja y luego se echó a llorar. Manuela saltó de la cama, agarró el albornoz y se lo puso cogiéndolo en brazos—. Perfecto, y se ha despertado el niño. ¡Hostia puta!
—Ya, tranquilo, mi vida, tranquilo, ¿quieres un poquito de agua? ¿Sí? —Lo acunó viendo como él se levantaba furioso, buscando ropa en el armario. Colgó el móvil y lo estampó contra la cama.
—¿Qué ha pasado?
—Están en comisaría.
—¿Qué? ¿Quiénes?
—Sean, Paddy... toda la peña, incluido tu primo.
—¿En comisaría? ¿Por qué?
—Pelea, agresión, escándalo público... Lo de siempre.
—¿Cómo que lo de siempre?
—Mira, Manuela, tengo que ir a buscarlos, les han requisado el coche y... —Se agachó y los besó a los dos en la frente—. Acuéstate con él en la cama y se dormirá enseguida. Ahora vuelvo.
—Patrick...
—Ahora vuelvo. —La señaló con el dedo y desapareció.

Capítulo 13

La mejor noche de su vida. Soltó una risa tonta y se miró los nudillos heridos con una sensación de orgullo estúpida pero muy real. Menuda juerga irlandesa, si eran todas así ya entendía por qué esa panda, sus nuevos amigos, se mantenían en tan buena forma. Estiró las piernas y se apoyó en el respaldo de la butaca aspirando el humo del cigarrillo. Estaban en un salón de fiestas y eventos, muy bonito, donde no se podía fumar, pero habían habilitado ese rinconcito aislado para los fumadores, en una terraza muy chula, desde donde podía controlar todo el panorama a gusto. Qué divertido, pensó buscando con los ojos a Manuela, que iba espectacular con un minivestido negro de manga corta, muy sencillo, que le sentaba a las mil maravillas. Botas altas y leotardos negros que estilizaban aún más su figura. Estaba fatal mirarla así, pero al César lo que es del César y su prima estaba cada día más buena, no podía decir otra cosa.

A su lado su suegro, Patrick O'Keefe senior, que era un patriarca, le habían explicado, charlando con ella y su mujer, la señora Bridget, muy animados mientras observaban al pequeño Michael trajinando entre las piernas de los mayores. Al pequeñajo lo adoraban porque era el nieto más pequeño y él hacía lo que le venía en gana mientras su madre intentaba poner orden.

Un poco más allá la gente comiendo y charlando en mesas

primorosamente adornadas y junto a la puerta principal el cumpleañero, Patrick O'Keefe, dando la charla a su hijo mayor, Paddy Jr., el causante principal de la monumental pelea en Temple Bar. El chico era un gallito de pelea de mucho cuidado y en cuanto un listillo se pasó un pelo con uno de sus primos asestó el primer puñetazo, provocando una jarana de órdago. Una jarana a la que se había sumado sin ton ni son, pero muy animado por la veintena de pintas que llevaba encima.

Paddy Jr. cumplía veintiún años en marzo, estudiaba algo así como INEF, Educación Física, en Dublín y vivía con sus abuelos. No se parecía en nada a su padre, pero sí había heredado su estatura y esa estructura física envidiable que lo convertía en un tío cachas y peligroso a más no poder. Bueno, como el resto de sus familiares varones, porque todos los hombres O'Keefe tenían más o menos la misma planta, dedujo, observándolos a esa distancia. Menuda panda de camorristas, divertidos y juerguistas. Le había encantado estar de su lado la noche anterior y aunque jamás, en toda su vida, se había metido en una pelea, esa había valido la pena como debut y despedida, y se sentía genial.

De repente tenía amigos a muerte porque la cosa estaba así: desde que había pisado Dublín él era el «primo Diego» y lo habían asimilado al grupo como a uno más, lo invitaban a copas en todos esos locales donde eran los putos amos y lo arropaban como si lo conocieran de toda la vida, y aquello no tenía precio. Por supuesto él tenía hermanos, primos y amigos, como todo el mundo, pero jamás se había sentido parte de algo tan sólido como esa familia y estaba en las nubes, le encantaban y pensaba darle las gracias a Manuela en cuanto pudiera. De momento, ella estaba muy cabreada por lo ocurrido y le había echado una bronca monumental, pero acabaría desenfadándose y entonces le podría contar lo feliz que se sentía de estar allí y de compartir con ella a su nueva familia. Eran la bomba y le daba una pereza enorme dejarlos y tener que volver a Londres, donde en realidad estaba más solo que la una. Una circunstancia que tal vez, con un poco de suerte, podría solucionar en los próximos días.

—Hola. Te llamas Diego, ¿no? —le dijo de repente una rubia de pelo largo, más desvestida de lo aceptable. Él se levantó y la saludó con un apretón de manos—. Me llamo Cheyenne.

—Hola, Cheyenne —llevaba leotardos de rejilla, un minishort y una camiseta demasiado ajustada, y al mirarla mejor comprendió que en realidad era una cría—. ¿Eres sobrina de Patrick?

—No, soy vecina, me han invitado al cumple.

—Genial. —Volvió a su asiento y comprobó por el rabillo del ojo que un grupito de chicas los observaban muertas de la risa.

—Mi tío Seamus estaba anoche en la pelea.

—¿Ah, sí? Vaya nochecita.

—¿Es verdad que eres de España como la señora O'Keefe?

—Sí, claro, ella y yo somos primos.

—Pues no sé si sabes que si quieres salir con alguna de nosotras tienes que usar el tirón.

—No sé lo que es eso, pero muchas gracias.

—¡¿Qué coño haces aquí, Cheyenne Kelly?! —Grace apareció como por ensalmo a su lado y le pegó un tremendo empujón a la rubia, que se revolvió escupiendo de todo por esa boquita. Un montón de palabras que Diego no comprendió.

—Oye, vale, tranquila, Grace... —Atinó a agarrarla del brazo mientras Cheyenne se iba enseñándole el dedo corazón.

—Como te pille a solas, sin mis abuelos delante, te parto la cara... —le espetó Grace a la muchacha, y luego lo miró a él hecha una furia—. ¿No ves que es una cualquiera? Quiere que uses el tirón para casarse contigo.

—¿Y yo qué coño sé de qué estáis hablando? ¿Tirón?

—Entre gitanos, si a un chico le gusta una chica, la agarra del brazo y se la lleva, así de simple. Después de eso, se casa con ella. Es la costumbre.

—Y respetando mucho vuestras costumbres, Grace, te recuerdo que yo no soy gitano.

—De todas maneras, gitano o no, podrían embaucarte.

—Gracias por preocuparte por mí. —La miró a los ojos y ella frunció el ceño—. ¿Qué pasa?

—No me has dirigido la palabra en todo el finde.

—Estaba con tus primos y pensé que no querías que nos vieran juntos.

—¿Y tú?

—¿Yo? ¿Qué?

—¿Tampoco quieres que nos vean juntos?

—Sinceramente, no quiero que alguno de tus tíos o tu padre me corte los huevos. —Se echó a reír pero ella permaneció seria—. Grace...

—Tú muy valiente no eres, ¿no, Diego?

—¿Cómo?

—Deberías tener cuidado, yo ya sé de qué vas, pero ellas no, y se pueden aprovechar de que no sabes nada del tirón para...

—En esta familia no hacemos uso del tirón, no te preocupes, Diego. —Patrick les habló alto y claro, con esa voz grave y serena suya, y Diego le sonrió—. Vuelve con tu madre o tus hermanas, Gracie, deja que Diego se fume un pitillo tranquilo.

—Nosotros no, pero esas zorras sí y estaban intentando...

—¿Cómo dices? —Paddy, con las manos a la espalda, frunció el ceño.

—Nada, tío... —Grace se fue maldiciendo por lo bajo y Patrick sacó un paquete de tabaco, le ofreció un pitillo y se sentó a su lado encendiendo el suyo.

—Vaya, tienes revolucionado al personal.

—¿Va en serio lo del tirón?

—Sí.

—¿Tú...? Ya sabes... ¿lo usaste con tu primera mujer?

—No... —Soltó esa risa suave y movió la cabeza—. No hizo falta, aunque con tu prima me hubiese gustado hacerlo.

—Bueno, no te puedes quejar.

—No, pero costó... —Buscó con los ojos a su mujer y ya no la perdió de vista, Diego se dio cuenta y sonrió.

—La verdad es que Manuela es feliz aquí, contigo, con el peque, por supuesto, y con toda tu familia. Ella siempre fue muy tímida y silenciosa, pero ahora, no sé, está radiante.

—¿En serio? ¿Tímida y silenciosa? ¿También de niña?

—Sí, muchísimo. Apenas hablaba, su madre decía que se escondía en sus libros para no tener que mirar a la gente.

—Pero contigo siempre se llevó bien, eso me ha dicho.

—Sí, por edad supongo, fuimos al mismo instituto y siempre hablamos mucho, bueno, dentro de lo que ella me hacía caso.

—Ya, lo sé... —Sonrió y guardó silencio.

—He estado charlando con Sean, no sé si te ha dicho...

—Sí, me lo ha dicho y, si quieres venir a trabajar con él aquí, no veo problema. No son las mismas condiciones de La Marquise, ni se gana lo mismo, pero siempre podemos buscarte un hueco.

—Soy licenciado en Administración de Empresas, tal vez pueda ayudaros en las oficinas.

—El organigrama lo lleva la gestoría, podemos discutirlo y ver dónde podemos necesitarte, ¿te parece? Y si quieres mudarte a Dublín o a Derry, tú mismo.

—Gracias, Paddy, sois geniales conmigo, en serio.

—Eres el primo de mi mujer, Diego, no te extrañes tanto.

—Hablando de la reina de Roma... —La vio acercándose y se levantó.

—No te levantes, Diego. Patrick...

—Patrick, Patrick... —repitió él muerto de la risa—. ¿Has visto cómo lo dice? Me encanta.

—Ya estamos. —Se puso las manos en las caderas y lo miró muy seria—. Quiero llevarme a Michael a dormir la siesta o si no luego ya sabes cómo se pone, pero no me dejan. ¿Puedes echarme un cable?

—Está de celebración como todo el mundo, olvídate de la siesta.

—No, no, no, no, no… de eso nada.

—Ay, *Spanish Lady*, respira un poco, ¿quieres? —Se levantó y la abrazó para besarla en la boca. Diego se levantó a su vez e hizo amago de dejarlos solos—. Eres preciosa, ¿te lo he dicho? Preciosa pero muy mandona.

—Paddy, por favor...

—Vente a bailar conmigo y deja a tu hijo en paz.

Los dejó besándose como un par de adolescentes y se fue a buscar a su nueva panda de amigos, que estaba comentando la pelea de la víspera con una cerveza en la mano. Lo recibieron entre palmaditas en la espalda y vítores y de pronto notó que no había chicas por allí. Solo había hombres, todos jóvenes, y ninguna mujer de su edad compartiendo la charla. Muy raro, pero a la vez muy de agradecer. Se pilló un botellín y se animó a intentar comprender ese inglés endiabladamente extraño que hablaban a una velocidad vertiginosa.

Capítulo 14

—Obnubilado es la palabra —susurró Manuela, aprovechando para mirar unos asuntos en el ordenador del despacho mientras María la esperaba de pie, siguiendo a Michael, que lo quería revolver todo—, y entiendo que esté impresionado porque esa familia impresiona, más a nosotros dos que venimos de una familia como la nuestra... Pero le he dicho que no es oro todo lo que reluce y que el fin de semana pasado fue una excepción, pero ni caso.

—Dice que lo espere hasta el treinta de enero para mudarse porque lo hará directamente a Dublín.

—¿Y qué pensáis hacer?

—Pues esperarlo, ¿qué podemos hacer? No tenemos ninguna prisa.

—Como Grace se ha quedado allí, Diego puede venirse a nuestra casa, si lo prefieres, a mí no me importa.

—No, es igual. ¿Y ya sabes dónde va a trabajar?

—Sinceramente, no. Sean dice que necesita a alguien en uno de los hoteles, el más grande de Dublín, y que tal vez lo pueda colocar en la gerencia.

—¿La gerencia? ¿Qué sabrá Diego de una gerencia?

—Bueno, ha estado en un puesto directivo y dos intermedios en Madrid.

—Pero no en un hotel, que es algo muy complejo.

—Tienes razón, pero no puedo meterme si es Sean quien le ha hecho la oferta. Sin embargo, hablaré con él.

—¿Con Diego? No, mejor habla primero con tu cuñado y le dejas claro que Diego Vergara no es Manuela Vergara...

—María... —Levantó los ojos y movió la cabeza.

—Si quieres se lo cuento yo.

—¿Has avisado a Borja? Se nos está haciendo tarde...

—Sí... —Se asomó a la ventana y vio como aún andaban un par de chicos recogiendo escombros. Justo una semana después del cumpleaños de Paddy, todas las jardineras de entrada a La Marquise amanecieron destrozadas, pintadas de rojo y esparcidas por el parking. Otro acto de vandalismo, el segundo en menos de tres semanas, y lo suficientemente serio como para tener que personarse el domingo libre allí, para hablar con la policía mientras Patrick mandaba a una cuadrilla de conocidos suyos a limpiar y reponer las dichosas y carísimas jardineras—. Qué fuerte, Manuela.

—¿Lo de Diego? Ya te digo.

—No, ¿no te parece sospechoso que en tres semanas nos hayan atacado dos veces los vándalos? No había pasado en casi siete años de La Marquise.

—¿Y a los vecinos del barrio?

—A ninguno, lo han confirmado Sonny y Günter, que se han ido a preguntar por allí...

—Pues sí que es raro.

—¿No será otra cosa?

—¿Qué cosa?

—No sé, algún exempleado descontento, es lo primero que ha preguntado la policía.

—¿Quién? No creo. Michael, mi amor, eso no... —Dejó el ordenador y se acercó para cogerlo en brazos y alejarlo de las plantas de interior—. ¿Tienes hambre, mi vida?

—¿Cómo que quién? ¿Milena?

—¿Ella? No me la imagino rompiendo cristales o jardineras de hormigón que pesan un montón.

—Ella no, pero sí el macarra de su novio...

—Espera. —Agarró el móvil y saludó a Paddy, luego colgó y miró a su amiga—. Vamos, ya han acabado y nos espera en el coche. ¿Nos vamos a cenar a casa de la tía María, Michael? ¿Quieres ir, mi amor?

—Sí —contestó él dejándose poner el abrigo y el gorrito.

—¿Quieres ver al tío Borja?

—Manuela, hablo en serio...

—No creo, deben ser unos idiotas sin otra cosa que hacer. No te preocupes.

Tres días para Nochebuena. María y Borja a punto de volar a Madrid y decidieron organizar una cena tranquila en su casa, en domingo, una idea estupenda salvo por el hecho de que aún le quedaban regalos por envolver y meter en la maleta. Ellos se iban el veinticuatro por la mañana a Dublín y, aunque habían hecho un pacto familiar de solo hacer regalos a los niños, familiares directos, se trataba de veinticinco sobrinos, más Paddy Jr., sus suegros y un detalle para sus seis cuñadas, el regalo de Patrick y el de Michael. Una locura. Treinta y tantos paquetes de regalo que estaba acomodando en una maleta gigante por la que acabarían pagando sobrepeso, estaba segura. Afortunadamente, los videojuegos para la mayoría de los pequeños y los pañuelos de seda para las señoras, facilitaban la tarea. Aunque aún le quedaba por encontrar algún detalle para la abuela Patricia y la tía Shirley, que eran las señoras mayores que seguro estarían allí. Y Paddy, sin hacer el menor caso a esas preocupaciones a las que él jamás había prestado atención, le dijo asegurando, de paso, que el mejor regalo era dar dinero y en paz. Algo que se negaba en redondo a hacer.

Entró en su antiguo edificio siguiendo a Paddy y a María, que charlaban sobre el estropicio de las jardineras, y miró a su hijo, que le regalaba sonrisas desde la altura de su padre, que lo llevaba colgando del hombro como tanto de gustaba. Se acercó para acariciarle las mejillas sonrosadas y entonces Borja abrió la puerta protestando por la tardanza, aunque ella no le hizo mucho caso pensando en una cajita de jabones y perfumes muy chula que había visto en Regent St. como regalo para las abuelas. Era elegante y clásico y podía ir a por ellas a primera hora, antes de entrar al trabajo. Le sacó el anorak a Michael y aspiró el aroma a paella que llenaba todo el piso, se giró para quitarse su abrigo y entonces vio salir a Diego despeinado y completamente agitado de su habitación. Ella se detuvo y enseguida supo que algo raro ocurría.

—Hola —saludó acariciando el pelo de Michael, los miró y sonrió—. No sabía que veníais a cenar hoy. Vaya sorpresa.

—Como no te vemos el pelo, no te lo dijimos —contestó María entrando a su cuarto—. Voy a darme una ducha y a cambiarme, si no os importa. Estoy llena de barro.

—Vale —respondió Borja—. Ven, Paddy, mira mi superpaella, en tu honor, ¿eh, tío? Miguelito, ven a ver lo que ha hecho tu padrino.

Agarró a Michael en brazos y se los llevó a los fogones. Manuela se quedó quieta y miró fijamente a su primo.

—Tía...

—¿Qué te pasa? ¿Estás enfermo?

—No, es que...

—¿Qué?

—Tengo...

—*Spanish Lady*, ¿sabes dónde metí el móvil? —Paddy se acercó y la agarró por la cintura sin que ella dejara de mirar a su primo, que estaba cada vez más pálido.

—En tu abrigo.

—Café irlandés —soltó de pronto Diego y ella parpadeó.

—¿Café irlandés?

—Gracias. —Patrick encontró el móvil y se fue hacia la cocina.

—Mi café irlandés —balbuceó como un idiota mirando hacia el dormitorio.

Manuela se giró y la puerta se entreabrió revelándole la imagen de Grace, envuelta en una sábana y completamente despeinada mirándola con cara de pánico. Creyó perder el aire de los pulmones y abrió la boca sin emitir sonido alguno, la volvió a mirar y ella se puso de rodillas rogándole que guardara silencio.

—Lo sé... no me mires así —añadió Diego.

—¿Que no te mire así? —Lo agarró del brazo y lo apartó de la cocina americana—. ¿Cuándo ha venido?

—Esta mañana, y tiene un vuelo para dentro de dos horas, la tengo que llevar al aeropuerto. Joder, Manuela.

—La madre que os parió... —Miró a Paddy, que charlaba sobre los secretos culinarios de Borja tan animado, y pensó más en ahorrarle un disgusto a él que en ayudar a Diego. Se volvió y ordenó con un gesto a su sobrina que se vistiera, luego miró a su primo y le susurró—: Te voy a matar, pero lo primero es sacarla de aquí, ¿me oyes? ¿Cómo podéis ser tan idiotas?

—¿Qué hacemos?

—Ponte el abrigo y preparaos para salir en cuanto consiga que Paddy se vaya un rato, ¿vale? Menuda mierda, engañar a mi marido por tu puta mala cabeza, Diego, en serio, no se lo merece.

—Lo sé, perdóname.

—Vale, ¡vamos! —Él se metió en el dormitorio y cuando estuvo preparado le hizo un gesto, ella respiró hondo y se acercó a Paddy moviendo la cabeza—. Mi amor, necesito un favor. Lo siento mucho, pero...

—¿Qué pasa?

—No he traído mi analgésico y me duele mucho la cabeza. ¿Puedes bajar a la farmacia que está al lado del museo y comprármelo? Está abierta en domingo. Iría yo, pero...

—¿Qué estás tomando? —preguntó Borja, y ella lo miró con los ojos entornados—. Igual tengo algo en el botiquín.

—No, no te preocupes.
—¿Cómo que…?
—No, déjalo, Borja, bajo yo y así me fumo un pitillo. —Paddy se fue a poner el abrigo y antes de salir le dio un beso en la frente—. ¿Te sientes muy mal?
—No, mi amor, se me pasa en cuanto me tome la pastilla.
—Vale, ahora vuelvo.
—Te quiero —susurró ella viéndolo bajar las escaleras. Esperó dos minutos y se giró hacia Diego, que salió a la carrera y con Grace de la mano. Borja los vio y se quedó con la boca abierta y la cuchara de madera en la mano, observando la maniobra como si estuviera viendo una película—. Marchaos hacia el metro volando. Si os pilla, ya no es asunto mío.
—Gracias, tía Manuela —le dijo Grace medio llorando—. Muchas gracias.
—Te debo una, Manu, una de verdad.
—No te haces una idea —contestó ella sintiéndose fatal por tener que mentir de esa manera. Cerró la puerta y miró a su amigo con las manos en las caderas—. Mejor que tu mujer tampoco se entere o estallará la tercera guerra mundial.
—¿Grace McGuinness?
—Sí. Será gilipollas el puto capullo este… —soltó mirando a su hijo, que jugaba en el suelo con una cacerola vacía y una espátula de plástico—. Voy a cortarle los huevos, acaba de pasarse no cuatro pueblos, no, una docena por lo menos, el muy gilipollas.
—¿Quién es gilipollas? —María le habló por la espalda sonriendo a su precioso ahijado—. No hables así delante del niño, luego nos quejamos. ¿Verdad, Michael? ¿Verdad, corazón, que tu madre es una malhablada? ¿Y Paddy?
—Bajó a comprarme un analgésico.
—Pero si tengo miles de analgésicos aquí, a Borja le dan cientos de muestras. ¿Cenamos? Me muero de hambre.
—Ya, pero…
—¿Diego se apunta a comer paella a las siete de la tarde?

—No, se ha ido, tenía entradas para el cine —mintió Borja guiñándole un ojo a Manuela—. Y tampoco está tan mal cenar paella, si a Paddy le hace ilusión, ¿qué más da?

—Vale, cenemos pues... ¿Dónde está papá, Michael? —Se inclinó y lo agarró en brazos para comérselo a besos—. ¿Le dices a la tía María dónde está papá?

—Calle.

—¿En la calle? Pero ya viene, ¿has oído el timbre? Vamos a abrirle la puerta. ¡Hola, papá!

—Hola, cachorrito — Patrick sonrió y entró frotándose las manos, le dio un beso en la frente y luego se acercó a Manuela con la bolsita de la farmacia. Ella, que se sentía fatal, lo agarró y lo abrazó muy fuerte—. ¿Comemos? Huele que alimenta.

Capítulo 15

Manuela ni lo había llamado por teléfono ni contestaba a sus llamadas. Debía estar furiosa y con razón. Se subió al ascensor del metro de Russell Square y bajó rodeado de gente hasta el andén, ensimismado y con un tremendo sentimiento de culpa. Tal vez era la primera vez en su vida que se sentía tan mal por un asunto de faldas, pero en realidad no se trataba simplemente de un asunto de faldas, se trataba de Grace McGuinness, la sobrina de Patrick, la hija de Erin y Jon McGuinness, esa gente tan maja que lo había recibido en Dublín con los brazos abiertos.

Pero para ser justos, ella era mayor de edad. Por el amor de Dios, cumplía los diecinueve en abril, concretamente el veinte de abril, no era una niñita ingenua, ya había tenido sus experiencias en la vida. Aunque para sus padres, católicos, conservadores y gitanos, aquello fuera información reservada, lo cierto es que Grace era una mujer hecha y derecha, que sabía lo que quería y él, que tampoco es que fuera un sátiro desalmado, no había hecho nada, en absoluto, por llevársela al huerto, más bien todo lo contrario. Y no pretendía acusarla a ella de todo el asunto, pero, en honor a la verdad, Grace lo había buscado, embaucado y metido en la cama, no había discusión, y estaba seguro de que en caso necesario ella sería capaz de reconocerlo delante de cualquier tribunal e, incluso, delante de sus padres y de toda la parentela. No había de qué preocuparse.

Menuda era Grace. Pensó en esa piel tan blanca, blanquísima, cubierta por unas pequitas diminutas, y sonrió. Era sedosa, toda ella era sedosa: la piel, el pelo, los labios, las manos, la lengua... su intimidad. Nunca había visto a una pelirroja desnuda, salvo en el cine, y era precioso ver aquel pubis pelirrojo tan ordenadito y perfecto. Una gozada. Y esos ojazos, enormes y dulces, verdes igual que una esmeralda, y no era por ser cursi, pero la cosa era tal cual, de un verde profundo y brillante que quitaban el sentido. Era preciosa la chavalita y, además, muy activa en la cama, apasionada y locuaz. Se reía por todo y le encantaba sorprenderlo y hasta asustarlo con sus ocurrencias, como aquella de aparecer en Londres, el domingo, de improviso y sin avisar.

La despedida en Dublín, después del cumpleaños de Paddy, había sido distante. Ella estaba muy cabreada por tener que quedarse en Irlanda y aunque había suplicado y rogado para que la dejaran volver a Londres, de nada sirvió y él, que tenía una resaca de campeonato, tampoco había ayudado mucho. Grace estaba hecha una furia por su pasividad y su comportamiento y lo había mandado a la mierda rápido, repitiéndole aquello sobre su valor y hombría. Dos conceptos ridículos en el siglo XXI que, sin embargo, dolía oír de boca de una nena a la que te estabas llevando a la cama. Después de eso, algún mensaje disperso y el domingo por la mañana llegó a casa de Borja y María sin avisar, y él no había sido capaz de mandarla de vuelta a casa.

La pobre se había gastado su dinero en coger un vuelo a primera hora y otro para volver en el mismo día por la tarde a Irlanda. Era muy conmovedor y después de la reprimenda inicial, preparó algo de comida, bebida y la metió en la cama, donde hicieron el amor todo el día, unas cuatro veces, hasta que Manuela y su familia aparecieron desbaratando el invento. Se les había cortado el rollo y Grace, que respetaba y obedecía de forma ciega a sus mayores, especialmente a su tío Patrick, entró en modo pánico total y tuvieron que salvar la situación como pudieron. Una pasada.

Por otra parte y, para ser sinceros, llevaban casi un mes acostándose juntos y le encantaba.

Grace era la tía más guapa con la que se había metido en una cama y solo pensar en hundirse en su cuerpo durante las navidades lo ponía a cien. Tragó saliva y miró discretamente su bragueta al percibir que se había empalmado solo de pensarlo.

El problema serio podría venir cuando se mudara a Dublín, que era el plan a corto plazo, quisieran seguir viéndose y entonces ella acabara exigiendo un compromiso. No, no, de eso nada. Él no podía prometerle lealtad o un noviazgo o nada parecido… No podía, no quería y no procedía, eran familia, coño, y eso entre los gitanos era sagrado. Eso descartado de cuajo, se lo había dicho un millón de veces. Mientras ella divagaba sobre asuntos familiares o sobre el futuro, él se lo había dejado bien clarito.

—¿No eres muy mayor para no haberte casado, Diego? —le preguntó solo unas horas antes en la cama.

—¿Mayor? Tengo veintinueve años, al menos me quedan quince años de juerga antes de pensar en casarme.

—¿Quince? Qué rarito eres. A tu edad todos los hombres que conozco están casados y con hijos o incluso casándose por segunda vez.

—¿Pero hay muchos divorcios entre gitanos?

—Pocos, pero los hay… Como se casan tan jóvenes… Mira el tío Paddy, se casó a los diecisiete y se divorció al final para casarse con la tía Manuela.

—¿O sea que se divorció por Manuela?

—No, llevaba separado la tira, pero oficialmente fue por ella.

—Ah...

—Violet, su primera mujer, también se casó enseguida, claro que estaba preñada de su novio y, bueno, ya sabes.

—¿Qué?

—Sus hijas pequeñas también son hijas del que ahora es su marido, no de mi tío. Y aunque el tío Paddy nunca tuvo mucho contacto con ellas, menudo escándalo se montó. Ahora las dos chicas tienen el apellido de su padre real y la familia no se habla. Aunque Violet, que es una golfa de mucho cuidado, es sobrina de mi abuelo, mi abuela tiene prohibido que se la miente en casa. Muy fuerte.

—No la mentaremos, pues.

—Mejor... ¿Sabes por qué el tío Paddy llama *Spanish Lady* a la tía Manuela?

—Por una canción tradicional irlandesa, me han dicho.

—Sí. ¿Hay alguna canción tradicional española que me pegue a mí?

—¿A ti? —La miró y se echó a reír acariciándole la mejilla—. No creo, no lo sé... No se me ocurre nada.

—Piensa en alguna.

—¿Para qué?

—Porque es bonito.

—No soy muy bueno con las canciones.

—Tú esfuérzate un poco.

—Vale.

—Mi primer pretendiente me llamaba «Ginger», qué original —suspiró—. Si hubiese habido boda con él, ahora llevaría cuatro años casada, pero mis padres no me dejaron.

—Afortunadamente.

—Muchas de mis primas están casadas y tienen hijos a mi edad. Es lo normal.

—Lo normal es vivir la vida, Grace. Aprovechar la juventud y luego sentar la cabeza. Hay tiempo para todo, créeme.

Y ella asintió y reconoció que tenía razón. Por supuesto. Gitana o no gitana, lo que quiere una chica joven y guapa es disfrutar y no andar complicándose la vida, estaba claro. Grace lo tenía claro y no había de qué preocuparse.

—La jefa te espera en su despacho, sube enseguida —le dijo Paco, el camarero español, cuando lo vio aparecer en el office—. ¡Vamos!

—Vale, ya voy. —Dejó sus cosas en la taquilla, pasó por la cocina, donde ya estaban con los preparativos de la cena, y subió al despacho de Manuela. Le quedaba poco para marcharse, así que pensó que la charla no sería muy larga. Llegó a su puerta, la tocó y entró intentando parecer apesadumbrado—. Hola, ¿me has llamado?

—Pasa y siéntate —dijo ella con el ordenador encendido. Lo apagó tranquilamente y luego le clavó esos ojazos negros, enormes, muy seria—. ¿Desde cuándo te acuestas con mi sobrina?

—Mira, Manuela, a mí me enseñaron que de las damas...

—Déjate de chorradas, Diego, por favor, y habla de una puta vez. El domingo no era la primera vez, ¿no? ¿Ya te acostabas con ella cuando viniste a preguntarme si era gitana?

—Bueno, yo... —Se movió en el asiento incómodo—. Sí.

—¿Te das cuenta de lo que has hecho?

—Oye, ella es mayor de edad y...

—Te lo voy a explicar para que lo entiendas. Los gitanos, en concreto la familia de Patrick, tienen muchos valores que cumplen a rajatabla, y el principal es la confianza. Ellos no mienten, ni se faltan, ni engañan a la familia. Jamás, en todo el tiempo que conozco a Paddy, lo he visto mentir, ni una sola vez. Ni a mí ni a nadie, y lo mismo su entorno. Para ellos es vital la confianza ciega entre los suyos y esa confianza ciega se basa en saber principalmente que no se mienten, ¿lo entiendes? —Asintió cada vez más incómodo—. Ellos te dejan entrar en su familia, como lo han hecho tan generosamente contigo, y tácitamente te piden que respetes sus valores, como el de la confianza. Por esa razón yo te advertí desde el minuto uno que no te acercaras a Grace, porque sus padres nos la habían confiado. Puede parecerte anticuado e incluso ridículo, pero creí que eras lo suficientemente adulto como para comprenderlo. Sin embargo, no es así y has roto nuestra confianza, yo he roto la suya y, lo peor, mentí a mi marido por tu culpa...

—Manu...

—En todo caso, lo hice por no darle un disgusto a él, no por ti, que lo sepas, ni por Grace, que es otra inconsciente de mucho cuidado, aunque a sus dieciocho años tanta inmadurez sea un poco más normal que en un idiota de casi treinta como tú.

—Mira, yo...

—Eso por una parte, pero como sé que esto te importa una mierda, te lo voy a dejar ver desde un punto de vista que igual te interesa más: tu trabajo en Dublín. La familia, por Paddy que es mi marido, te abre los brazos, te acoge, te paga copas, te adopta como a uno más y te conviertes en el primo Diego, un tío de total confianza al que echar un cable porque es primo de la mujer de Patrick O'Keefe. De puta madre para ti, que estás acostumbrado a caer de pie en todas partes, tanto, que hasta Sean te ofrece un trabajo de cierta responsabilidad sin conocerte, sin imaginar ni de lejos que te estás tirando a escondidas a su sobrina de dieciocho años. ¿Qué crees que pensarán Sean, Paddy y los demás cuando se enteren de tu aventura con la niña? Porque te recuerdo que ellos la ven como una cría, además virgen y...

—No es una niña, menos aún era virgen y fue ella...

—Señor...

—Es que si no es porque ella...

—¡Deja ya de culpar a los demás de tu puta irresponsabilidad! ¡Joder, Diego! —Se levantó y él se achantó enseguida—. Te dije que no te acercaras a ella, te expliqué que era una cría, lo de sus padres y luego tienes la desfachatez de venir aquí, a preguntarme todo asustado si de verdad es gitana porque las has besado... ¿Cuando ya te habías acostado con ella? ¡Joder!

—Lo siento, en serio, lo siento mucho. Ya no volverá a pasar.

—Y para más inri en casa de María, que también te había pedido expresamente que no...

—Borja no dirá nada, me lo ha jurado.

—Y todos a mentir, a cubrirte, a apagar fuegos mientras tú te vas de rositas, como siempre.

—Vale, está bien. Te digo que no volverá a pasar, Manuela.

—No te creo y sinceramente, me importa una mierda, te lo digo en serio. Yo... —se paseó por el despacho y él la siguió con los ojos— nosotros hemos pasado mucho para estar donde estamos. No lo sabes porque jamás he contado, ni contaré a mi familia a la que importo un pimiento las circunstancias de mi relación con Patrick, pero te aseguro que ha sido mucho y no voy a permitir que tú, que apareces por aquí sin siquiera avisarme, vengas a amargarme la vida. No pienso preocuparme más por ti, eres un tío adulto. El típico gilipollas de veintinueve años que se cree que es un jovencito al que le queda mucho por vivir como para preocuparse por idioteces. Pero te aviso que no es así, eres un adulto, asume tus responsabilidades de una puta vez, como hacemos los demás, y que Dios reparta suerte porque conmigo ya no cuentas, Diego. Y con Paddy tampoco, porque no voy a permitir que haga nada por ti después de lo que ha pasado. Ya sé que para ti todo esto es una idiotez, pero para nosotros no. Es todo. Puedes volver al trabajo.

—¿Qué quieres decir? ¿Me estás despidiendo?

—Madre de Dios —lo miró respirando hondo—. ¿No has entendido nada?

—Sí lo he entendido, claro que lo entiendo, y ahora mismo me siento como una cucaracha miserable. Solo quiero saber qué pasa con mi trabajo.

—Sigue trabajando, no te voy a despedir.

—¿Y Dublín?

—Decide tú lo que quieres hacer. Si puedes asumir la responsabilidad que Sean te pide, sin tener que pedirnos ayuda ni andar incordiándonos a María o a mí, y además puedes vivir allí el día a día, no la juerga de la semana pasada, vete. Si es lo que quieres, mejor para mí. En serio, estoy indignada contigo, así que me da lo mismo.

—Sé que la he cagado, que la hemos cagado porque este es un asunto de dos, pero no entiendo semejante drama, Manuela, te lo digo en serio. Le diré a Grace que se acabó y fin de la historia. —Se levantó e hizo amago de salir.

—Claro que no lo entiendes, porque nunca dejas de mirarte el ombligo. ¿Cómo lo vas a entender?

—¿Vas a contárselo a Paddy o a Sean?

—¿Lo ves? —Se pasó la mano por el pelo y volvió a su escritorio—. Adiós, Diego, tengo que seguir trabajando.

—Dime si se lo has dicho, necesito saber qué terreno piso.

—Yo no se lo he dicho, ni se lo diré, pero no pienso volver a cubrirte.

—Vale, gracias.

Capítulo 16

Aún no se podía creer lo que había pasado, pero era cierto y eso lo honraba, no podía decir otra cosa. En veintinueve años, era la primera vez que Diego Vergara parecía querer hacer lo correcto y ella estaba conmovida. Después de declinar la invitación a pasar la Nochebuena y la Navidad en Irlanda, como estaba previsto, y quedarse a trabajar doblando turnos en el restaurante, le informó a Sean y a Patrick que prefería conocer más el negocio en La Marquise antes de hacerse cargo de la gerencia de un hotel de sesenta habitaciones en las afueras de Dublín. Sean lo comprendió sin ningún problema y él parecía ahora concentrado en su trabajo, en sus clases de inglés y en su escasa vida social porque, tras el rapapolvo en su despacho, había adoptado un perfil bajo y apenas se dejaba notar.

El cuatro de enero, sin ningún aspaviento, dejó el piso de María y Borja y se instaló en un pisito en Camden Town (antiguo, frío y diminuto), junto a unos camareros hispanoamericanos del restaurante que lo habían conseguido por una ganga. Así que tenía una habitación enana y compartía el cuarto de baño, pero era un sitio central, en una zona inmejorable y estaba satisfecho, le contó a Borja, que era el único que seguía preocupado por él porque tanto María como ella estaban convencidas de que el paso por la vida real le vendría estupendamente.

Sobre Grace no habían vuelto a hablar. Suponía que la distancia ayudaría a enfriar un romance pasajero, pasajero al menos para Diego, y que pronto no tendrían de qué preocuparse. Grace estaba en Dublín vigilada por sus padres, dedicada a sus cosas, y Diego en Londres a las suyas. Fin del problema, o eso esperaba de todo corazón.

—Hey...
—Hola, mi amor... —Sonrió al verlo entrar sacándose aquel anorak sin mangas y las zapatillas mojadas en la puerta. Venía de correr, como casi todos los días, y se lo quedó mirando con ojos soñadores. Era tan guapo... y no abrió la boca observando cómo se acercaba al parque de Michael para saludarlo.
—¿Estás viendo la tele, cachorrito?
—Sí —contestó él enseñándole sus juguetes y la tele donde le había puesto un DVD—. *Po po yo.*
—¿Pocoyó? Qué cosa más fea —bromeó y la miró por primera vez a los ojos—. Hola, *Spanish Lady*, ¿qué hay de cenar?
—Espaguetis. Cenamos en una media ho...
—Vale, dame un minuto —contestó al móvil y se fue a la nevera para sacar un zumo. Ella se acercó y lo abrazó fuerte por la espalda—. Vale, Sean, me parece genial...
—Te quiero... —susurró y le subió la camiseta para besarle la espalda mientras le acariciaba los abdominales marcados. Aspiró ese aroma hipnótico que desprendía y lo recorrió con la lengua hasta alcanzarle el pecho. Él la abrazó y soltó una carcajada.
—Madre de Dios, voy a dejarte, mi mujer me reclama. Vale, adiós. —Colgó y se echó a reír mientras ella bajaba por el ombligo—. Estoy empapado de sudor, deja que me dé una ducha...
—Me puedo comer todo tu sudor, me encanta tu sudor...
—Le lamió el ombligo y siguió el recorrido descendente, pero

él la detuvo, la agarró por la cintura y la sentó en la encimera de la cocina. Le separó las piernas y se pegó a ella para besarla.

—Estás muy juguetona últimamente, *Spanish Lady*.

—Es tu culpa.

—¿Ah sí? ¿Así que es culpa mía?

—Claro, yo antes no era así.

—Afortunadamente.

La cogió en brazos y se la llevó a la cama, la desnudó en un pis pas e hicieron el amor encima del edredón, con las canciones infantiles de fondo y sin pasar por la ducha, algo que a Manuela le parecía muy sexy aunque antiguamente, en otra vida, le habría parecido una atrocidad.

—Mami... —escucharon la vocecita de Michael un segundo después de compartir un orgasmo legendario y Paddy se apartó para buscarlo con los ojos—. ¿Moto? Papi, moto.

—¿Qué demonios...?

—¿Cómo te has salido del parque, cariño? —Se puso de pie buscando la ropa y él se los quedó mirando con total tranquilidad y la moto de plástico en la mano—. Michael, dile a mamá cómo has salido del parque, ¿quieres, cariño?

—Parque.

—Sí, enséñame cómo has salido del parque. —Se lo llevó de la manita y se dio cuenta de que había dejado el dichoso parque pegado al sofá más grande, para que tuviera la tele en frente. Se puso la mano en el pecho y volvió a respirar—. Qué susto, mi vida, me has asustado, ¿sabes?

—Susto.

—Sí, un susto. —Se puso de rodillas para abrazarlo muy fuerte y vio como Patrick inspeccionaba el asunto rascándose la barbilla—. No debes salirte del parque solito, ¿vale? Nunca más. Te puedes caer y hacerte daño. ¿Lo prometes?

—Sí.

—El muy bribón escaló por el sofá. Qué pillo.

—Culpa mía por dejarlo pegado ahí, hubiese podido caerse perfectamente.

—¿Lo haces otra vez, cachorrito? Papá quiere verte. —Se lo quitó de los brazos y lo metió dentro del parque para que repitiera la maniobra. Manuela suspiró y el teléfono fijo sonó altísimo, pegándole otro susto de muerte.

—Hola.

—Manuela, soy yo, María, no cogéis los puñeteros móviles.

—Estábamos ocupados. No sabes la última de Michael, se ha escapado del parque solito y...

—Vale, genial, luego me lo cuentas. Escucha, tenemos un problema.

—¿Qué pasa?

—¿Paddy está allí?

—Sí, claro ¿Qué ocurre?

—Nos han entrado a robar.

—¿Cómo? —Se giró a tiempo de ver a su hijo escalando con total confianza por el sofá y cruzó una mirada con Patrick, que estaba feliz con la hazaña de su retoño—. ¿Un atraco?

—No, afortunadamente no porque estamos de bote en bote. Entraron a las oficinas, a tu despacho y como no pudieron abrir la caja fuerte rompieron cosas, se llevaron otras y... un desastre.

Llegaron a La Marquise cuando todo estaba controlado, pero aún había policía tomando declaraciones y haciendo fotos en la zona de administración. Como siempre, Patrick se mantuvo sereno y se fumó un pitillo tranquilamente con Günter en el parking, mientras los agentes iban y venían, y mientras María y Sonny intentaban que nada de aquello afectara a su exclusiva y abundante clientela, a la que ese tipo de incidentes no interesaba lo más mínimo.

—Afortunadamente me había llevado el portátil a casa... —comentó con Michael en brazos y viendo llegar a Paddy al despacho—. Todo el material sensible lo tengo allí.

—Pero se han llevado el Mac y ahí también tenemos mucha

documentación... —María se pasó la mano por el pelo y se desplomó en una butaca—. Menuda mierda.

—Ya... —Él miró primero el despacho, donde pocas cosas habían quedado en pie, y los cristales rotos del ventanal grande, y luego se volvió hacia su jefe de seguridad con calma—. ¿Cuántas cámaras hay en el parking y en la parte de atrás, Günter?

—Cuatro delante, dos atrás.

—Vale, llama a la compañía de seguridad para que vengan a echar un vistazo, hay que revisar todo el perímetro de la propiedad, duplicar las dichosas cámaras y mandar un informe a la policía y al seguro.

—Hecho, jefe.

—Los chicos de informática juran que no podrán acceder a las nóminas, a las cuentas de banco y todo lo demás sin las claves que, según ellos, son infranqueables, pero de todas maneras están llamando para anular tarjetas y cambiar todo lo que sea posible de la información bancaria.

—Vale. ¿Estás bien? —Se acercó y le acarició el pelo. Estaba blanca como un papel y le brillaban los ojos—. Lo importante es que nadie ha resultado herido, ¿eh? Eso es lo principal.

—Sí, claro.

—¿Qué? —Sonny entró acompañado por Phillipe y cerró la puerta—. ¿Qué dice la poli?

—Toma, pequeñajo. —Phillipe le dio un bollito de nata y Michael se lo metió a la boca entero—. Disfruta antes de que tu madre te lo quite.

—Yo estoy convencida de que son las mismas personas que hicieron las gamberradas anteriores, todos aquí lo sospechamos y se lo he dicho a la policía. —María se levantó y miró a Manuela—. Ya sé que tú descartas acusar a alguien en concreto, pero es obvio, Manu.

—¿Quiénes? —Paddy se apoyó en el borde del escritorio.

—Milena, la chica brasileña a la que despedimos.

—¿Por un puesto de camarera va a enredar de esta forma?

—No creo que solo sea por su empleo de camarera... —susurró Sonny, y miró a Günter—. Nosotros la teníamos enfilada desde hacía un mes, desde que empezó a salir con ese tío ruso, que es un camello. Estábamos convencidos de que pasaban material a nuestra ilustre clientela y que la cosa estaba creciendo delante de nuestros propios ojos.

—¡¿Qué?! —Manuela y María los miraron horrorizadas.

—Chicas, ese tipo de prácticas, lamentablemente, son habituales en locales como este, con un club y una zona vip muy solicitados y cientos de personas pasando por aquí con mucha pasta en los bolsillos. Tú lo sabes, Paddy, es así, pasa en todas partes.

—¿Por qué no me habíais informado?

—Porque no teníamos pruebas, tío, llevábamos unas semanas detrás de los dos y no queríamos levantar la liebre.

—O sea, que yo tengo razón —intervino María—. Por motivos diferentes a los que yo creía, pero es ella, ella y el impresentable del novio.

—Por favor... —bufó Manuela abrazando a Michael, que seguía la charla muy atento—. No podemos...

—Yo también estoy con María —interrumpió Günter—. Y la policía, que cree que este tipo de vandalismo revela una intención personal. Eso me acaban de decir y yo les creo.

—Esa chica se mete algo —habló Phillipe—. Estaba drogada muchas noches y el novio es un tipo peligroso. Un par de veces lo tuve que echar de mi cocina y se pasaba las horas aparcado en el club, consumiendo poco y hablando con todo el mundo. Os lo dije, ¿no? A mí me daba mala espina.

—Sigo sin entender por qué yo no sabía nada. —Paddy se enderezó y se estiró.

—Estábamos detrás y te lo íbamos a decir en cuanto pudiéramos trincarlo. Te lo juro, tío.

—El caso es que ella quiere recuperar el trabajo para tener acceso a La Marquise, a todas horas y con libertad, como antes —intervino Sonny—. De este modo su noviete tiene derecho a esperarla por aquí mientras trabaja y de paso hace sus trapicheos y, si la despiden y no la reincorporan, se cabrea mucho, la presiona a ella y, como eso tampoco funciona, las montan así. Eso creo yo y también se lo he dicho a la poli.

—Estupendo, estamos de acuerdo. —María miró a su amiga de soslayo—. Otra prueba es que la persona que entró esta noche aquí sabía que las oficinas estaban vacías y que los demás estábamos muy liados con la cena y el club. Conocía nuestra rutina. Está claro de quién es obra.

—Ok —suspiró Patrick—. Mañana llama a esa tal Milena y dile que quiero hablar con ella, con ella y con su novio. Si no viene, iremos a buscarla.

—¡¿Qué?! —Manuela de repente salió de su ensimismamiento y abrió mucho los ojos—. ¿Iremos? ¿Quiénes iremos?

—Tú llámala y ya veremos. —Se dirigió a María y luego le arrebató a Michael de los brazos para volver a casa—. Vamos, estoy muerto de hambre y este cachorrito también.

—No, no, no, no... un momento. —Cerró la puerta y miró a todos los presentes: María, Günter, Phillipe, Sonny y a su propio marido, que frunció el ceño, con las manos en las caderas—. Suponemos, porque no hay nada claro, que son ellos, pero eso no quiere decir que puedas andar enfrentándote con Milena y su novio, que acabo de saber es un camello peligroso. Se lo diremos a la policía y que actúen en consecuencia.

—Vale, Manuela. ¿Nos vamos a casa?

—¿Me das la razón como a los locos?

—No, solo digo que vale.

—No, no voy a permitirlo, Patrick, ¿eh? Por favor, ¿estáis todos locos? —Observó al grupo que permanecía impertérrito—. ¿Eh?

—Son unos putos camellos de mierda, Manuela. Paddy tiene razón, hablar con ellos es la solución —le dijo Sonny conciliador.

—Hay que dejarles claro que no nos tragamos sus amenazas

—intervino Günter—, que no nos intimidan con sus gamberradas y que no van a volver a este local.

—¿Qué es esto? ¿Una peli de mafiosos?

—¿No le has dicho a Paddy que ese tipo te abordó en la calle? —María habló en español, pero ella la miró enfadadísima—. ¿No se lo has dicho?

—¿Quieres provocar la tercera guerra mundial?

—Debería saberlo, y si no se lo dices tú lo haré yo.

—Cállate, por favor, ahora no es precisamente el momento, ¿sabes?

—¿Qué? —Paddy se acercó más y levantó la barbilla—. ¿Qué ocurre?

—Nada... —Lo miró a los ojos y de repente recordó la charla sobre la mentira y la confianza que le había soltado a Diego y claudicó, sabiendo que aquello no haría más que empeorar las cosas—. Es que ese tipo, el tal Dimitri, me habló una vez en la calle, antes de que despidiéramos a Milena...

—¡¿Qué?! —Levantó el tono y su hijo lo miró parpadeando.

—¿Cuándo? —preguntó Günter.

—A mediados de octubre, el día de la última reunión general con el personal, y no ha vuelto a pasar, no lo he vuelto a ver y ya han pasado tres meses, así que no creo...

—¿Y qué coño te dijo ese capullo de mierda? —Paddy tenía los ojos entornados y estaba tenso, mucho, y Manuela se arrepintió de inmediato de su ataque de sinceridad. Miró a María y suspiró.

—Me saludó y me dijo que era el novio de Milena, que ella estaba preocupada porque creía que la iban a despedir y yo le dije que no era su jefa directa, pero que no sabía nada de un despido. Me dijo adiós y yo me fui a casa.

—¿Dónde fue exactamente?

—A una calle de aquí, casi en la puerta del hotel...

—También te dijo: «Más os vale» —intervino María muy seria.

—¿Cómo?

—Le dije que no sabía nada de un despido, que no debía preocuparse y él me dijo algo así como «más os vale», no lo recuerdo bien.

—Joder, qué capullo —soltó Günter, y Manuela sostuvo la mirada de Patrick hasta que él habló con la voz más ronca de lo habitual.

—Günter, sal fuera y si no se ha ido la poli, diles que vengan, por favor —susurró masticando las palabras—. La señora O'Keefe tiene que hacer una declaración... y Phillipe...

—¿Qué, tío?

—Voy a bajar a cenar con mi hijo. Prepárame una mesa en la cocina, por favor, me muero de hambre.

—Eso está hecho. —Salieron todos hacia el pasillo y Manuela se acercó para acariciarle el brazo.

—Cariño...

—¿Cariño? ¿En serio?

—¿Qué? Oye, mira, yo...

—¿Un gilipollas de ese calibre te aborda en la calle y no me lo dices? ¿Sigues viviendo por libre, Manuela?

—No le di importancia.

—Eso, la próxima vez, dejas que lo decida yo.

—Paddy...

—Déjalo, ¿ok? Déjalo.

Capítulo 17

Viernes veintitrés de enero. Cuatro meses en Londres. Se repantingó en aquella monada de salita de estar y miró los dibujitos de los niños, las fotos de una fiesta de disfraces, unos cuadros con las normas del centro, las cuidadas plantas de interior y unos dados gigantes de plástico para jugar, todo precioso. Había acompañado a Manuela a recoger a Michael y, como ella tuvo que entrar al aula para charlar con su profesora, a él lo dejaron allí tan calentito y con una jarrita de té en la mano. Qué amables, pensó, sacando cuenta mental de lo que su prima pagaría por tener a su retoño en semejante guardería.

En pleno barrio de Mayfair, una fortuna, pero parecía muy buena, las profes eran amabilísimas y cariñosas, y seguro que valía la pena. Sin embargo, no podía dejar de cavilar sobre el altísimo nivel de vida que llevaban los O'Keefe en Londres. Uno tan alto como el que él pretendía conseguir a corto plazo y que sería más fácil de lograr si seguía manteniéndose lejos del matrimonio y los hijos, que eran la ruina, o eso decía siempre su padre.

Suspiró pensando en su padre, Javier Vergara, hermano pequeño del padre de Manuela, el tío Alfonso, que era otro dechado de generosidad con sus hijos. Menudo par, siempre hablando de dinero y lamentándose, todo culpa de la educación austera y rígida que habían recibido de unos padres víctimas de la guerra y la postguerra. Afortunadamente, a él su madre, Consuelo, le había aportado otra visión de la vida y el disfrute, ella era estupenda, muy cariñosa, nada que ver con la tía Cristina, que era una bruja y una loca digna de atar. Pensó en lo extremadamente diferente que era Manuela de su madre y se preguntó cómo lo había conseguido.

Manuela. Joder con Manuela. Ya no estaba tan enfadada con él por el *affair* Grace, o al menos no lo mencionaba, pero seguía distante y apenas hablaban. De hecho, estaba con ella en la guardería porque Paddy se lo había pedido expresamente. Él se había marchado a Dublín por un asunto urgente, le contó, por algo grande que llevaba esperando un año, y no quería que su mujer y su hijo anduvieran solos después de enterarse de que ese tal Dimitri, el novio de Milena, los estaba rondando. La policía y los chicos del restaurante no conseguían localizarlos. Milena había desaparecido justo después del robo en La Marquise y, aunque Paddy había decidido encontrarlos personalmente, la policía les dijo que seguramente robaron y se largaron y que mejor se olvidaran de ellos. Tarea imposible. Patrick O'Keefe no estaba tan seguro de haberlos perdido de vista y quería hablar con ellos para poner las cosas claras, esos eran sus planes y él, que no era más que un espectador interesado, estaba dispuesto a ayudarle.

Cuando Sonny y Günter contaron al personal lo sucedido y pidieron ayuda, todos llamaron a Milena e incluso alguna de las chicas intentó localizarla en su casa, pero ni rastro de ella ni del macarra del novio. Él, al que Milena le había dado dos números de móvil diferentes después de ofrecerle pastillas de todo tipo, hizo lo suyo y tampoco la localizó, pero estaba pensando que seguramente alguno de los supuestos clientes del tal Dimitri sí lo podía localizar y estaba intentando hablar con alguno de ellos, todos clientes vips de la zona del club, que se metían de todo, era evidente, y que estaban encantados con el material que ese macarra les pasaba bajo cuerda y sin tener que salir de

La Marquise. Un delito como una casa que Patrick quería erradicar para siempre de su local.

La empresa de conseguir que esa gente le diera alguna información estaba resultando inútil, pero seguiría haciendo preguntas mientras acompañaba a Manu y al pequeñajo por Londres hasta que regresara Paddy, que ya llevaba dos días fuera. Seguramente ella se iría a Irlanda el sábado por la tarde y ya regresaría con él, pero de momento ejercía de guardaespaldas con ilusión. Era el primer favor que le pedía Patrick y el tío no había hecho más que hacerle favores, así que le encantaba tener la oportunidad de devolvérselo. Solo esperaba que al tal Dimitri no le diera por aparecer y pegarles un susto de muerte, porque no sabía cómo podría reaccionar.

—¿Estás seguro de que puedes quedarte con ellos? —había preguntado Paddy unos días antes—. Si no te apetece, no hay problema, llamo a uno de mis primos para que venga a…

—No, tío, yo encantado. Gracias por la confianza.

—Solo acompáñala en los desplazamientos. Ella se niega pero me da igual, no quiero que vayan solos por ahí con ese hijo de puta suelto.

—¿Pero es muy peligroso?

—No, un macarra que necesita que le digan dónde se está metiendo, nada más. No te preocupes.

«Un macarra que necesita que le digan dónde se está metiendo…» había dicho, y ni había pestañeado. ¿Qué quería decir con aquello? ¿La ley gitana y toda la pesca? No tenía la menor idea porque Patrick O'Keefe, con sus camisas a medida y su forma de ser, pinta de matón vengativo no tenía, pero hablaba con esa seguridad que daba miedo y, sinceramente, daba gracias a Dios de ser parte de su familia, de tenerlo de su parte, al menos de momento, si todo iba bien y el asunto Grace no salía a la luz porque ahí, en esa circunstancia, estaba seguro de qué lado se pondría Paddy. Del de su familia y sus deseos de mantener a su preciosa niñita lejos de los peligros de un tipo como él, que además de payo y mujeriego, era un inmaduro que no dejaba de mirarse el ombligo.

Menudas palabras las de Manuela. Cada vez que las recordaba, le dolía el estómago y es que su prima no se parecía en nada a su madre, gracias a Dios, pero sí había heredado su facultad de dar a la gente donde más le dolía.

Esa charla en el despacho de La Marquise le había calado hondo, muy hondo. Nunca, nadie, le había hablado así ni lo había sometido a un aterrizaje forzoso de ese calibre, nadie, al menos nadie que le importara de verdad. Durante años las novias y novietas le habían chillado, recriminado y gritado cosas semejantes, pero esas a él le importaban una mierda. Sin embargo, Manuela, su prima, que se había portado siempre de puta madre con él, sí le importaba, muchísimo, y por esa razón había conseguido ofenderlo, despertarlo de muchas cosas y hacerlo reflexionar. Tal vez ella tenía razón y ya no era ni tan joven, ni tan dueño de una vida ajena a la realidad. No vivía en los mundos de Yupi y, aunque la vida hasta el momento siempre le respondía bien, a lo mejor era hora de parar y vivir con los pies en la tierra, reconociendo que ni todo era tan Jauja, ni que todo el monte es orégano. Y eso, dolió.

Tras aquella reprimenda tan cruda y teniendo claro que no lo ayudarían en Dublín con su nuevo puesto de gerente, se lo pensó mejor y declinó la oferta de Sean. En realidad no conocía nada sobre el gobierno de un hotel tan grande, ni de la legislación irlandesa, ni de los procedimientos adecuados para llevar semejante negocio. Era un pipiolo en lo referente a hoteles y mejor era que contrataran a un experto en turismo o algo así. Rechazar aquello le costó la vida pero era lo mejor y decidió que, tal vez, era hora de buscar un postgrado o un máster en Dirección de empresa hostelera, y dejar de soñar con montar un chiringuito de lujo en Ibiza, donde hacer el vago y ganar mucho dinero sin dar palo al agua. Aquello era una utopía estúpida. La empresa era algo serio y si querías que funcionara y te diera pasta debías primero saber llevarlo y, después, matarte a trabajar como lo hacía todo el mundo en La Marquise.

Al menos había sabido recular a tiempo, de eso estaba orgulloso, y Sean y Paddy le dijeron que, cuando quisiera probar suerte otra vez, hablara con ellos, y eso haría, pero de momento se quedaba en La Marquise aprendiendo. Ya era camarero oficialmente, ganaba más y repartían buenas propinas, no se podía quejar. El pisito donde se había mudado era frío y diminuto, pero era su rinconcito en el mundo, nadie se metía con él y estaba acostumbrándose a convivir con gente muy diferente, que era otro buen aprendizaje, le dijo María con ese tono condescendiente que usaba siempre. Quería mucho a María, pero la prefería bien lejos, ya la soportaba como jefa en el trabajo y con eso era más que suficiente.

La mudanza fallida a Dublín propició, por otro lado, que se alejara al fin de Grace, algo que le tranquilizaba porque no quería volver a tener problemas con Manuela. Sin embargo, la última charla mantenida con la irlandesita lo había dejado algo tocado, inquieto, raro, y no paraba de darle vueltas en la cabeza sin saber cómo encajarla.

—Lo tenemos que dejar correr, Gracie —le soltó una noche que decidió llamarla por Skype—. ¿Sabes lo que dicen los cubanos? «Amor de lejos, amor de pendejos».

—¿Qué? —Ella parpadeó y movió la cabeza.

—Te lo explico, quiere decir...

—Da igual.

—Bueno, pues...

—¿Tienes miedo de algo, Diego? ¿De mi tío Patrick? ¿De la tía Manuela?

—A todo y a nada, solo digo que si me quedo en Londres y tú en Dublín no hay mucho que hacer.

—Ah...

—Ya sabes, no soy un tipo muy de fiar.
—Yo creo que sí.
—Eso es que no me conoces.
—El otro domingo en tu casa, cuando aparecieron mis tíos, me pareciste un hombre muy de fiar.
—¿En serio? —Se echó a reír y ella se mantuvo seria—. Actuó el pánico, tú no querías que tu tío te viera y…
—Y no me dejaste tirada, lo resolviste y todo salió bien.
—Vale, pero…
—Yo creo que te quieres muy poco o prefieres pensar lo peor de ti mismo…
—No, es que…
—¿Cómo alguien puede decir de sí mismo que no es de fiar?
—Porque… bueno…
—Pues no es cierto, eres un tío legal, te matas a trabajar, eres muy bueno en el restaurante, muy responsable, te portas bien con la tía Manuela, con Michael, con mi tío y conmigo, pero, si quieres pensar lo peor de ti, tú mismo.
—No es eso, es que…
—Y si quieres darme el pasaporte, de acuerdo.
—Grace… —Se quedó perplejo, parpadeando e intentando parecer adulto. No estaba acostumbrado a los adjetivos positivos, no era lo habitual, menos por parte de sus novietas o amantes y aquello lo mató. Tenía una retahíla de excusas y argumentos para defenderse, comprendió de repente, muchas frases hechas de adiós y despedida, pero ninguna para agradecer una alabanza. Alabanzas que, por cierto, nunca, jamás, aparecían en una ruptura y aquello lo desconcertó—. Escucha…
—Está bien, no digas nada más.
—Creo que es mejor dejarlo y ser amigos.
—Amigos no. Dejémoslo y en paz.
—¿Amigos no?
—No.
—Pero Gracie…

—No te rayes, me lo has dejado claro. Adiós, me voy a estudiar.
—Grace. —Ella colgó y desapareció.

Joder con Grace, era increíble. Desde el minuto uno no tenías ni la más mínima posibilidad de saber realmente lo que pasaba con ella, ni pajolera idea de qué iba o qué pensaba de verdad porque era afectuosa y adorable, pero a la vez muy segura e independiente, tal vez rasgos que se conseguían al crecer en medio de una familia tan estable y protectora como la suya. Por esa razón seguramente también era capaz de decir cosas buenas de alguien sin drama y directamente, mirarte a los ojos y soltarte los adjetivos positivos más importantes que nadie, jamás, te había dicho en toda tu vida.
Era estupenda Grace, pero no debía olvidar que se había acabado, que al fin habían roto (por el bien de todos). Era mejor tenerlo en cuenta, aprovechar su buena suerte y pasar página de una vez.

—Lo siento, Diego, siento la tardanza —Manuela lo sacó de su ensimismamiento de golpe y se puso de pie de un salto mirando a Michael, que venía de la mano de su madre con el abrigo puesto. Era precioso el crío, pero además tan risueño y sociable que le encantaba. Si algún día tenía un hijo quería que fuera como ese, simpático y extrovertido, que saludaba a todo el mundo y casi nunca lloraba—, pero es que hemos tenido un problemilla y…
—¿Qué ha pasado? Hola, pequeñajo. —Se agachó para cogerlo en brazos y le vio la mejilla arañada—. Pero ¿qué te han hecho?
—Su amiguita Iris, que le ha hecho este arañazo, pero él tampoco se quedó corto. Vamos. —Abrió la puerta y salieron al frío para volver a casa andando—. Él le dio un empujón y al final acabaron los dos llorando.

—Bueno, tenía que defenderse. ¿Te duele? —Lo miró a los ojos y él negó con la cabeza—. Menuda la Iris esa, no te dejes avasallar, Miguelito.

—No, si no se deja avasallar, por eso hemos tenido que hablar con la señorita y prometer que no seguirá empujando a los compañeros cuando se enfade.

—Oye, tampoco es para tanto, es bueno que sepa defenderse.

—Es más alto y fuerte que la mayoría de niños de su edad, tiene que tener más cuidado.

—¿Cuidado? Es casi un bebé.

—No... Espera, el teléfono. —Sacó el móvil del bolso y contestó a Paddy—. Hola, mi amor. Sí, lo siento, es que estaba hablando en el cole con Caroline. ¿Vas conduciendo? Sí, es Michael, que empujó a Iris, ella lo arañó primero, pero... Sí, ya lo sé... Paddy... Patrick... —Lo miró moviendo la cabeza—. Lo sé, cariño, ¿cómo estás? Nosotros bien, vamos un minuto a la zapatería y subo a casa. Luego te llamo y te lo cuento, ¿quieres? ok... Te quiero.

—¿Qué dice el padre?

—¿Él? —Se echó a reír—. Él quiere venir y quemar la guardería.

—Lo comprendo, con lo majete que eres tú, ¿verdad, Michael? ¿A que eres muy majo con las niñas?

—Majo —dijo él en español.

—Claro, majísimo —susurró Manuela—. Pero en fin... tengo que ir a comprarle una botas nuevas, ¿te vienes o...?

—Sí, sí, voy con vosotros.

Capítulo 18

—¿Qué? Dime algo... —Se apoyó en la pared y se la quedó mirando con los ojos claros entornados. Manuela giró sobre sus talones y soltó un silbido de admiración. Estaban en una preciosa casa victoriana de tres plantas, con un amplio sótano, jardín delantero y trasero, una cocina enorme. Preciosa y frente a St. Stephen Green, una zona inmejorable de Dublín—. ¿Eh, *Spanish Lady*?

—Es fantástica.

—¿Sí?

—Claro que sí. —Caminó por ese gran salón vacío y los tacones de sus botas sonaron claramente sobre el parqué de madera original que lo cubría todo, de arriba abajo. Era una joya y se quedó observando a Michael, que correteaba por ahí libre de obstáculos y muebles sin soltar su caballito de peluche. Se veía muy pequeñito en medio de esa inmensidad y sonrió hacia Sean, que los esperaba para llevarlos al aeropuerto tras el fin de semana en Dublín.

—El ático está cerrado porque es una ruina pero en cuanto se reforme serán unos noventa metros útiles allá arriba —dijo su cuñado, y ella se giró hacia Patrick para ver como sonreía de oreja a oreja.

—¿Qué?

—¿Qué de qué, *Spanish Lady*?

—Ya la he visto, es maravillosa, ahora dime por qué me has traído a verla.

—Puede ser nuestra joya de la corona en Irlanda. Llevo un año buscando algo así y al fin la hemos encontrado, ha sido una suerte bárbara enterarnos antes que nadie. Ahora podemos conseguir permisos municipales para la obra y, luego, instalar lo que queramos aquí, claro que yo ya sé lo que quiero inaugurar aquí.

—¿Ah, sí? —De repente se desilusionó porque interiormente había barajado, durante unos segundos, la posibilidad de que aquella casa fuera para los tres, como vivienda, algo completamente estúpido, y se cruzó de brazos—. Cuéntame.

—La Marquise Dublín.

—¿En serio? —Caminó hacia el gran ventanal que daba al jardín trasero y se imaginó el restaurante lleno y el trajín de los empleados—. Me parece perfecta.

—¿A que sí? —Se acercó y la abrazó por la espalda haciéndola avanzar hacia las otras dependencias—. Con nuestros contactos antes de un mes puedo tener los permisos para la reforma. Los arquitectos de Londres me han dicho que pueden hacer los planos en ese tiempo y ponernos manos a la obra enseguida. Con algo de suerte, *Spanish Lady*, podríamos inaugurar en verano.

—¿Tan pronto?

—Claro. En caso de retraso en las obras, en octubre, para tu cumpleaños. Será genial.

—Es una idea estupenda, pero habrá que hacer un diseño del negocio, la previsión de puestos de trabajo, encargados, buscar un chef...

—Creo que Phillipe nos puede ayudar con eso, se trata de que el espíritu de La Marquise Londres llegue intacto a Dublín, ¿no? El diseñador de interiores de la original está encantado con hacerse cargo del proyecto, le mandamos fotos por email y...

—¿Ya le has mandado fotografías? ¿Desde cuándo estás maquinando todo esto?

—Desde hace un año, pero desde el miércoles pasado, cuando me llamaron para venir a verla, no pienso en otra cosa. Hemos dado una señal, solo hay que ponerse en marcha.

—¿Te la alquilan?

—Sí, seis mil euros al mes con opción a compra, es un precio muy bueno, realmente bueno, *Spanish Lady*.

—Genial, pues enhorabuena. —Se giró para abrazarlo y él la besó en la boca sin dejar de sonreír—. Me alegro mucho, es una idea genial.

—Sí... —se apartó de ella y dio una patada en el suelo de la cocina, donde las baldosas se levantaron inmediatamente—. Hay que levantar toda esta mierda, una lástima, porque me gustaría dejar la mayor parte de la obra original.

—Sí, lo mejor es mantener los materiales... —lo siguió de vuelta al gran salón pensando en la cantidad de trabajo que se le venía encima y en la necesidad urgente de ir seleccionando personal y entrenándolo con gente experta como María o Sonny, y vio como él cogía a Michael en brazos para comérselo a besos.

—¿Has visto, cachorrito? Al fin de vuelta a Dublín. Tenemos que celebrarlo, ¿eh?

—¿Qué? —Ella se lo quedó mirando y él dejó al niño en el suelo—. ¿Qué quieres decir?

—Ahora ya no hay motivo para seguir en Londres, *Spanish Lady*. En cuanto terminen las obras de nuestra casa y empieces a montar el restaurante podremos instalarnos aquí. La casa me la acabarán en un mes como mucho, luego amueblarla y decorarla podemos hacerlo sobre la marcha... ¿Qué te pasa?

—¿O sea, que has decidido que nos mudamos aquí?

—Claro, no sueño con otra cosa.

—No sabía nada. —Se puso seria de golpe y se metió las manos en los bolsillos del pantalón. Paddy miró a su hermano y le hizo un gesto con la cabeza.

—Sean, por favor, ¿nos dejas a solas? Ahora vamos al coche.

—Vale, pero no tardéis demasiado, los aviones no esperan.

—Ok, solo será un minuto. —Esperó a que se marchara y luego fijó los ojos en ella, que seguía esperando una explicación coherente—. Desde que te conozco te he dicho que quiero vivir en mi tierra, no sé qué es lo que no sabes.

—Sé que quieres vivir aquí, lo que no sabía es que has decidido tú solo que lo haremos ahora. Yo no puedo...

—¿Qué no puedes?

—Además de mi trabajo tengo el máster, Paddy, yo...

—¿El máster? Que yo sepa no necesitas ir a clases todos los días, puedes viajar perfectamente un par de días al mes si es tan importante y...

—¿Si es tan importante?

—Mira, no voy a discutirlo contigo...

—No, si ya lo veo.

—No, Manuela, escucha. Tú tienes tu dichoso máster y yo tengo a mi familia aquí, mis negocios. Todo lo que quiero y necesito está aquí, no sé por qué no puedes ir tú de vez en cuando a Londres como lo hago yo ahora viniendo a Dublín... ¿eh? ¿Cuál es el puñetero problema?

—El puñetero problema es que tú tomas decisiones sin consultarme. Ni siquiera sabía que estabas buscando un local para La Marquise, no me habías dicho nada.

—Llevo un año buscando algo así para tenerte contenta, ¿sabes? Porque sabía que, si no te ponía un restaurante en Dublín, jamás accederías a mudarte conmigo aquí.

—¿Ponerme un restaurante en Dublín? ¿Te oyes?... Yo no te he pedido nada, nunca te he pedido nada.

—Pues entonces acepta el regalo y en paz, joder, ¿qué cojones te pasa?

—¿Es un regalo para mí? Pues no quiero tu regalo, muchas gracias. No tienes que gastarte una fortuna para complacerme, ¿sabes? Si tanto necesitas volver a Dublín, hazlo, vuelve a casa y en paz.

—Estamos casados, está Michael, si no, hace meses que ya habría vuelto a Irlanda.

—Perfecto, Paddy, tomo nota. —Se le llenaron los ojos de lágrimas e hizo amago de irse—. Deberíamos irnos.

—Creo que yo no voy... —Ella se giró y lo miró a los ojos. Estaba quieto y tenía esa mirada de hielo que empleaba con los demás. Sintió como literalmente se le caía el alma a los pies y tragó saliva—. No quiero seguir discutiendo contigo, no pienso hacerlo, me cansa, Manuela.

—Muy bien.

—Si cada vez que tomo una puta decisión tengo que discutirla al milímetro contigo, no avanzamos hacia ninguna parte.

—No es una simple decisión, estás hablando de dejar Londres, nuestra casa, el trabajo, la escuela, toda nuestra vida... Y lo decides tú solo, sin hablarlo conmigo y te enfadas porque pregunto qué está pasando. ¿Qué quieres que haga, Paddy? En serio, explícame qué quieres que haga.

—Me gustaría que por una maldita vez me apoyaras sin pestañear, te alegraras de lo que hago por ti y dejaras de hacer preguntas y cuestionarlo todo.

—Lo siento, pero no puedo tragar con todo lo que tú decides de forma unilateral, sin dar mi opinión. Agradezco tu intención, pero no tengo diez años, ni soy idiota. Disculpa, pero tenemos que coger un avión.

—Yo me quedo.

—¿Estás seguro? ¿No deberíamos seguir hablando, Paddy?

—Estoy harto, muy harto de hablar. Necesito respirar.

—Está bien... —Un agujero enorme empezó a abrirse paso por su pecho, pero se mantuvo firme. No iba a claudicar, ni a rogar. Miró a su hijo y forzó una sonrisa—. Vamos, mi vida.

—Déjalo aquí. Para llevarlo a Londres y meterlo en la guardería, mejor se queda con su padre.

—¿Por cuántos días? —Lo miró, pero él tenía los ojos fijos en el niño—. ¿Hasta cuándo?

—No lo sé. —Levantó lentamente la vista y la miró. Ella sintió un escalofrío por todo el cuerpo y no lo dudó, se agachó, cogió al niño en brazos, le dio la espalda y salió a grandes zancadas camino del coche, donde Sean la esperaba fumando.

—Vamos, Sean, se hace tarde. —Se limpió las lágrimas con el dorso de la mano mientras acomodaba a Michael en su sillita, luego bordeó el coche y se subió con el corazón al galope, deseando desaparecer de allí lo antes posible—. Por favor, ¿nos vamos?

—¿Qué pasa con mi hermano?

—No viene.

—¿Qué? ¿Por qué?

—Hemos discutido y está muy enfadado.

—¿Y lo dejas así? ¿No piensas hacer nada?

—No. Por favor. —Volvió la cabeza y le clavó los ojos negros. Sean puso en marcha el coche y salieron camino del aeropuerto—. Gracias.

—Si os habéis peleado no deberías dejarlo así, no está bien... No deberías dejar a Paddy solo.

—Dice que está harto y que necesita respirar.

—No, pero... Maldita sea, Manuela.

—¿Qué ocurre? —Otra vez esa angustia que hacía siglos no sentía. Miró a su cuñado y habló con un hilito de voz—. ¿Está viendo a otras personas?

—¡¿Qué?!

—¿Está tonteando con otras mujeres? ¿Haciendo su vida, es eso? —Sean la miró horrorizado y ella respiró hondo—. No me importa, dime la verdad. Yo no pienso ser la cornuda consentidora, necesito saber la verdad, saber lo que pasa. Sean, por favor.

—No digas chorradas.

—Solo quiero saber la verdad.

—No hay nada de eso. ¿Tonteando con otras mujeres? ¿De dónde sacas eso?

—Conozco a tu hermano... sé cómo es... No voy a engañarme, solo quiero saber lo que le pasa en realidad.

—¿Qué se te pasa a ti por la cabeza, Manuela? ¿Qué coño

va a andar haciendo su vida y tonteando con otras mujeres? ¿Estás loca?

—Bien.

—Bien —repitió y se concentró en la carretera—. Solo digo que ahora estáis casados, tenéis un hijo, una familia, no puedes coger puerta a la primera de cambio. No está bien, deberías volver allí y tratar de solucionar las cosas con tu marido.

—Él no quiere ni verme, dice que necesita respirar.

—Ay, Señor —bufó entrando al parking del aeropuerto—. Tú misma, pero creo que la gente casada no hace esas cosas. Uno se queda y aguanta el chaparrón.

Capítulo 19

«¿Alguien entiende a las mujeres? Obviamente, ningún hombre», masculló, subiendo al club donde la gran Marta Núñez, una de sus célebres ex, quería tomar una ginebra de verdad (le dijo) acompañada por sus amiguitas. La tía, a la que veía y dejaba de ver igual que al Guadiana desde el instituto hasta unos meses antes de su salida de Madrid, se había plantado en Londres sin avisar y en La Marquise sin llamar, vestida para matar y poniéndoselo en bandeja aunque primero, eso sí, se cachondeó un buen rato de su uniforme negro y su mandil de camarero.

«¿No sabes, bonita, que no hay nada peor para un hombre que la humillación? ¿No lo sabes? ¿De verdad?», quiso chillarle a la cara cuando ella intentó meterle mano descaradamente en el restaurante, haciéndose la mundana y la graciosa delante de su pandilla de indocumentadas que le reían las gracias con la boca abierta.

«O sea, que va y se organiza un finde cachondo en Londres y lo primero que hace es pasarse por el trabajo de un ex para reírse de él, ¿es eso? Vaya gilipollas». Él estaba superorgulloso de su curro, de lo que había aprendido, del sacrificio que estaba pasando a diario, a la carrera durante ocho horas de extenuante trabajo, ¿y venía una petarda y se lo pretendía desbaratar con sus burlas infantiles? «Eres idiota, Marta, te lo digo en serio».

Llegó al club y vio al grupito intentando ligar con el camarero cachas de la barra. El tío, que era un escocés que venía de vuelta de todo, se dejaba querer y ellas venga a decirle piropos en español, tan graciosas. Eran tontas, no tenía por qué alternar con ellas y menos irse de juerga o a la cama con Marta, que estaba muy buena, sí, pero no era ni la mitad de guapa que Grace.

Grace.

Se detuvo a medio camino y parpadeó sorprendido consigo mismo. ¿Qué pintaba Grace ahora? Nada, por supuesto, ¿a qué venía eso de acordarse de ella en semejantes circunstancias? Venía simplemente por eso de que nadie podía entender a las mujeres. Llevaba una semana sin dar señales de vida, ni contestar a sus mensajes y, según parecía, estaba en Cork acompañando a una prima suya que acababa de dar a luz, aunque no estaba seguro de nada. Toda su información provenía del Facebook, así de patético. Se metía cien veces al día en Facebook para ver qué comentaba Grace y por esa razón sabía que estaba en Cork, porque no paraba de colgar fotos con su prima y su nuevo bebé. Al menos estaba haciendo vida familiar, obviamente, porque su familia no la dejaba ni respirar, aunque, claro, estando en Londres también se suponía que hacía vida familiar y, sin embargo, estaba divirtiéndose con él a escondidas de todo el mundo. No debía olvidarlo.

¿No debía olvidarlo? «Pero ¿qué te está pasando, Diego?», se dijo recomponiéndose y caminando hacia la barra donde se encontraba la pandilla de Marta. Estaba perdiendo el norte por culpa de esa muchachita irlandesa. Lamentablemente, se había acostumbrado a tenerla pendiente de él. Era agradable que alguien como ella, preciosa e inteligente, lo admirara tanto, lo tuviera en un pedestal, hiciera monadas como viajar a Londres por unas horas solo para verlo o lo besara con esa ternura tan deliciosa que lo ponía a cien. Nada más. Pero se había acabado, debía dejarlo correr y seguir adelante sin mirar atrás.

—¿Qué tal, chicas?, ¿ya habéis pedido? —exclamó acercándose al grupo con una gran sonrisa.

—¡Diego Vergara! —gritó Marta, y lo agarró por el cuello provocándole un respingo—. ¿Ya te has sacado el uniforme?

—No trabajo en este turno.

—¿Ah, no? Con lo guapo que estás...

—¿Te parece gracioso mi uniforme? Yo creo que es muy elegante.

—Claro que sí, tonto, pero verte de camarero y no de gerente de este local, asusta.

—¿De gerente? Solo llevo cuatro meses en Londres.

—Pero no te pega nada, Dieguito, no nos engañemos. ¿Cuándo te vas a rendir a la realidad y a volver a Madrid?

—¿Perdona? —Se apartó de ella con el ceño fruncido—. ¿Rendirme? ¿Rendirme a qué? ¿A trabajar y a ganarme la vida?

—¿Te has ofendido? Vaya por Dios...

—¿Qué?

—¿Sabes qué te digo? Te ha sentado fatal esta ciudad, estás de un antipático que no hay quien te tosa.

—Es que no entiendo que vengas por aquí solo para echarte unas risas y cuestionar mi trabajo. Me gusta trabajar aquí y al menos soy autosuficiente y no vivo de la tarjeta de crédito de papá...

—¿Ahora te metes conmigo? Yo no soy culpable de no necesitar hacer de camarera en Londres para sobrevivir, ¿sabes? —Marta se estiró el vestido y le regaló una sonrisa de lo más burlona—. Estoy estudiando y...

—¿Con treinta años? ¿Estudiando, viviendo con mamá y cargando gastos a papá? Estupendo, enhorabuena, Martita.

—Tú eres gilipollas, chaval...

—Vale, haya paz —intervino una de las amigas, que observaban la charla con los ojos como platos, y lo sujetó del brazo. Él la miró recordando de pasada que se la había tirado en algún sitio, alguna vez, y dio un paso atrás cada vez más incómodo—. Estamos de fiesta, joder, que este sitio es una pasada. ¿Te pagan bien, Diego?

—No me quejo.

—¿Y es verdad que tu prima es la dueña? ¿Dónde anda Manuela? ¿No puede subir a tomar algo con nosotras?

—Está en su casa. Termina de trabajar a las cinco.

—Joder, pues, si yo tuviera este local, estaría de marcha todos los días.

—Tiene un niño pequeño.

—Bueno, nunca fue muy juerguista. —Marta se echó a reír y sus amigas con ella—. No me extraña nada que antes de los treinta ya esté casada, con niño y encerrada en su convento.

—No te metas con mi prima, ¿quieres? —Bufó y pidió una pinta—. Me tomo una y me marcho…

—¿Y adónde nos vamos?

—Yo, a mi casa.

—No seas idiota, hemos venido a verte…

—¡Santa madre de Dios! —exclamó una de sus amigas, y todas se giraron para ver lo que le llamaba tanto la atención.

Diego miró de reojo y comprobó que se trataba de Patrick O'Keefe en persona llegando con Sonny a la barra. Venía con vaqueros, una camiseta de algodón blanca y una chaqueta de cuero estupenda que lo dejó pensando, una vez más, de dónde sacaba esa ropa tan guapa. Era raro verlo allí a esas horas e incluso era raro verlo en Londres, porque Manuela había vuelto sola con Michael de Irlanda, diciendo que Paddy pensaba quedarse en Dublín varios días. Sin embargo, solo se había quedado dos o tres días, o eso calculó, recordando que ya era jueves.

—Michael Fassbender —añadió la amiga.

—No es Michael Fassbender —susurró viendo como Paddy pasaba hacia la zona de los camareros para seguir hablando con Sonny—. Es el dueño de La Marquise.

—¿Estás seguro? Es igual que Fassbender.

—Es igual, pero no es él.

—¿Seguro…? Yo diría que…

—Estoy seguro, trabajo con él, ¿sabes?

—¿Es un socio de Manuela? Preséntanoslo, Diego, porfa. Está buenísimo —comentó Marta con ojos golosos.

—No es su socio, es su marido.

—¡¿Su marido?! ¿Ese monumento? Pero si está de toma pan y moja...

—Y luego chuparse los dedos —soltó una de las amigas—. ¡Joder con el marido de Manuela!

—Ya, oye, mirad, me voy...

—Preséntanoslo, te ha visto...

—¿Qué? —Levantó la cabeza hacia Paddy y lo saludó con la mano. Él acabó de charlar con Sonny y se les acercó, saludando de paso a la gente que le sonreía y lo llamaba desde todos los rincones del club—. Hola, tío.

—Hola, ¿qué hay? Buenas noches, señoritas. —Las miró con esos enormes e inconmensurables ojos claros y sonrió. Todas suspiraron y balbucearon buenas noches como idiotas. Diego levantó los suyos hacia el techo y movió la cabeza muy avergonzado—. ¿Qué pasa, primo?

—Nada, Paddy. ¿Qué hay? ¿Te presento a unas amigas de Madrid?

—¿De Madrid? Mi mujer es de Madrid —comentó y ellas asintieron sin quitarle los ojos de encima—. Bonita ciudad.

—Ya, lo sabemos. Conozco a Manuela del instituto. Como era prima de Diego y nosotros... ya sabes... ¿Cómo está?

—Estupendamente, gracias.

—No me extraña —soltó por lo bajo y en español otra y Diego la fulminó con la mirada.

—Me alegro. Mándale recuerdos, me llamo Marta Núñez.

—Sí, genial —intervino Diego cada vez más incómodo—. ¿Qué tal Dublín? ¿Acabas de llegar? No te había visto.

—Llegué sobre las cuatro y media, pero tenía un montón de trabajo pendiente y... en fin, me tengo que marchar.

—Solo son las ocho, ¿no nos dejas invitarte a una copa? —Marta coqueteó descaradamente y Diego sintió ganas de matarla, pero de pura vergüenza ajena. Miró a Patrick comprobando que él estaba más que acostumbrado a torear en plazas como aquella, no intervino y se concentró en su cerveza.

—Muy amable, pero en todo caso os invito yo, aunque no pueda quedarme.

—No, no, un ratito, por favor… —Ella, con su inglés macarrónico, parecía aún más tonta de lo habitual y sintió ganas de estrangularla, al igual que a sus amigas, que miraban a Paddy con la boca literalmente abierta.

—Lo siento, pero no puedo. Sonny —llamó al jefe del bar y este se acercó—, atiende a las amigas de Diego, invítalas a lo que quieran.

—Claro, jefe. —Miró a las chicas y les guiñó un ojo—. ¿Qué os pongo, señoritas?

—Bueno, Diego, tengo que irme.

—Vale, y gracias, tío.

—De nada.

—Paddy, ¿te vas solo? —interrogó Sonny, y él negó con la cabeza.

—No, vienen Günter y mi primo Connor.

—¿Seguro?

—Claro, no hay problema. Señoritas —se dirigió a las chicas—, un placer conoceros, pero os tengo que dejar. Disfrutad de La Marquise.

—¿Adónde vas? —preguntó Diego saliendo detrás de él.

—A Tottenham Hale.

—¿A qué?

—Me han dicho que nuestro amigo Dimitri para en un pub de por ahí e iremos a echar un vistazo.

—¿Ahora?

—Es la hora en que la gente va al pub. —Sonrió y le palmoteó la espalda—. Hasta luego.

—¿Puedo acompañarte?

—¿No tienes compañía?

—No. —Miró a Marta y movió la cabeza—. Prefiero acompañarte, si me dejas.

—Claro… Despídete, te espero en el coche.

—¿Os compro unos baberos? —Se acercó a sus amigas y dejó la pinta en la barra—. Vergüenza debería daros mirar así a un hombre casado y padre de familia.

—Está demasiado bueno como para respetarlo.

—Muy bien, buenas noches. Tengo que irme.

—¿Nos dejas tiradas? ¿A nosotras que hemos venido para verte?

—Sí, una pena. Adiós.

—¡Diego! —chilló Marta pero él ni se giró para mirarla—. Tan cabrón como siempre.

—Ya, ya —respondió por lo bajo, feliz de poder librarse de ella.

Bajó a la carrera las escaleras camino del parking y se preguntó si Manuela sabría algo de aquella visita a Tottenham Hale. Un barrio que tenía fama de conflictivo y que había salido en la tele unos años antes por culpa de varios desmanes callejeros que lo convirtieron en foco de interés de los medios de comunicación. Se acordaba de aquello y se imaginó que seguiría siendo peligroso o no tanto, si ibas acompañado por Patrick, Günter y ese primo suyo, Connor, que tenía entendido vivía en Battersea y que era un tiarrón alto y fuerte como todos los O'Keefe.

Se subió al coche de Connor y partieron rumbo al norte de Londres en busca de ese camello ruso al que nadie conseguía encontrar. Ni la poli, ni los empleados de La Marquise, ni sus clientes, nadie había dado con él y, sin embargo, un conocido de Paddy les había dicho que vivía y paraba por Tottenham Hale y que era bastante popular entre el mundillo mafioso de la zona. Una información que no lo tranquilizó lo más mínimo y que lo hizo arrepentirse de inmediato de haber decidido acompañarlos. Mala idea, calculó mientras los oía hablar del susodicho Dimitri, pero ya era tarde para lamentaciones y cuando aparcaron cerca de su destino, estaba decidido a apechugar con lo que fuera necesario.

Desde luego, aquella zona de Londres, el distrito de Haringey, era muy diferente a lo que él conocía de la ciudad. Le resultó un poco oscuro e inquietante y se pegó a la espalda de sus acompañantes cuando decidieron dar una vuelta por la zona y entrar en el pub, que se llamaba Middlesex, para tomar unas pintas y echar un buen vistazo.

El sitio estaba sucio y olía a cerveza rancia y a sudor, eso le pareció, mirando unas pantallas de televisión gigantes, llenas de pegotes, que llenaban varios rincones del local. Se acercaron a la barra y pidieron unas pintas al camarero, un tío muy simpático que era irlandés, de Limerick, y que los recibió con los brazos abiertos. El tipo era muy agradable y a los dos minutos de entablar conversación Patrick le preguntó directamente por el tal Dimitri, muy mala idea porque enseguida su nuevo amigo se cerró en banda, les dio la espalda y no volvió a dirigirles la palabra.

Esperaron unos minutos más, que a él se le hicieron eternos imaginando estar en medio de una peli como esas de Guy Ritchie, y finalmente, cuando el corazón parecía que se le iba a salir del pecho de pura inquietud, Paddy dejó un billete de veinte en la barra y salieron al aire frío, encendiendo unos pitillos.

—¿No os parece raro que un camello de lujo viva por aquí? —preguntó, y Paddy negó con la cabeza.

—¿Quién dice que es un camello de lujo?

—Si iba a La Marquise a trapichear, como creéis, es porque no apuntaba muy bajo, ¿no?

—Iba porque se ligó a Milena, que la pobre... —Günter respiró hondo— últimamente era carne de cañón.

—Vale, pero no sé, un tío así... No me lo imagino en ese pub.

—Hay que visitar los locales del centro, echar un ojo a los de moda... —opinó Connor—. Diego tiene razón, a mí no me cuadra nada todo esto.

—Vale, lo haremos.

—Yo puedo —se oyó y se sorprendió a sí mismo proponiéndose para el papel de detective—. Tengo turno de mañana y puedo ir a dar una vuelta por las noches, si te parece.

—Vale, puedes ir con Connor.

—Genial. —Miró a Connor y este sonrió.

—Genial, pero que Manuela no se entere —comentó Paddy caminando hacia el coche—, o se montará la de Dios y no me apetece preocuparla.

—De acuerdo.

—O podríamos mandar a Dimitri a tomar por culo y olvidarnos de toda esta mierda —dijo Günter—. Si no ha vuelto a aparecer, mejor dejarlo correr.

—Ya veremos. De momento, quiero dar con ese cabrón y ponerle las cosas claras.

—Tú mandas, Paddy.

—Sí —fue su respuesta.

Diego lo miró con curiosidad y comprobó que hablaba sin pizca de chulería o de arrogancia. Simplemente se limitaba a constatar una realidad, nada más, y aquello lo hizo pensar en la cantidad de gilipollas que iban por ahí presumiendo de algo cuando en realidad no eran una mierda y en Grace otra vez, su ninfa pelirroja y sedosa, que se había criado con tipos como Paddy alrededor y no como él, que según parecía pensar todo Dios, vivía en los mundos de Yupi a pesar de tener veintinueve años…

—¿Cómo que vuelve Grace? —Oyó de pronto, ya de vuelta al centro, y prestó atención.

—Jon no la quiere cerca de Kevin Dever y Erin ha tenido que ceder.

—Deberíamos hablar con Kevin padre, el tío es razonable…

—Ya lo han intentado.

—Pero no tú.

—No quiero intervenir, y déjame en casa. —Diego se puso tenso en su rincón del coche y no se atrevió a abrir la boca, pero sonrió. La sola perspectiva de la vuelta de Grace le acababa de arreglar la noche.

—Como quieras, primo.

—¿No os tomáis la penúltima en La Marquise? —preguntó Günter, y Diego lo miró de reojo.

—Vale, me apunto.

—Pues yo no —concluyó Patrick bajándose en la puerta de su edificio—. Estoy deseando meterme en la cama. Buenas noches.

Capítulo 20

¿Qué hacían los matrimonios?, se preguntó una vez más, mirando su salón silencioso y a oscuras. ¿Quedarse y aguantar el chaparrón, como le había dicho Sean? ¿Dejar que las aguas vuelvan a su cauce solas? ¿O simplemente ir pensando en tener dignidad y dejar que el otro se marche, para siempre, sin rogar ni suplicar, aceptando que lo has hecho todo mal y que ya no hay posibilidad alguna de arreglarlo? Agarró el paquete de pañuelos desechables, sacó uno y se sonó intentando sujetar los sollozos.

Llevaba al menos una hora sentada en el suelo, con la espalda pegada a la pared, en ese rincón de su propio salón que le parecía ajeno y frío sin él. Afortunadamente, Michael había caído rendido a las ocho de la noche y entonces ella había podido relajarse y dejarse llevar por ese llanto torrencial que la perseguía desde su salida de Dublín hacía tres días, cuando subió a ese avión pensando en que Paddy aparecería en cualquier momento, en que cogería el siguiente vuelo a Londres y así, muchas horas hasta que constató que dos días después de separarse discutiendo, él no había tenido ni la deferencia de llamarla por teléfono. Sí lo hizo Sean, para preguntar cómo había llegado a Londres con el pequeñajo y las maletas, y al día siguiente para ver si necesitaba algo, y al siguiente también. Ni Paddy había llamado, ni ella tampoco, porque quería dejarle espacio, dejarlo respirar y no pretendía molestarlo con sus preguntas o sus lágrimas o su preocupación.

Terrible había sido sentir que no la soportaba a su lado, que quería que lo dejara solo, y no pretendía imponerle su presencia, lo dejaría en paz, todo el tiempo que necesitara o para siempre, eso lo tenía bien claro. Lo amaba, lo quería con toda su alma y por esa misma razón pretendía dejarlo tranquilo, no presionarlo. No iba a ser ella la que insistiera en mantener un matrimonio de mentira solo por Michael o por tener un libro de familia. Eso jamás. Lo sabían los dos. Ninguno iba a querer alargar algo que se había roto, se lo habían prometido hacía años y estaba dispuesta a no romper su palabra.

Se echó a llorar y se abrazó las piernas sintiendo que aquello era una especie de *déjà vu*. En muchos aspectos ya había pasado por ahí y sabía lo que tenía que hacer, estaba claro y no tenía ningún miedo. No lo tuvo hacía dos años y medio, menos lo tendría ahora, que las circunstancias eran otras y más favorables para todos. Lo único que importaba era no alargar un conflicto y zanjarlo todo cuanto antes, en cuanto él quisiera hablar con ella y aclarar las cosas. A partir de ahí, ya sabía lo que haría. No habría ningún drama.

Por supuesto, era consciente de su responsabilidad en todo aquel distanciamiento y solo le quedaba facilitar las cosas. Sabía, fehacientemente, que Patrick había luchado mucho por los dos, había cambiado conceptos y había intentado adaptarse a ella, mientras ella, mucho más rígida que él, no había hecho otra cosa que oponer resistencia. Lo sabía. Era cierto y no pensaba negar lo evidente. Él, que desde los trece o catorce años, siendo hijo de quien era, había tomado decisiones y había actuado en beneficio de un montón de gente, procedía en honor a la educación que había recibido, era superior a él, y ella jamás había podido entenderlo y aceptarlo, y esa guerra soterrada que le oponía constantemente no hacía más que minar su relación. No pensaba negarlo, en ese punto él tenía razón y todo el derecho del mundo a estar tan cabreado como para no querer verla más.

Suspiró y miró la lluvia que empezó a mojar el ventanal de la terraza. Otro *déjà vu*. Lluvia y esa incertidumbre tan familiar. Al menos Paddy ya estaba en Londres. Había vuelto sin avisar y se lo encontró en la zona de administración firmándole unos papeles a Helen sobre el mostrador. Su compañera llevaba desde el martes preguntándole por él, y ella escurriendo el bulto, y finalmente ahí estaba, con su chaqueta de cuero y el pelo más largo, caracoleando detrás de la oreja, exactamente igual que el de Michael, y apenas la miró de reojo cuando la oyó entrar a la carrera camino de su despacho. Le dijo «hola» con el corazón en la garganta y él contestó sin mirarla, luego preguntó algo a Helen y se fue camino de la cocina sin dedicarle la más mínima atención. Después de aquello, se fue a recoger al niño a la guardería y él no apareció, y seguía sin aparecer a esas horas, augurándole otra noche en blanco, incapaz de dormir en esa cama solitaria y fría, sin tener noticias suyas y sin saber exactamente lo que pretendía hacer.

—Hola... —Abrió la puerta y entró de dos zancadas al salón, impidiéndole reaccionar y ponerse de pie—. ¿Qué haces en el suelo?

—Nada, estaba mirando la lluvia. —Se sonó y bajó la cabeza.

—¿Y Michael?

—Durmiendo desde hace dos horas.

—Ok... —Suspiró, se sacó la chaqueta, la tiró sobre un sofá y se sentó a su lado, aunque a una distancia prudente. Manuela sintió un escalofrío por todo el cuerpo, imaginándose lo peor, pero no se movió—. Tenemos que hablar.

—Lo sé.

—Pero no me has llamado.

—Dijiste que necesitabas respirar.

—Vale... ¿Qué quieres hacer, Manuela?

—¿Sobre qué? —Lo miró a los ojos y él hizo un gesto imperceptible de lástima al ver sus ojos hinchados por el llanto—. Lo que tú decidas, está hecho. No voy a suponer ningún problema. En serio.

—¿O sea, que nos mudamos a Dublín?

—¿Qué? —Se giró un poco para mirarlo de frente—. ¿Sigues pensando en que me mude contigo?

—¿Qué si no?

—No sé, yo... Yo, pensé que ya no querías seguir, que no querías...

—¿Qué? —Soltó una risa suave y apoyó la cabeza en la pared—. ¿Ya estás pensando en abandonarme y pedir el divorcio?

—Nunca, desde que estamos juntos, habíamos discutido así, ni me habías hablado de ese modo, ni te habías quedado en Dublín cabreado, sin llamar... Pensé que ya no había mucho más que esperar.

—¿Por eso le preguntaste a mi hermano si estaba haciendo mi vida y viendo a otras mujeres?

—No, yo...

—Discutimos, me cabreo, ¿y ya piensas que es porque te estoy siendo infiel?

—¿No tengo derecho a preguntar?

—No, no lo tienes. —Le clavó los ojos claros y ella relajó los hombros y se apoyó también en la pared—. Sabes que eso es imposible y me ofende que no confíes en mí.

—Confío en ti. Lo siento, pero no sabía ni qué pensar.

—Si me cabreo, Manuela, es porque a cada cosa que decido o te pregunto, por pequeña que sea, te opones. La primera palabra que sale de tu boca es un no y, sinceramente, eso frustra a cualquiera, incluso a mí, que estoy loco por ti.

—Lo siento. —Oír eso la derrumbó y se echó a llorar. Él estiró la mano y la posó sobre sus piernas.

—Siempre dices que no, luego lo piensas, lo analizas, lo valoras y accedes porque normalmente estamos de acuerdo en todo, ¿no lo ves?

—Sí, pero, si en lugar de decir que tenemos local y casa en Dublín para mudarnos, primero lo hablamos, lo planeamos juntos y lo programamos como haría cualquier pareja normal, sería mucho más sencillo.

—Perdona, pero, si cada vez que surge algo tengo que llamarte para discutirlo contigo, acabaré pegándome un tiro.

—No es solo algo, Paddy, es nuestra vida, un cambio de ciudad, empezar de cero… ¿no lo ves?

—¿Y no ves la oportunidad que supone que abras La Marquise allí? ¿Que empieces de cero? ¿Que puedas verla crecer desde el principio?

—Sí, por supuesto, pero…

—¿Y no podías mostrar un poquito de consideración por mí y alegrarte?

—¿Y tú no podías habérmelo contado antes? ¿Haberlo estudiado juntos?

—Era una sorpresa.

—Como la casa al lado de la de tus padres y el cuatro por cuatro nuevo, las vacaciones en la nieve o el anular mi viaje a Australia porque no podías acompañarme. Muchas sorpresas que me hacen sentir como una niña de diez años a la que le tienen que solucionar la vida y que no tiene la más mínima capacidad de decisión.

—Te pasas la vida tomando decisiones y mandando a un montón de gente.

—Se trata de nosotros, no de trabajo o de los demás.

—Está bien.

—¿Qué?

—Entiendo tu postura, ¿entiendes tú la mía?

—Sí. Sé que llevas toda tu vida haciendo lo que te viene en gana y que yo soy un puñetero incordio, eso entiendo.

—Más o menos. —Sonrió, se acercó y la abrazó—. Podemos solucionarlo, *Spanish Lady*, no me des por imposible.

—Estos últimos tres días, yo… No sabes…

—Pero ¿qué demonios estabas cavilando? ¿Cómo puedes

ser tan dramática e imaginarte enseguida lo peor, eh? Luego dicen de los irlandeses.

—Es que no sé, yo... Es que además...

—Dame un beso, venga... —La agarró del cuello, le separó los labios y la besó con esa lengua cálida y exigente que sabía tan bien. Manuela le sujetó las muñecas y buscó sus ojos color aguamarina antes de volver a hablar—. ¿Qué pasa?

—No podemos pasar de puntillas por esto, Paddy. ¿Qué vamos a hacer?

—No sé, dímelo tú.

—Ya que estamos aquí, hablemos.

—Habla.

—Supongo que ya has pedido los permisos para Dublín y encargado la obra.

—Sí.

—¿O sea, que da igual ya lo que yo opine? Como siempre.

—¿No quieres abrir una nueva Marquise en mi país? ¿Cambiarnos a una casa cuatro veces más grande que esta y tener a mi madre y a un montón de tías pendientes de Michael?

—No se trata de eso.

—¿De qué coño se trata? No quiero vivir en Londres, ni siquiera quiero pensar en que mi hijo acabe hablando con este puto acento... Sin embargo, a ti te da igual vivir en cualquier parte... Tú misma lo dices siempre: no tienes arraigo en ningún sitio. ¿Por qué? Mírame —le agarró la cara para que lo mirara a los ojos—, ¿por qué no vivir en Dublín, donde está mi familia y mi vida, *Spanish Lady*?, ¿Por qué no? Te encanta Dublín y yo llevo casi cuatro años por aquí solo por ti.

—Paddy... —Manipulación, pensó, deleitándose en esa cara y esos ojos de ensueño que le nublaban las ideas.

—Será un reto tremendo abrir La Marquise Dublín, no puedes negarlo y, si lo estoy propiciando, es por verte feliz y porque quieras venirte conmigo sin renunciar a nada de lo que tienes aquí. Muestra de que te quiero más que a mi vida, *Spanish Lady*.

—Vale, está bien.

—¿En serio? —Entornó los ojos y ella se puso de pie de un salto.

—Está bien, nos mudaremos a Dublín, pero a finales de mayo, cuando acabe el primer año del máster y cuando las obras estén a punto y...

—¿Qué más? —Se levantó y la siguió al dormitorio.

—Si me prometes que aunque te cabrees mucho, hablarás conmigo antes de tomar decisiones, sobre todo si son decisiones tan importantes que nos afectan a los dos. Esta vez promételo en serio.

—Si tú me prometes a mí que no dirás a priori «no» a todo lo que te propongo.

—Vale, lo prometo.

—Trato hecho.

Entró a la habitación sacándose la ropa, se fue al cuarto de baño silbando *Spanish Lady* y ella decidió meterse en la cama y esperarlo en silencio. Estaba agotada, igual que si le hubiesen dado una paliza, y de repente sintió que no podía ni seguir hablando, pero aún le quedaba algo que contar, lo más importante, así que se apoyó en los cojines preguntándose si alguna vez conseguiría templar ese carrusel de emociones en que se había convertido su vida. Tan solo media hora antes estaba dispuesta a aceptar una separación y ahora acababan de zanjar su mudanza a Irlanda con dos besos y un par de palabras de amor. Era increíble pero cierto y aquella realidad inquietaba, o no, dependiendo de cómo decidiera de una maldita vez enfrentar las sorpresas de su matrimonio.

—¿No tienes hambre? —Lo observó secándose con una toalla tras un paso rápido por la ducha y salir camino del cuarto de Michael—. ¿Paddy?

—No, cené algo en el restaurante. El cachorrito duerme como un angelito. —Volvió, saltó a la cama, encendió la tele y estiró el brazo para acurrucarla contra su pecho, pero ella le agarró la mano y lo miró.

—¿Qué has hecho durante estos tres días en Dublín?

—Trabajar, maldecir por lo bajo y echaros de menos. Si vuelves a dejarme así, acabaré muerto... —Ella se echó a reír y él la miró ceñudo—. Va en serio. No le veo la gracia.

—Yo tampoco, pero no me dejaste más alternativas.

—Nah, sí que había alternativas, pero no te da la gana considerarlas.

—¿Ah sí? Ilumíname. ¿Qué alternativas te da alguien que dice que necesita respirar lejos de ti?

—Yo no dije eso.

—Más o menos.

—Dije que necesitaba respirar, no que te largaras con mi hijo para dejarme solo y tirado en aquella casa.

—Entendí mal el mensaje, lo siento.

—Siempre te he dicho que oigas lo que digo y no hagas segundas interpretaciones, pero es igual. ¿Has cenado?

—He estado en el médico... —soltó, ya incapaz de guardarse la noticia. Le acarició la mano, la posó sobre su abdomen y esperó a que él la mirara.

—¿Por qué? ¿Estás bien?

—Sí.

—¿Sí? —Al fin desvió los ojos del televisor y los fijó en los suyos, que estaban llenos de lágrimas otra vez—. Nena...

—Estoy embarazada.

—¿Qué? —Se incorporó despacio en la cama y ella se echó a reír entre los lagrimones.

—Solo de seis semanas, pero ya es seguro.

Capítulo 21

Qué gracia, pensó mirando de reojo a Patrick O'Keefe. Normalmente el tío gozaba de buen humor y derrochaba simpatía, pero la última semana verlo sin una sonrisa en la cara era extraño. Se reía por todo, repartía palmaditas en la espalda y no despegaba los ojos de su mujer, a la que observaba en silencio sin que ella se diera cuenta. Ni siquiera se había movido de Londres en una semana y no lo culpaba, porque tenía motivos para estar contento. Tomó nota del pedido de su mesa y dejó que James, el sumiller, hiciera su trabajo, caminó hacia la cocina y lo saludó con una venia. Paddy llegaba en ese momento con unos invitados para comer en el reservado y le devolvió el saludo con un guiño, haciéndole un gesto para que se ocupara de atenderlos.

—Ahora voy —susurró, y se metió en el office, donde la gente corría y sacaba las comandas a buen ritmo.

Dejó su nuevo pedido en el panel que controlaba el segundo chef y avisó a María de que él se ocupaba del jefe y sus invitados, ella asintió y él volvió sobre sus pasos para hacer su trabajo.

Era jueves, mediodía, y Grace McGuinness llevaba dos días en Londres. Llegó a la mesa y saludó a la rubia despampanante que se sentó a la vera de Paddy enseñando escote y piernas, y luego a Robert, el socio australiano, que era un tío encantador y que empezó por pedir un menú degustación para que la chica, australiana como él, probara la maravillosa carta de La Marquise. Él sonrió y tomó nota mientras Paddy llamaba por teléfono a Manuela para que se sumara a la comida.

—¿Esperáis a Manuela, Patrick?
—No, dice que viene a los postres, está muy liada.
—Muy bien.
—Gracias, y llama a James, por favor.
—Claro, enseguida viene. ¿Algo más?
—No de momento —contestó la mujer guiñándole un ojo, él volvió a sonreír y se fue sin abrir la boca.

Era guapa y rica, lo sabía porque el propio Robert les había contado la noche anterior que la llevaría a comer ese jueves, pero no le interesaba lo más mínimo. Iba muy maquillada y mal vestida, determinó entregando el pedido, se apartó un poco del trajín y se apoyó en la pared esperando la comanda en silencio. Estaba cansado, y no era culpa del curro, es que dormía fatal, se sentía extraño, revuelto y no conseguía tomar las riendas de sus actos. Era tan raro no estar centrado en sus proyectos profesionales, en sus próximas vacaciones o en sus ligues, que estaba empezando a asustarse. Ni siquiera había quedado con Antonella, que estaba como un quesito. No tenía energía para nada salvo para La Marquise, para pasar por el gimnasio, para las clases de inglés y para pensar en el tal Dimitri que lo tenía muy interesado. Quería ayudar con eso a Paddy y a los demás y llevaba tres noches saliendo con Connor por los puñeteros pubs sin ningún éxito.

Y también estaba Grace. Había llegado a Londres con Paddy Jr. el martes por la mañana y se la encontró a bocajarro el miércoles en el restaurante, sin previo aviso, cuando al salir de los vestuarios la pilló en recepción junto a Manuela y a Heather. Iba de punta en blanco, con falda y blusa negra, medio tacón y el pelo recogido en un moño alto. Preciosa. Se quedó hipnotizado mirando su cuello largo y esbelto y las perlitas en sus orejas perfectas. Estaba muy atenta a las instrucciones de la maître, que le estaba enseñando algo en el ordenador, y no lo vio hasta que fue Manuela la que lo saludó con una gran sonrisa.

—Buenos días.

—Hola, Manu. Grace, qué sorpresa.

—Hola —saludó mirándolo de reojo antes de volver a la pantalla del ordenador.

—¿Y cuándo ha venido?

—Ayer. La trajo Paddy Jr., que tiene que recoger unos encargos para la casa nueva.

—¿Habéis venido en coche? —La miró, pero Grace seguía absorta en sus cosas.

—Sí, Patrick ha conseguido unas baldosas y unas alfombras que le gustan y el pobre Paddy, que es un santo, se las lleva mañana en coche a Dublín.

—Ah... Me gustaría ver a Paddy Jr.

—Claro, llámalo, está en casa.

—Vale, pues me voy a trabajar. Adiós, Grace.

—Adiós.

Y nada más, un hola y un adiós. Ni una mirada cómplice, ni una de sus sonrisas. Nada de nada y después del extraño encuentro se enteró por María que Grace iba a aprovechar su estancia en Londres para aprender algunos secretos del negocio. Sus avances con el español eran inmensos, se había matriculado en francés y esperaba ayudar en La Marquise Dublín como recepcionista. Sus padres aprobaban todo: los estudios, el entrenamiento y el futuro trabajo en Dublín como recepcionista trilingüe y ella parecía encantada con sus proyectos. Era seria y muy lista, opinaba María, y la habían puesto a trabajar con Heather y Victoria, su ayudante, para que se familiarizara con las reservas, los eventos, el trato con la gente y el servicio al cliente, que era sagrado en La Marquise. En resumen: la tendría a diario por el restaurante y aquello lo ponía nervioso, como un colegial, o al menos así se sentía cada vez que se la cruzaba en algún pasillo o la espiaba a lo lejos en su puesto de la recepción, donde brillaba con sus ojos verdes enormes y esa sonrisa de anuncio cautivando a los clientes. Y la cosa no había hecho más que empezar.

—Pero ¿cómo es que Grace ha vuelto a Londres? —preguntó esa misma noche a Paddy Jr., cenando solos en Hard Rock Café—. Creí que sus padres...

—Grace es muy lista y se las arregló para forzar la salida —respondió guiñando un ojo a la camarera, que apenas respiraba cuando se acercaba a ellos con los pedidos.

—¿Y eso?

—Empezó por dejarse ver cerca de su ex y eso asustó a mis tíos; acto seguido, le permitieron volver a Londres.

—Pero ¿por qué quiere estar aquí? —La pregunta era inocente, o no, porque obviamente él creía que Grace volvía para estar con él, aunque no estaba seguro de nada—. En Dublín tiene a la familia, sus amigos...

—Viene para aprender el negocio. También se ha matriculado en el Instituto Francés, resulta que los idiomas se le dan estupendamente. Manuela dice que habla español como si hubiese vivido en Madrid...

—¿Solo por eso?

—¿Por qué si no? —El chico levantó los ojos claros y lo miró un segundo antes de posarlos en la camarera—. Preciosa, ¿puedes traerme otra cervecita? Gracias, guapa.

—Claro... —La chica agarró la jarra vacía y se marchó.

—A esta nenita me la llevo yo esta noche de marcha —susurró Paddy, y Diego movió la cabeza sin saber cómo ahondar en el tema sin parecer un cotilla, pero necesitaba saber más y su amigo no se lo estaba poniendo nada fácil.

—Pero...

—Cuando Grace vino a Londres a verte me lo contó todo. Sé de qué vais y si mis tíos o mi padre se enteran... Y no es porque seas mal tío, Diego, pero Grace...

—No te preocupes, solo somos amigos.

—Ese es el problema, nosotros no tenemos «esa» clase de amigos, ¿entiendes? No al menos mis primas.

—Claro.

—No entiendes una mierda, pero no te culpo. —Se echó a reír—. Es complicado. Oh, gracias señorita... —miró la plaquita identificativa de la camarera y ella se sonrojó— Ruth. Bonito nombre. ¿A qué hora sales, Ruth?

—A las once.

—¿Te recojo a las once y nos llevas a tomar algo por ahí? Apenas conocemos Londres. Yo invito.

—Me encantaría.

—Genial. —Le sonrió, guiñándole el ojo otra vez, y Diego movió la cabeza pensando en que ese chaval de veintiún años tenía más tablas que la mayoría de sus amigos de treinta—. ¿Te vienes de juerga, Diego?

—Creo que no, Paddy, mañana tengo un día duro. ¿Cuándo te vuelves a Irlanda?

—Mañana. Estamos hasta arriba con la reforma de la casa y tengo que llevar las dichosas baldosas.

—¿Estás trabajando en la reforma?

—Claro, la cuadrilla es grande, pero siempre necesitan ayuda.

—Pensaba que estabas estudiando.

—Sí, pero también trabajo. Necesito pasta, tío, como todo el mundo.

—Ya, pero... —Se calló y suspiró. Nada de lo que él daba por hecho era normal entre los O'Keefe y lógicamente Paddy Jr. curraba para ganarse la paga, aunque su padre estuviera forrado—. ¿Y está quedando bien?

—Mi padre ha hecho que la tiren entera por dentro, estamos aún quitando escombros pero los arquitectos ya han entregado los planos definitivos y empezaremos enseguida. La quiere acabada con tiempo suficiente, ya sabes, antes de que nazca el nuevo bebé.

—El bebé, claro.

—Nace a finales de verano y creo que lo tendremos todo listo en mayo. ¿Te gusta el boxeo, Diego?
—No sé mucho de boxeo, ¿por?
—Tendremos un combate en junio, espero que vengas.
—¿Peleas tú? —Él asintió—. No sabía nada.
—Pues ya lo sabes, cuento contigo en junio, y primo... —estiró las piernas y apoyó la espalda en el respaldo de la butaca— mejor si dejas correr lo de Grace, ¿eh? Ella ya tiene la cabeza en otra cosa.

A lo lejos oyó la voz del segundo chef llamándolo y transportándolo de golpe otra vez a su realidad, levantó los ojos y agarró la comanda para el reservado, salió con la bandeja y dejó los platos en la mesa mirando de reojo a Paddy, que hablaba de negocios con ese acento suyo tan cerrado y abrupto, extraño pero precioso, igualito al de Grace.

Capítulo 22

—¿En serio no lo tenías programado?
—En serio, Laura, te lo juro... —Se sentó en la butaca y agarró los sobres con facturas que había dejado el cartero.
—¿Tú? Si lo tienes todo milimétricamente organizado. —Se echó a reír y Manuela con ella—. ¿O esa era María?
—Esa era María. En realidad, nunca habíamos hablado seriamente de esto, ¿te lo puedes creer? Los dos estamos como locos con Michael e implícitamente aceptábamos la idea de darle un hermanito, pero ha sido una sorpresa.
—Enhorabuena, me alegro. Mucha gente dice que el embarazo puede ser una etapa muy sexy para una pareja.
—Yo no viví el de Michael de ese modo, pero ya veremos.
—Si yo tuviera un hombre como Paddy O'Keefe al lado, desde luego no lo dejaría en paz... —Guardó silencio y ella se la imaginó cavilando en su elegante despacho de Nueva York, donde entraba a trabajar a las cinco de la mañana—. Vamos, yo...
—Oye, no te pases.
—Te has casado con un bombón muy sexy, Manuela, todas las mujeres lo vemos así.
—Ay Señor... ¿qué tal te va?
—¿Y qué dice María?
—Se ha alegrado mucho, aunque opina que el trabajo con

dos niños se multiplica no por dos sino por diez, y que me espera una etapa de locos, así que se teme lo peor para el restaurante y mi máster... Se olvida de mi Plan B.

—¿Plan B?

—Patrick, que es un padrazo. Se le da estupendamente bien Michael y con dos niños será igual. Le encanta malcriarlo, pero tiene mucha mano con él. Nos arreglaremos y, en caso de emergencia, pasamos al Plan C.

—¿Qué es?

—Acudir a la abuela.

—¿A tu madre?

—¿Estás loca? A mi suegra. Ahora viviendo en Dublín será más sencillo pedirle ayuda de vez en cuando y ella feliz. ¿Sabes que Bridget tan solo tiene cincuenta y ocho años? Es increíble.

—Y guapísima. Vaya mujer más guapa, así tiene los hijos que tiene. Y que tu Paddy sea un padrazo me pone aún más, que lo sepas.

—¿Quieres dejar de hablar así de mi marido y decirme cómo estás?

—¿No me puedes llevar a Dublín con vosotros? Estoy harta de este curro. No hago otra cosa que trabajar, no tengo ni un brick de leche en la nevera, ni ropa nueva en el armario, no echo un polvo desde que estuve en Londres. Por cierto, ¿cómo está el capullo de tu primo? ¿Sigue allí o salió corriendo de vuelta a Madrid?

—Sigue aquí, parece otro. Se ha adaptado muy bien, la verdad, y está aprendiendo un montón. Bueno, ya es un camarero casi experto que tiene cautivados a los clientes. Siempre ha tenido don de gentes y se le da muy bien.

—Don de gentes tendrá, pero es un cabrón muy frío, no le deseo nada bueno.

—No seas así, es de mi familia.

—Me da igual, se portó como un capullo hijo de puta conmigo y perdió su oportunidad de ser feliz. Que le den.

—Vale, qué macarra eres, Laura. Y, si quieres dejar tu curro y volver a Londres, igual te puedo contratar en La Marquise. El que Patrick y yo nos vayamos permanentemente a Irlanda me deja el negocio medio cojo, así que estoy como loca buscando personal cualificado para Dublín y gente que ayude a María aquí.

—¿La dejas a ella como directora?

—Sí, ella con la ayuda del equipo habitual, y subiré a una o dos personas del comedor a la administración, para que cubran su ausencia ahí fuera… Veremos… Para Dublín sí que me las estoy viendo negras, pero hoy al fin he encontrado una empresa que se encargará de hacer la primera criba, las entrevistas previas, etc. Vaya locura.

—Miles de candidatos.

—Para veinticinco o treinta puestos de trabajo.

—Joder, no me gustaría estar en tu pellejo.

—Es una aventura inesperada, igual que el bebé. —Se acarició la tripa plana y sonrió—. Nacerá casi a la par que La Marquise Dublín y eso nos parece un buen augurio. Todo irá bien, ya verás.

—Estoy convencida… Voy a tener que dejarte, Manuela O'Keefe, mi ayudante me está haciendo gestos de lo más raros a través del cristal…

—Vale, hablamos. Cuídate y no curres tanto, o voy a buscarte y te traigo de una oreja de vuelta a Londres.

—Vale, monina. Adiós.

Miró el móvil y vio dos mensajes de Paddy reclamándola desde el comedor. Robert McContray, su socio australiano, había aparecido en La Marquise para comer y pedirle el favor de abrir el restaurante un domingo para celebrar un evento privado y ella había pasado de la comida con la excusa de su apretada agenda de trabajo. Sin embargo, tendría que salir a saludarlo y tomar aunque fuera un café para no parecer tan descortés.

Se fue al cuarto de baño y se miró en el espejo grande de

la puerta. Estaba casi de siete semanas y obviamente no se le notaba nada, pero se sentía radiante. Se alisó el minivestido negro de viscosa que Patrick le había regalado y sonrió, pensando en que desde que se había enterado del embarazo no hacía más que sonreír. Ya ni se acordaba de la pelea por culpa de la casa, ni de su injustificado ataque de dignidad pretendiendo separarse de Paddy a la primera de cambio (reacción fruto, obviamente, del desorden hormonal que estaba sufriendo). Todo le parecía genial, estaba feliz, ilusionada y no pensaba disimularlo.

Pasó por administración, se despidió de las chicas y entró al comedor saludando a los camareros, entre ellos a su primo Diego, que vestido de negro con su mandil blanco y el pelo engominado hacia atrás parecía un figurín. Él le guiñó un ojo y la acompañó hasta el reservado donde Patrick se reía a carcajadas en ese momento con una copa de vino en una mano y una mujer colgada del otro brazo. Se deleitó un segundo en su aspecto impecable y luego desvió los ojos hacia esa chica rubia, guapa y vestida de un azul celeste chillón, que tenía al lado. Frente a ellos Robert McContray, que la vio primero y se puso de pie de un salto para ofrecerle una silla libre.

—Por el amor de Dios, señora mía, cada día más guapa.

—No os levantéis. —Miró a Paddy de reojo y como no se movió, bordeó la mesa para sentarse frente a él y a la rubia, que la observaba con la boca abierta—. Buenas tardes.

—Stormy, esta es Manuela, la maravillosa directora de La Marquise y quien tiene la última palabra para nuestra petición. Manuela, te presento a Storm White.

—¿En serio? —dijo la muchacha con un acento australiano muy marcado y Manuela se sentó, pidiendo un vaso de agua a Diego, que permanecía en silencio y muy educado a su lado—. ¿No eres muy joven?

—Una botellita de agua sin gas, Diego, porfa —dijo en español, y luego miró a la señorita Stormy—. Respecto a...

—¿Y a quién me tengo que tirar para que me digas que sí?

—interrumpió Stormy, y se echó a reír mirando a Paddy, que siguió la gracia tan contento—. Aunque yo ya sé por dónde empezar.

—Bueno, hemos mirado la propuesta, pero la última palabra la tiene mi jefa de comedor, María. Ella tiene que comprobar con qué personal contamos para ese domingo en particular y ver si podemos ayudarte. Lamentablemente, no puedo daros una respuesta ahora mismo, pero mañana lo tendré más claro.

—Pero si Paddy, que es el dueño, dice que sí —ella volvió a agarrarlo del brazo y Manuela parpadeó con unas ganas enormes de levantarse, saltar y darle un empujón como esos que pegaba su hijo en la guardería—, no hay nada más que hablar, ¿no?

—Pues no, lo siento —miró a su marido y vio que sonreía sin quitarle los ojos claros de encima—. Paddy sabe que la decisión final es nuestra. Lo siento.

—¡Jo! —soltó. Manuela apartó la vista y miró a Robert, que seguía la escena sin intervenir—. Dile algo, Paddy. Vamos, imponte, hombre, y te invito a mi casa de Marbella cuando quieras.

—Yo no pincho ni corto. Ella es la que manda.

—Pues vaya mierda… —Era una maleducada y no pretendía fingir que le parecía simpática. Respiró hondo y se levantó.

—Siento darte este disgusto, ahora os dejo acabar con vuestra comida. Si me disculpáis…

—¿No te vienes a tomar una copa con nosotros? —Robert, siempre amable, la sujetó del brazo—. Nos han invitado a una casa de Belgravia, a un cóctel privado, una especie de merienda de ginebra. Vente y así hablamos un poco más, Manuela.

—Nos están esperando —comentó Stormy mirando a Patrick, que parecía tonto sin decir ni mu—. Será la bomba y después nos vamos a Windsor, al cumpleaños de una amiga.

—Muchas gracias, pero no puedo. Yo tengo un niño pequeño y me es imposible, pero mil gracias. Adiós. Mañana te confirmo lo que sea, Robert, hasta luego. —Se dieron dos besos y partió de prisa hacia su despacho decidiendo que, si Patrick se iba con esa idiota a la merienda de ginebra o a Windsor, le pondría las maletas en la puerta—. Helen, llama a María cuando puedas, por favor.

—Claro, ahora mismo… —La vio agarrar el teléfono interno y se metió en el despacho cada vez más cabreada. Menuda gilipollas arrogante la tía. ¿Y ese nombre? ¿Quién se podía llamar Storm? Por el amor de Dios. Agarró una botella de agua, bebió un trago largo y luego se fue al archivador grande para buscar unas facturas, en un vano intento por distraerse.

—¿Así que tienes un niño pequeño? ¿Tú sola? —Oyó el ronroneo de Paddy a su espalda, pero no se movió. Él se acercó y la abrazó, hundiendo la cara en su cuello mientras le acariciaba el vientre con la mano abierta—. ¿Y este también es solo tuyo?

—No sé, como estabas tonteando con Stormy, no quise cortarte el rollo.

—¡¿Tonteando?! —Soltó una carcajada y buscó sus ojos—. Define «tontear», *Spanish Lady*.

—No me vengas con gilipolleces, no estoy de humor y que sepas que esa idiota no celebrará nada en mi local.

—¿Ah, no? Es una rica heredera australiana, eso dice Robert.

—Me importa una mierda.

—Ay, Dios, me estás poniendo cachondo…

—Mira, Patrick… —Lo miró y vio que estaba muerto de la risa. Suspiró y tuvo que sonreír—. Está bien, vamos a pasar del tema.

—Nah.

—Oye —se apartó y se puso las manos en las caderas—, ¿se puede saber qué te hace tanta gracia?

—Verte celosa. ¿Por qué no vuelves ahí y le dices que deje en paz a tu marido, al padre de tus hijos, eh? Por favor.

—Ya vale, muy gracioso. A mí no me ha hecho tanta gracia, sabes, «Paddy» —imitó el acento de esa mujer y volvió a sus facturas—. Además, es una maleducada y sus amigos también lo serán, no es gente para La Marquise.

—Claro, tú mandas. —Volvió a abrazarla sin dejar de reírse.

—Mejor dejémoslo correr. ¿Vas a recoger a Michael ahora o te vas a la merienda de ginebra?

—Por supuesto, *Spanish Lady*, que me voy a buscar a mi cachorrito.

—Muy bien. —Vio por el rabillo del ojo entrar a su amiga y la saludó—. Hola, María.

—¿Qué hay?

—No haremos el evento que nos pidió la amiga de Robert McContray, así que no te molestes en intentar ajustar horarios. Yo paso, es una petarda y no la quiero por aquí—. Eso último lo dijo en español ante la mirada sonriente de Paddy, que seguía la escena muy atento.

—¿En serio?

—Una choni con ínfulas, eso es lo que es.

—Para que tú digas eso…

—Si quieres pregúntaselo aquí al señor O'Keefe, que estuvo confraternizando con ella.

—¿Qué has hecho, Paddy? —María lo miró moviendo la cabeza y él devolvió la mirada sin poder dejar de sonreír—. Hombres.

—No he hecho nada.

—Ya, claro…

—Lo juro por Dios.

—Bueno, ya que os tengo aquí os cuento que pasaré a Diego definitivamente al turno de noche, está trabajando muy bien y… —Suspiró—. Jamás creí que diría esto, pero tiene todas las papeletas para quedarse como jefe de camareros de la mañana cuando os marchéis a Dublín. Es alucinante el buen trabajo que está haciendo y la actitud que tiene: un diez.

—Me alegra oír eso. —Manuela sonrió de oreja a oreja—. Sabía que al final… Tiene muy buen trato con la gente y eso es fundamental.

—¿Y se lo has dicho? —susurró Paddy—. Pensé que le ofreceríamos un puesto en Dublín.

—¿En Dublín? No...

—Le gusta aquello, ha hecho muy buenas migas con Paddy y los chicos. Nos vendría muy bien alguien formado aquí, y de la familia, con un puesto de responsabilidad en La Marquise Dublín. Podría ser jefe de camareros allí, ¿no lo habías pensado, Manuela?

—Pues no, porque parece muy integrado en Londres.

—¿Viviendo con un montón de gente en un piso cochambroso? Yo creo que no. De hecho, no hace más que trabajar y es porque está más solo que la una. Yo cuento con él en Dublín o al menos, me gustaría hacerle la oferta.

—¿María? —Manuela la miró y ella se encogió de hombros.

—Sin compromisos ni responsabilidades familiares aquí, supongo que es el más libre de todos nosotros para ir a Dublín y ayudaros a empezar el negocio. Por mí, vale, buscaré a otra persona.

—Muy bien...

—¡Jefe! —Günter asomó la cabeza y lo llamó—. Ven un momento.

—¿Qué pasa?

—Ven, por favor. —Miró de reojo a Manuela y ella frunció el ceño.

—¿Pasa algo, Günter?

—Nada, jefa, solo quiero hablar con tu marido. ¿Podrías venir, tío? Es importante.

Paddy agarró su chaqueta y lo siguió hacia la entrada, con Manuela caminando dos pasos por detrás.

—*Spanish Lady* —se giró y le acarició la mejilla con el pulgar—, ya me ocupo yo. Si tienes trabajo pendiente, acaba pronto y te hago la cena.

—Ya acabé. —Se adelantó y miró a Günter con los ojos entornados, sabiendo que la estaba intentando mantener al margen de algo importante, una muy mala idea. El jefe de seguridad miró a Paddy y este le hizo una venia para que hablara.

—Dimitri, el novio de Milena.

—¿Dónde está?

—¿Has llamado a la policía? —intervino Manuela, y Paddy la agarró de la mano.

—Vuelve a la oficina, ¿quieres? Ya me ocupo yo.

—¿Habéis llamado a la policía? —repitió, y Günter fijó los ojos en Patrick.

—Lo vio Diego. Estaba fumándose un pitillo en la entrada y lo pilló rondando cerca de los coches. Lo llamó, el tío salió pitando y Diego detrás, Jason y…

—¡¿Qué?! —Manuela agarró a Paddy del brazo y él bufó—. Pero ¿cómo? ¿Estáis todos locos?

—He mandado a Jason y a uno de los chicos a buscarlos.

—¿Y la policía?

—Vienen de camino, pero…

—Hola. —Diego apareció jadeando y se dobló para intentar respirar pero sin dejar de mirarlos a la cara—. Joder…el muy cabrón se me ha escapado.

—¡Pero ¿tú estás loco?! —le soltó en español, y Patrick la sujetó por la cintura y la puso camino del despacho indicándole el camino con la mano.

—Ya es suficiente, vuelve ahí dentro. He dicho que yo me ocupo.

—Pero…

—Yo me ocupo. Vamos. ¡Ahora!

Capítulo 23

Adrenalina. «Es una hormona y un neurotransmisor. Incrementa la frecuencia cardíaca, contrae los vasos sanguíneos, dilata los conductos de aire...», leyó en Internet y sonrió. Efectivamente, la adrenalina provocaba todo eso y más porque él, que era un tipo normalmente pasivo, conciliador y escurrebultos, no había podido evitarla y cuanto más se le aceleraba el pulso, más fuerte y poderoso se sentía y era una sensación maravillosa. Ya sabía que su otro yo jamás, nunca, hubiese corrido detrás de un tipo como Dimitri, pero su actual yo, ese más sano y comprometido, no había podido evitarlo y verlo allí, junto a la moto de Paddy y con cara de malas intenciones, le despertó una necesidad innata de cazarlo. Primero lo llamó y al verlo huir partió detrás como alma que lleva el diablo, a toda hostia, corriendo entre los coches sin pensar. Solo atinó a alertar a uno de los chicos de Günter para que llamara a la poli, pero lo demás había sido perseguir al capullo ese al que esperaban en una moto unas calles más abajo.

Lo perdió, pero al menos lo había intentado y Patrick le había palmoteado la espalda sin hablar, muy orgulloso, como diciéndole que ya era oficialmente parte de su familia y aquello no tenía precio. No para él, que se sentía muy agradecido de los O'Keefe y de Manuela, y de toda la suerte que estaba teniendo en Londres.

Además, Grace había observado la maniobra desde la recepción y ver sus ojos brillantes y su cara de preocupación podía compensar cualquier cosa.

«Joder, Diego, en lugar de fortalecerte te estás volviendo un blandengue». Tragó saliva y sonrió a Paddy Jr., que estaba levantando a Michael por los aires mientras su padre y Manuela hablaban con el arquitecto sobre los planos de la nueva Marquise Dublín. La casa de estilo georgiano, que no victoriano, le contó Manuela, estaba en una zona inmejorable de Dublín, era preciosa, a él lo había dejado con la boca abierta, como la propia invitación de Paddy ese finde para que los acompañara a verla.

Tras el incidente Dimitri, al que la policía había detenido esta misma tarde gracias a su declaración y a su milagrosa observación de la moto en la que huyó, de la que pudo dar modelo, color y los primeros números de la matrícula, su prima le había soltado una retahíla de insultos de lo más castizos, pero no le importó porque todo el mundo alabó su actuación y a él le parecía correcta, así que ella podía ponerse como un basilisco, que no le haría caso. Después Paddy lo invitó a Irlanda y ahí estaba, admirando la propiedad junto a St. Stephen Green, maravillosa zona. Habían aparcado el coche en un parking un poco lejos y así habían podido caminar por el centro y hacer un poco de turismo con el pequeño Michael sobre los hombros de su padre o de su hermano mayor, que tenía mucha mano con él. Desde luego, ese niño pasaba de brazo en brazo todo el tiempo, de ahí que fuera tan sociable y risueño, estaba claro, y tomó nota. Cuando fuera padre, procuraría que sus hijos se relacionaran con mucha gente siempre, era fundamental.

—Micky, ¿quieres un ganchito? —Paddy Jr. se puso en cuclillas y sacó un snack de queso del bolsillo comprobando que Manuela no los estaba mirando—. Toma, pero que mamá no lo vea, ¿eh?

—¡Sí! —asintió el pequeñajo abriendo la boca.

—Solo uno, ¿eh? ¿Quieres, tío?

—No, gracias —respondió, acariciando el pelo rubio de Michael—. Si te ve tu madre...

—No nos verá y luego se comerá toda la comida, ¿verdad, enano?

—¡Sí! —dijo abriendo la boca otra vez. Paddy agarró otro aperitivo y se lo dio.

—Ya vale. Se acabó. ¿Qué pasa, Diego? ¿Estás cansado?

—No, ¿por?

—No sé, te veo muy pensativo, ¿esta noche nos vamos de parranda?, he conocido unas chicas muy guapas y las vamos a llevar de juerga por ahí.

—Eso está hecho.

—Paddy, espero que no le estés dando a tu hermano nada prohibido, ¿eh? —Patrick se personó a su lado y miró a su pequeño con atención. Este le sonrió con sus pocos dientes manchados de naranja por el ganchito, suspiró, se inclinó y lo cogió en brazos—. Joder, macho.

—Lo sé, pero también tiene derecho a probar cosas ricas, no le pasará nada. Pobre enano, solo come cosas de bebés.

—Que es lo que tiene que comer. Anda, hazme un favor y llama a Ben O'Reilly, dile que estamos aquí, a ver si puede acercarse con uno de sus chicos.

—Vale. —Se levantó y se fue hacia el jardín para hablar por teléfono.

—¿Y qué tal, Diego? ¿Qué te parece?

—Una maravilla. Menuda casa, quedará espectacular.

—Sí, seguro... —Miró hacia Manuela, que con el abrigo puesto hablaba con el arquitecto y sonrió—. Al fin la *Spanish Lady* se ha metido de cabeza en el asunto y eso me tranquiliza. Quedará genial.

—Sí, seguro, Paddy, menuda idea más buena.

—¿Más? —preguntó Michael con los ojos muy abiertos, y su padre negó con la cabeza.

—No, no hay más. En un rato vamos a comer, ¿de acuerdo, cachorrito?

—¡Sí! —respondió haciendo presión para que lo dejara en el suelo. Lo posó sobre el parqué y él salió corriendo con sus pasos inseguros hacia su madre.

—Creo que vuestro hijo es el niño más apacible y con mejor carácter que conozco.

—¿Tú crees? —Se sentó a su lado sin perder de vista al pequeñajo y sonrió.

—Totalmente. ¿Paddy Jr. era así de pequeño?

—Si te soy sincero, no lo sé. Cuando yo era joven los hombres gitanos ni se acercaban a sus hijos. No estaba bien visto llevar el carrito, cambiar pañales o darles de comer y yo, por supuesto, era de esos. Tampoco es que me interesara.

—¿Qué edad tenías?

—Dieciocho.

—¿Y tu primera mujer era también tan joven?

—Tres o cuatro años mayor que yo, o cuatro o cinco, no lo sé, pero era mayor.

—¿Así que ejercías poco?

—No ejercía nada.

—Pero llegó Manuela Vergara y te metió en cintura.

—Llegó Manuela Vergara y lo cambió todo. —La buscó con los ojos brillantes y Diego sonrió—. Quería proponerte algo, primo.

—Claro ¿de qué se trata? —Estiró las piernas y observó de reojo como Manuela cogía en brazos a Michael para comérselo a besos.

—Esperamos inaugurar este local en verano, como muy tarde, septiembre y me gustaría que te vinieras con nosotros como responsable del comedor.

—¿Quién? ¿Yo?

—Ya sé que preferirías la administración pura y dura, pero el puesto tiene mucho de administrativo, tendrás un equipo a tu cargo, la responsabilidad de los camareros, del reparto del trabajo, en fin...

—¿Yo? —volvió a preguntar con el corazón acelerado—. ¿En serio?

—María opina que estás preparado y nosotros también.

—¿María opina eso?

—Sí, ¿qué te extraña tanto?

—No me ha dicho nada.

—Te lo digo yo. Personalmente, me gustaría que alguien formado en el restaurante de Londres y de la familia se hiciera cargo de esto. Aunque contrataremos también a un maître, La Marquise siempre ha trabajado con ese organigrama y funciona.

—Joder, yo... —Se puso la mano en el pecho y sonrió con ganas de levantarse y darle un abrazo—. Si tú confías en mí, cuenta conmigo.

—Todos confiamos en ti.

—Me encantará, gracias.

—Trato hecho, pues. Ya hablaremos de las condiciones y el alojamiento. Paddy está pensando en independizarse de los abuelos y hay un piso por el centro...

—Déjalo, Patrick, ya veremos los detalles. De momento, me siento muy halagado.

—Ben ya viene de camino —interrumpió Paddy Jr., y se sentó en la otra silla libre—. Hemos tenido suerte, estaba cerca.

—Perfecto... ¡Eh Michael, ven aquí! —llamó, y el pequeño llegó corriendo seguido por su madre. Diego levantó los ojos y sonrió hacia Manuela, que traía una tablet en la mano—. ¿Qué pasa, *Spanish Lady*?

—No pasa nada, con algo de suerte empezarán mañana mismo el trabajo. Solo espero que podamos inaugurar antes del parto.

—¿Para cuándo es? —preguntó Diego, observando cómo Paddy la acercaba para besarle la tripa antes de sentarla sobre sus rodillas.

—Si Dios quiere, para septiembre.

—Acabarán con tiempo de sobra —susurró Patrick, sin dejar

de acariciarle la tripa por debajo del jersey—. No te preocupes, tenemos mucho tiempo.

—¿Así que vas a tener un hermanito, Michael? —preguntó Diego viendo como él se tiraba al suelo para jugar con un coche—. Qué suerte, ¿estás contento?

—No —respondió rotundo, y Paddy Jr. se echó a reír.

—¿Qué? ¿No quieres un hermanito, mi amor? —Manuela se inclinó y le acarició los rizos rubios—. Viene para jugar contigo.

—¡No! —repitió y se puso de pie. Sus padres se miraron con los ojos muy abiertos y Diego no pudo evitar la risa mientras Paddy Jr. se carcajeaba.

—¿Cómo qué no? —Los dos se levantaron para hablarle de cerca y él los miró tan tranquilo—. Vamos a tener un bebé muy pronto y lo vamos a querer mucho, ¿verdad, cariño?

—¡No! —Patrick miró a Manuela con cara de pregunta y ella le acarició la mejilla.

—No pasa nada, es muy pequeño y no se entera, no te preocupes.

—Se entera perfectamente —susurró Paddy Jr. poniéndose de pie—. Lo que pasa es que es un chico listo. Mirad, llegan los O'Reilly.

—Vale, cachorrito, ya hablaremos tú y yo —concluyó su padre cogiéndolo en brazos para salir a saludar al contratista. Manuela miró a Diego moviendo la cabeza y salió detrás de su marido, dejándolo solo otra vez en su silla. Solo y sonriente.

—Jefe de comedor —pronunció despacio, y se levantó admirando esa enorme casa con atención. Muy pronto esos serían sus dominios y sintió la adrenalina subiéndole por todo el torrente sanguíneo.

Se imaginó el restaurante lleno y el corre-corre de los camareros, la locura de la cocina, del bar y se emocionó porque a pesar de lo duro y jodido que habían sido esos primeros meses en La Marquise, había llegado a disfrutar de su trabajo y le apetecía mucho hacer lo mismo allí, en Dublín, un destino que en España jamás entró en sus planes, pero que le había llegado en bandeja. Era la bomba y pensaba contárselo a todo Dios, empezando por Grace, que se había quedado sola en Londres estudiando. Cogió el móvil y marcó su número con el corazón acelerado, el aparato dio un segundo de señal y, al siguiente, un mensaje de la operadora le informaba que ese número no pertenecía a ningún usuario. Repitió la maniobra y volvió a oír el mensaje con un agujero raro en el centro del pecho. Miró el móvil atentamente y fue entonces cuando una llamada de su madre, desde Madrid, lo arrancó de golpe de esa angustia estúpida que le cerraba la garganta.

—Hola, mamá, ¿qué tal estás? Yo bien, en Dublín con Manuela y su marido. No sabes lo que me acaban de ofrecer.

Capítulo 24

—Hola.
—¡Hola! —Levantó los ojos del ordenador y le sonrió. No lo había oído entrar y en cuanto lo vio sintió mariposas en el estómago, como siempre. Él dejó la mochila en el suelo y se acercó a la cama estirando los brazos hacia Michael, que se había puesto de pie para saludarlo—. Creía que venías mañana, mi amor.
—Pude coger el último vuelo. —Le guiñó un ojo mirando lo guapa que estaba en pijama, recostada encima del edredón—. Hola, cachorrito. ¿Qué haces?
—Jugar.
—¿Estás jugando o viendo la tele? —Lo abrazó y le mordió la tripita para hacerlo reír.
—En realidad, juega con la tele de fondo mientras yo acabo este trabajo. ¿Qué tal el viaje?
—Largo... —bufó, dejando al niño en la cama para que volviera gateando a sus juguetes. Se acercó a ella, se sentó a su lado y la miró a los ojos subiendo la mano helada por debajo de su camiseta—. ¿Me echas de menos? Porque yo no hago otra cosa.
—Te echo de menos a todas horas, mi vida... —Le acarició el pelo y la barba de tres días y se incorporó para besarlo. Él la empujó contra la almohada y la besó sin descanso, cada vez

más excitado, hasta que ella se echó a reír sobre su boca—. Ya veo que me has echado de menos.

—*Spanish Lady* —suspiró pasándose la mano por la cara—. En cuanto nos mudemos a Dublín no pienso viajar más.

—Vale, me parece perfecto.

—¿Qué tal estás? — Se apartó un poco y bajó la mano hacia su abdomen liso con cuidado, le acarició el ombligo y luego enredó los dedos en sus braguitas blancas de algodón—. ¿Qué tal las náuseas?

—Temprano, a primera hora, pero el resto del día nada de nada. ¿Solucionaste lo de Belfast o...?

—Todo solucionado, pero me costará una pasta. Sean metió la pata hasta el fondo, como me temía, pero no puedo hacer nada salvo pagar.

—Vaya...

—Eso pasa por hacer acuerdos verbales y sin firmar nada, pero no quiero darle más vueltas, perdimos el dinero de la fianza y no hay marcha atrás.

—Tal vez si le pedimos a John...

—Nada de abogados. No, en ese caso, mejor pasar, ¿ok? ¿Qué tal Grace?

—Cansada, se fue a la cama enseguida, yo estaba deseando acostarme y me traje a Michael a ver si se dormía pronto, pero ya ves...

—Camión, papá, un camión... —le dijo el niño enseñándole el camión de madera que le había comprado Paddy Jr. Él lo agarró y lo cogió en brazos para besarle la cabeza.

—Sí, un camión y es azul, ¿lo ves? Azul y blanco, ¿te gusta?

—¡Sí!

—¿Y te gustará tu hermanito? Mira... —le agarró el dedo índice y se lo acercó al ombligo de Manuela, que sonreía de oreja a oreja sabiendo fehacientemente que insistir en el tema bebé era inútil—, aquí, en la tripita de mamá, está tu hermanito. Ahora es chiquitín, más que tu dedito, pero pronto crecerá y nacerá y podrás jugar con él, ¿quieres?

—¡No! —Se escurrió de sus brazos y gateó al lado contrario de la cama.

—¿Por qué? ¿Eh? Ven, cachorrito.

—No le interesa, es muy pequeño, déjalo.

—Deberíamos hablar del bebé por su nombre.

—Paddy... tiene veinte meses, simplemente no entiende el concepto o no le interesa.

—Pero hay que prepararlo, está acostumbrado a ser el centro de nuestra vida y cuando nazca...

—Cuando nazca, ya veremos. Y no le podemos poner nombre si aún no sabemos lo que es.

—Será otro chico y se llamará Patrick. —Se inclinó y le besó la tripa con la boca abierta.

—Aunque sea un chico no se llamará Patrick, tú ya tienes un Patrick.

—Pero no es nuestro, ya te lo he dicho.

—Paddy... —Se dobló por culpa de las cosquillas y él la inmovilizó abrazándola con todo el cuerpo.

—Será otro chaval, lo sé, y me gusta Patrick. ¿Tienes algún nombre familiar que te guste más?

—No tiene que ser un nombre familiar, podemos ser originales y si es niña me gusta Molly.

—De acuerdo, me gusta, pero no será niña.

—¿Y por qué estás tan seguro?

—Porque, si es una niña y sale la mitad de guapa que tú, no volveré a conciliar el sueño.

—Oh, Señor. —Se echó a reír y Michael se acercó para participar en el abrazo—. Pagarás a través de tu hija todos los corazones rotos que dejaste por ahí.

—Será un niño y puede llamarse Patrick.

—No.

—¡No! —repitió Michael agarrándose al cuello de su padre.

—Bueno, pues ve pensando en nombres porque, si no, será Patrick y fin de la historia.

—¿Estás seguro de que no tienes un tercer nombre, Patrick Michael? Si tienes otro podemos contemplarlo y...

—No, yo solo me llamo Patrick Michael, así que no hay más opciones. —La abrazó cerrando los ojos y Michael agarró su chupete y se acurrucó a su lado.

—Hoy han estado comiendo en La Marquise los Molhoney, ¿sabes? Ronan Molhoney, el cantante irlandés.

—Sé quién es.

—Su mujer habla español perfectamente, me dijo que su madre es española, incluso tienen casa en Ibiza y sus niños hablan castellano también. Tienen una bebé pequeñita, preciosa. Muy majos.

—¿Fuiste a saludarlos?

—Me lo pidió Heather al oír que hablaban en español y como él es irlandés... En fin, increíble todo lo que se dijo de esa gente en la prensa y luego los ves y son encantadores y muy normales. —Suspiró—. Estuve hablando con ella, con Eloisse, de un colegio en las afueras de Dublín, le comenté que nos mudábamos allí definitivamente y me habló maravillas del centro donde lleva a sus hijos.

—¿Dónde está?

—No puedo ni pronunciarlo, Dun...

—Dún Laoghaire.

—Eso es.

—Está un poco lejos de casa.

—¿Cuánto? ¿Una hora?

—No, unos veinte minutos.

—Eso es perfectamente asumible si el cole vale tanto la pena. Me sugirió que pidiera plaza cuanto antes si me interesaba, porque está muy solicitado.

—¿Y tanto te interesa?

—Es moderno, laico, con pocos alumnos, muchas actividades extraescolares... Parece estupendo, he entrado en la web y les he mandado un correo para ver si puedo visitarlos la próxima vez que vayamos a Dublín.

—A ver qué piensan de admitir alumnos gitanos —susurró a punto de dormirse, y Manuela se puso en guardia. Le acarició el pelo y preguntó, meditando por primera vez en algo semejante.

—¿Cómo? ¿Van pidiendo certificado de orígenes étnicos por ahí? Porque también es medio español y espero que…

—No van pidiendo certificados étnicos por ahí, pero hay cosas que se saben y… ¿No has contemplado la idea de matricularlo en mi colegio? Es católico, lo sé, pero todos los O'Keefe hemos ido allí. Está cerca de casa y tienen un estupendo equipo de rugby.

—No sabemos si le interesará el rugby. —Tragó saliva pensando en aquello de ser gitano. Nunca, jamás, se había parado a pensar en eso y se preocupó. A ella no le importaba lo más mínimo, pero por primera vez desde que había nacido Michael, quiso saber qué podrían pensar los demás al respecto.

—¿Cómo no le va a interesar el rugby? Es mi hijo, por supuesto que le interesará, jugará y será muy bueno. El rugby es un deporte completo y no solo forma físicamente, también enseña disciplina, sacrificio, compañerismo… —Levantó la cabeza y buscó sus ojos—. ¿En qué piensas?

—No sé, cosas mías.

—¿En que tienes un hijo gitano? Bueno, dos… —Le acarició la tripa sonriendo.

—Medio gitano.

—Si la sábana de arriba es gitana, el hijo es gitano.

—¿Qué?

—Si el padre es gitano, los hijos gitanos, eso dice la tradición, *Spanish Lady*, y la tradición va a misa. ¿Te preocupa?

—A mí no, no soy racista, obviamente, pero sigo creyendo que los orígenes étnicos de los niños no son importantes o no deberían importarle a nadie. ¿A ti sí? ¿Te has sentido discriminado alguna vez?

—Yo no me he sentido en la vida discriminado y estoy orgulloso de ser gitano. Eso enseñaré a nuestros hijos y espero que se sientan tan orgullosos de sus orígenes como yo.

—Por supuesto, yo…

—Eso significa que no voy mostrando mi ADN a nadie pero tampoco oculto ni ignoro el tema. Al contrario, los O'Keefe ejercemos de etnia y a mucha honra.

—Y a mí me parece bien.

—Perfecto…

Volvió a acurrucarse y la abrazó muy fuerte. Ella estiró la mano, acarició el pelo suave de Michael y tragó saliva pensando por primera vez en la realidad de su vida. Estaba casada con un gitano irlandés, un *tinker*, y aunque aquello carecía totalmente de importancia en su mundo, a lo mejor en Dublín y entre los irlandeses no fuera tan sencillo, no para los niños… o sí. No sabía nada al respecto y tal vez había llegado la hora de empezar a observar más, a averiguar más cosas, aunque lo que estaba clarísimo era que nadie le iba a impedir educar a sus hijos donde decidieran. Ni en Dublín, ni en Madrid, ni en Londres, ni donde se les antojara. No habría concesiones en ese terreno y, como alguien les negara una plaza por el más mínimo prejuicio, ardería Roma. No se quedaría quieta…

—Manuela. —Unos golpecitos suaves en la puerta precedieron la voz de Grace, que se quedó en el dintel sin moverse.

—Pasa, Gracie —susurró, comprobando que Michael estaba completamente dormido.

—Perdona… —Entró y miró a su tío, que se había quedado dormido con ropa sobre el edredón—. Jo, debe estar reventado.

—Ya sabes que odia los aviones y estaba agotado por el viaje. ¿Necesitas algo?

—¿Tienes alguna pastilla para el dolor? Estoy con la regla y me duele mucho.

—Claro, espera un segundo… —Se escurrió del abrazo de Patrick, se levantó y cogió al niño para llevarlo a su cama—. Vamos, está en la cocina.

—Vale, gracias.

—Un segundo. —Acostó al pequeño, le besó la cabecita y

se fue a buscar a Grace, que la esperaba con una bata de señora mayor junto a la cocina americana. Le sonrió y se fue al armarito de las medicinas—. ¿Te sientes muy mal?

—No, solo me duelen los ovarios.

—Vale, esto es muy bueno, toma. ¿Te preparo una leche calentita?

—Sí, gracias.

—Muy bien, siéntate. —Puso la taza en el microondas y esperó observándola. Grace era una chica preciosa, muy guapa, tanto como cualquier modelo de esas que llenaban las revistas, pero parecía ignorarlo completamente, lo que la hacía aún más guapa si cabe—. Se te pasa enseguida.

—Sí, gracias.

—¿Tú fuiste al colegio que está cerca de tu casa, Grace?

—Al Sagrado Corazón de Jesús, sí, ¿por?

—¿Y qué tal es?

—No sé, normal, supongo.

—Es por los niños. Los Molhoney me recomendaron el colegio de sus hijos y quiero verlo antes de decidir nada.

—Qué guapo Ronan Molhoney, aunque a mí me gustan más los morenos. Él es guapísimo y ella, preciosa, y qué majos, en cuanto me oyó hablar me preguntó de qué parte de Dublín era.

—Sí, muy majos.

—Por nuestro cole pasamos todos los primos, los niños estarán como en familia.

—Ya, pero el otro parece que es muy bueno.

—¿Y caro?

—No demasiado, pagaríamos menos que aquí. La guardería es carísima.

—¿Diego y tú fuisteis al mismo cole? —preguntó sin mirarla a los ojos, y Manuela suspiró.

—Al mismo cole no, pero sí al mismo instituto.

—¿Y erais muy amigos?

—Más o menos. Íbamos a la misma clase y siempre nos llevamos bien. ¿Qué tal con él? —De repente recordó que con tanto lío había olvidado ese asunto y quiso aprovechar que estaban solas para hablar con ella—. Ya no os veis demasiado, ¿no?

—Creo que Diego se interesa más por mis tíos o por Paddy Jr. que por mí, así que...

—¿Ah, sí?

—Le encanta mi familia, en Dublín ni me mira y aquí... En fin... Y gracias por no haberle dicho nada a mi madre o a mi tío... Ahora ya no importa, pero prefiero que sigan sin saberlo.

—Está bien. ¿Y has vuelto con tu novio?

—¿Con Kevin Dever? No, por Dios santo, menudo idiota.

—Ah, es que tus...

—Ya sé lo que creen mis padres, pero de eso nada.

—Ah...

—Diego es un gran tío pero no se valora nada, ¿verdad?

—No sé... —Jamás había mirado a su primo de ese modo y se quedó sopesando la teoría unos segundos—. No...

—Sí, él cree que nadie espera nada bueno de él y se queda tan pancho, no hace ningún esfuerzo por demostrar que vale mucho más de lo que parece.

—Bueno... yo pienso que él nunca se ha esforzado mucho por demostrar nada porque todo el mundo lo adora tal cual es.

—¿Tú crees?

—Sí, siempre ha sido así.

—Pues vale mucho, aunque no es asunto mío, claro... —Se sonrojó un poco y Manuela le dio la espalda para tomar un vaso de agua—. ¿Ya no tienes náuseas?

—No, afortunadamente se me han pasado por hoy, pero las mañanas son mortales.

—Mi abuela opina que deberías comer más y subir unos kilitos.

—Ya los subiré.

—Y a Michael que no le hace ninguna gracia lo del hermanito. —Se echó a reír—. Es tan rico...

—¡*Spanish Lady*! —Patrick apareció sacándose la camiseta en el pasillo—. ¿Dónde te metes?

—Ya voy. —Sonrió a Grace y le acarició el brazo—. ¿Estás mejor?

—Sí.

—Genial, métete en la cama y verás que mañana estarás como nueva.

—Sí, gracias. Buenas noches.

—Buenas noches, cariño.

Capítulo 25

Salió de la cocina, agarró el paquete de tabaco que escondía en el office, lejos de la mirada asesina de Phillipe, y se encaminó hacia el área de descanso trasera, aunque primero se asomó al pasillo y al hall de entrada, donde esa noche Grace McGuinness brillaba como una luciérnaga atendiendo las reservas. Otra vez el pelo recogido y el uniforme reglamentario, de negro y con la falda estrecha. Guapísima. No llevaba casi maquillaje, no le hacía falta. A pesar de que la mayoría de las jovencitas amigas suyas de Dublín abusaban de la sombra de ojos y el perfume, Grace no, ella era elegante y discreta por naturaleza.

Se quedó embobado, mirando su sonrisa y sus gestos suaves y serenos como un idiota, hasta que ella lo descubrió, frunció el ceño y le dio la espalda. Motivo más que suficiente para acercarse con paso firme para darle las buenas noches e incordiarla un poco.

—Hola, reina mora —dijo en español, y ella no levantó los ojos del ordenador.

—Estoy ocupada.

—¿No puedes saludarme?

—Mira, Diego —levantó esos ojazos verdes y él dio un paso atrás—. Estoy trabajando y tú también. Déjame en paz. Mis tíos están esta noche aquí y no quiero que me vean perdiendo el tiempo.

—No pasará nada porque me digas hola.

—Hola... —Sonó el teléfono y atendió presta, dejándolo con la palabra en la boca—. La Marquise, buenas noches, ¿en qué podemos ayudarle?

—Joder —soltó al comprobar que hasta el acento cambiaba para atender a los clientes y sonrió—. Mejor me voy.

Se giró hacia la calle y se fue al parking. Manuela y Patrick tenía una cena con amigos, entre ellos los antiguos dueños de La Marquise, Jonathan y Peter, con los que Paddy había cerrado un negocio nada menos que en Barbados, donde habían comprado un hotel en cuyo capital participaban los O'Keefe, y estaban todos como locos. Todos menos él, que no se asustaba tan fácilmente con la presencia de los jefes en el local, así que pensaba aprovechar sus veinte minutos de descanso, relajarse y meditar un poco sobre la dichosa Grace.

Ya estaban en marzo, ella llevaba dos semanas trabajando regularmente en el restaurante y lo ignoraba ostensiblemente, coqueteando, de paso, con todo Dios que le tirara los tejos y que eran la mayoría. Cómo no. Era preciosa, sobrina del jefe, simpática y muy jovencita, ideal para camelarla con facilidad, aunque ella era más dura que una piedra, afortunadamente. Alguien le había comentado que Manuela, antes de aparecer Paddy, era así de distante y fría en el trabajo, muy ligona y rompecorazones, pero completamente inaccesible y que la pelirroja de ojos verdes seguía los mismos pasos. Un fortín infranqueable que sin embargo sonreía a todo el personal. Lo tenía de los nervios.

A diario se preguntaba: ¿cómo había sido tan fácil ligársela al principio? Muy sencillo, no se la había ligado él, sino ella a él. Tan simple como eso. Y no es que quisiera buscarse problemas con una cría de dieciocho años a la que tenía prohibido, por imperativo familiar, acercarse, pero era superior a sus fuerzas. Le seguía gustando Grace y lo ponía malísimo que pasara de él, que ni siquiera salía con otras mujeres. Antonella se había cansado de mandarle mensajes y las demás... no le interesaban lo suficiente.

El caso es que algo debía hacer, algo radical, porque acabarían trabajando juntos en Dublín, después de pasar varios meses en Londres, y él no era tan fuerte como para soportar lo que le entraba cuando la veía. Era impotencia, se dijo, pura y cristalina impotencia por no poder controlar la situación, como siempre hacía.

—Ay, Señor. —Oyó a su lado, y vio a Manuela caminando rápido hacia la entrada del parking para apoyarse en el capó de un coche. La siguió y comprobó que respiraba hondo con la mano en la tripa.

—Manu, ¿estás bien? ¿Llamo a Paddy?

—Hola, Diego. No, gracias, si vengo del comedor. No es nada y no quiero que se preocupe. Es un poco aprensivo, ¿sabes? —Se agarró a su brazo y volvió a respirar hondo—. Dios mío, solo son arcadas, no consigo devolver, es horrible.

—Piensa en cosas asquerosas, eso hago yo cuando tengo resaca.

—Si es que olí de repente el perfume de Peter y me dio un asco terrible... Puñeteros perfumes, ¿por qué todo el mundo lleva tanto potingue encima?... Solo necesito aire fresco. ¿Puedes apagar el pitillo o irte bien lejos, por favor?

—No, déjalo, ya lo apago.

—Gracias. ¿Qué tal, Dieguito? Cuéntame cosas. ¿Cuándo viene tu madre?

—Semana Santa.

—Nosotros estaremos en Dublín.

—Lo sé, no te preocupes.

—Ofrécele mi casa.

—Ya tienen hotel, viene con una amiga.

—Genial. Dios mío. —Se apoyó en la pared y se tapó los ojos con la mano.

—¿Y esto te dura todo el embarazo?

—No, normalmente solo el primer trimestre. Aún me falta para cumplirlo.

—¿Con quién está Michael?

—Con mi suegra, ¿no te lo he dicho? Llegó ayer, si no, no hubiese podido bajar a cenar. Aunque visto lo visto, mejor me hubiese quedado en casita.

—¿Y Grace? Está superintegrada, ¿no?

—Sí, la verdad es que es muy trabajadora y aprende rápido. Estamos todos encantados con ella.

—Todos menos yo. Me trata como el culo.

—¿En serio?

—No. Bueno, simplemente pasa mucho de mí y no lo entiendo.

—¿No lo entiendes?

—Oye, tener una aventurilla con alguien y dejarlo no es motivo para jurarse odio eterno.

—No creo que te odie y en todo caso mejor así, ¿o tenemos que volver a hablar del tema?

—No pero... —Se atusó el pelo—. En fin, no me hagas caso. Vaya negocio ha cerrado Paddy, ¿no?

—Sí, bueno, una cosa más.

—¿Vais a ir a Barbados? Porque, si es así, me apunto.

—No creo, es cuestión de Jonathan. Él se ocupará de todo, nosotros solo participaremos en la inversión.

—¿Y cómo es que no ha venido Sean a celebrarlo?

—Porque este es un negocio solo de Patrick, no sé si Sean sabe algo, aunque seguro que sí, pero...

—Ah, no sabía que tenían negocios separados.

—Sí, existe O'Keefe e Hijos, que es la empresa familiar que se ocupa de las reformas y las obras, que fue el primer negocio de mi suegro, y los hoteles y eventos que crearon Paddy y Sean, y luego está La Marquise S.L., que es la empresa de Patrick. Con ella gestiona este restaurante, participa el de Sídney, abrirá el de Dublín y colaborará con Barbados. Una locura, como puedes ver.

—Vaya, menudo emporio.

—De emporio nada, mucho curro y muchas horas de sueño que se deja en el camino, pero a él le encanta.

—¿Y tú gestionas también O'Keefe e Hijos?

—No. Ayudé a constituirla y organizarla, pero no, de eso se ocupan Sean y Paddy con un equipo muy bueno que tienen en Dublín. Yo llevo La Marquise S.L. con la ayuda de mi gente de aquí y la supervisión de Patrick, aunque nos deja bastante libres.

—Igualmente me parece una responsabilidad tremenda.

—Lo es, pero tenemos un equipo estupendo y a los dos nos va la marcha si no, no podríamos con todo.

—Una pareja bien avenida.

—En los negocios al cien por cien; en lo demás, seguimos en la lucha. —Sonrió, suspirando—. Al menos cuando nos instalemos en Irlanda, Paddy podrá dejar de viajar tanto.

—Claro.

—Oye, Diego, ¿tú estás seguro de querer mudarte a Dublín a trabajar con nosotros? Sé que ya has dicho que sí, pero no tienes que…

—Estoy encantado de poder vivir allí e inaugurar el restaurante con vosotros.

—Me alegro, porque me harás mucha falta. Con María en Londres, tú eres el candidato número uno para ser mi mano derecha. Yo tendré dos bebés en casa y estaré algo desquiciada… ¿Qué?

—¿En serio? —Sintió que se le ponía la piel de gallina y sonrió de oreja a oreja.

—Por supuesto que sí.

—Sabes que puedes contar conmigo al cien por cien y, cuando nazca el bebé, puedo ayudar a Paddy en el restaurante con todo el mogollón…

—Si consigues separarlo del bebé, no sabes cómo es… —Se echó a reír—. Igual te toca todo el curro a ti solo, al menos por unos días.

—¡Manuela! —El aludido apareció en la puerta principal y caminó hacia ellos con el ceño fruncido—. ¿Dónde te metes? Te he buscado por todas partes. ¿Estás bien?

—Sí, un poco mareada, pero ya estoy bien.

—¿Segura? —Le agarró la cara para escrutarla con atención y ella sonrió.

—Estoy perfectamente, el aire puro y la charla de Diego me quitaron los males.

—¿Ah, sí? —Lo miró y él sonrió—. Me alegro. Los demás han subido al club para tomar algo, si quieres ya nos podemos marchar.

—Primero me despido… —Se acercó y lo abrazó. Paddy la pegó a su pecho y le besó la cabeza acariciándole el trasero—. Ahora vuelvo.

—No tardes mucho. —Le sonrió y la vio desaparecer dentro del restaurante diciéndole adiós con la mano—. Es una cabezota tu prima, Diego, te lo digo en serio.

—¿Por?

—Porque para empezar debería tomárselo con calma. Se lo ha dicho el médico, pero ella…

—Si dice que está muy bien.

—Ha venido mi madre una semana para que duerma más y coma mejor, pero como si lloviera.

—Solo te queda tener paciencia, macho, Manuela es más dura que una piedra.

—Lo sé. —Sacó un pitillo y miró a su alrededor con esos enormes ojos claros—. Acabo de llamar al orden a uno de los camareros del club, un tal Daniel Scott. Demasiado atento con mi sobrina. Creo que le ha quedado claro pero, por favor, si lo vuelves a ver mariposeando cerca de Grace, me lo cuentas, ¿de acuerdo?

—Sí. —Sintió un agujero en el centro del pecho y carraspeó—. Pero ¿le ha faltado al respeto o…?

—Si le llega a faltar al respeto a estas horas estaríamos hablando en otros términos. No, simplemente el tonteo con Grace, que apenas tiene dieciocho años, queda descartado. Lo he advertido a todo Dios y no pienso repetirlo.

—Claro, aunque por lo que sé, Grace tiene muy mala uva, así que no hay de qué preocuparse.

—¿Ah, sí? —Le clavó los ojos y Diego parpadeó—. Yo no estaría tan seguro.

—Bueno, estaré atento.

—Gracias. Perfecto, ahí viene la chica más guapa de la fiesta. —Sonrió mirando a su mujer, que se despedía de los empleados de la entrada con una sonrisa.

—Se te cae la baba, Paddy —bromeó observando a su prima, pero sin dejar de sentirse como un miserable mentiroso en lo referente a Grace.

—¿Y a quién no? —Se acercó a ella y la agarró por el cuello para darle un beso—. ¿Ya has acabado, *Spanish Lady*? ¿Podemos irnos?

—Sí, y no he tardado nada.

—Vale, genial. Buenas noches, primo, y al loro con Grace, ¿de acuerdo?

—Por supuesto, buenas noches. —Sonrió mirando los ojos de pregunta de Manuela y se apartó de ellos para volver al trabajo con unas náuseas muy parecidas a las de su prima subiéndole por el gaznate. Ay, Paddy... Si llegaba a enterarse alguna vez de lo suyo con Grace... Si llegaba a saberse...—. ¡Me cago en...! —exclamó en español cruzándose con Günter, que lo agarró de la solapa para hablarle al oído.

—¿Dónde está el gran jefe?

—Acaba de llevarse a Manuela a casa, no se sentía muy bien.

—Mierda.

—¿Qué pasa?

—Dimitri ha salido del trullo.

—¿Qué?

—Visto y no visto. Tiene un montón de delitos menores, nada importante, y lo han mandado a casa con una fianza a espera de juicio.

—La madre que lo parió.

—Buen abogado y pasta, es lo que consigues con los padrinos adecuados, Diego.

—¿Padrinos como la mafia?
—Supongo. Habrá que estar al loro, le mandaré un mensaje a Paddy para que lo sepa.
—Ok, yo vuelvo al trabajo.

Capítulo 26

—Dios mío —balbuceó, sintiendo ese latigazo tan placentero por la espalda.

Percibió perfectamente cómo se arqueaba contra su cuerpo y soltó un suspiro satisfecho encima de su boca. Paddy la tenía encima de él, los dos sentados, pegados, ella a horcajadas sobre su miembro mientras la empujaba a balancearse o a parar cuando él decidía. Le encantaban esos juegos, disponía de mucho aguante y ya la había llevado dos veces al orgasmo sin dar muestra alguna de perder los papeles. Agitado, sí, muy excitado, pero controlando el momento hasta el máximo de su resistencia. Manuela sintió su aliento pegado al suyo y volvió a estremecerse, se concentró en sentir como la llenaba entera y entonces él le apartó el pelo revuelto de la cara para mirarla a los ojos.

—*Spanish Lady*. —Abrió los ojos y él sonrió—. Preciosa.

—Señor... —Pegó la frente a la suya y él le recorrió la espalda desnuda con las dos manos—. Por favor...

—¿Por favor? ¿Quieres parar?

—Patrick...

—Patrick, Patrick... —sonrió y le plantó otro beso con la boca abierta, como si quisiera comérsela de un solo mordisco, y ella sintió como se excitaba otra vez y como empezaba a responder de inmediato al movimiento ondulante de sus caderas—. Ahora me toca a mí, ¿eh?

—Sí —susurró como en trance, sintiendo como la hacía girar para depositarla en la cama y como se acomodaba encima de ella con cuidado. En un segundo estaba embistiéndola con una furia deliciosa y entró de cabeza al tercer orgasmo de la noche, compartiéndolo esta vez con él, que soltó un quejido desgarrado contra su cuello cuando llegaron juntos al clímax.

—Eres una mami muy traviesa, *Spanish Lady*, podría haber estado jugando contigo una hora más.

—Siempre te aprovechas de mí.

—Porque estás muy buena.

—¿No será porque tienes más tablas…? —Giró la cabeza para mirarlo a la cara y él soltó una carcajada, se le echó encima y la abrazó acurrucándose sobre sus pechos.

—Principalmente es porque estás muy buena y me encanta tenerte a mi merced.

—A tu merced, ya claro, ¿no será al revés? Un día cogeré yo las riendas y a ver qué pasa.

—¿Un día cogerás tú las riendas? Mmm, qué interesante.

—Podría atarte a la cama y no dejar que me toques, hacerte sufrir un rato…

—Me corro solo con mirarte.

—Paddy —se echó a reír y le agarró la cara para besarlo—, qué burro eres.

—Si quieres te miento.

—No, mi amor… A pesar de todo, te quiero tal cual eres. —Lo apretó contra su pecho y le acarició el pelo, acordándose de que su suegra estaba durmiendo en el cuarto de Michael—. ¿Por qué has hecho venir a tu madre? La pobre…

—Porque necesitas descansar un poco más.

—Estoy perfectamente, no hay de qué preocuparse.

—Oí a tu médico, ¿sabes? Dijo que deberías descansar, ganar un poco de peso y dormir más.

—Con Michael empezó igual y luego fue todo bien. No te preocupes, y me encanta que Bridget esté aquí, pero ella tiene que estar en su casa, con tu padre y sus cosas, me da mucha pena que haya tenido que venir por...

—Está feliz de la vida con su nieto y su hijo favorito.

—Vale. —Suspiró, besándole la cabeza—. Qué modesto eres.

—Pádraig.

—¿Qué?

—El nombre del bebé. ¿No le dijiste a mi hermana que te gustaría un nombre irlandés? Pues ahí tienes uno en gaélico.

—Ni siquiera sé pronunciarlo.

—Ya aprenderás.

—¿Y qué significa?

—Patrick.

—¡Madre del amor hermoso! —soltó en castellano, y él se apartó para acomodarse en la almohada—. Mi vida, no tienes remedio.

—¿Y qué quieres?

—¿Por qué tiene que ser tu nombre?

—Me gusta seguir la tradición, si quieres le ponemos el nombre de tu padre.

—¿Alfonso O'Keefe? ¿Quieres que se burlen de él en el cole? No, gracias.

—Pádraig O'Keefe es perfecto.

—No me gusta.

—Yo haré que te guste. —Estiró la mano y la posó sobre su vientre liso y tan suave—. ¿Verdad, hijo mío, que quieres llamarte Pádraig?

—Igual es niña y fin del problema.

—Es un chico.

—Me gusta Liam.

—¿Liam?

—Es bonito, William en gaélico, me dijo Erin. Es corto y sencillo, incluso para sus parientes españoles. Si le ponemos Pádraig o como se diga, mis padres jamás conseguirán llamarlo por su nombre... y yo tampoco.

—Bueno, lo contemplaremos para cuando nazca el quinto o el sexto y se nos hayan acabado las ideas.

—Será con otra porque conmigo no llegarás a seis niños ni en sueños.

—No digas eso.

—¿El qué?

—«Con otra». Siempre dices ese tipo de gilipolleces y no me gusta.

—No lo digo siempre, y en todo caso es una broma.

—Nah… —La miró y luego se giró para darle la espalda. Manuela se echó a reír y se apresuró a abrazarlo, besándole el cuello.

—Me encanta tu cuello.

—Mmm…

—Y tu olor… ¿Paddy? —Lo abrazó con fuerza—. ¿Te has cabreado de verdad? Estaba bromeando…

—No vuelvas a bromear con chorradas semejantes y en paz.

—Patrick…

—Te traiciona el inconsciente y realmente me jode.

—Oye, pero ¿qué dices?

—Ya lo has oído. Ahora a dormir, ¿vale?

—Bueno…

Se apartó y se apoyó en la almohada meditando en si se había pasado cuatro pueblos o realmente él estaba exagerando, y determinó enseguida que el exagerado era Paddy, al que no se le podía cuestionar ni en broma su entrega y fidelidad al matrimonio. Tal vez al que le traicionaba el inconsciente era a él y era mejor dejarlo correr o acabarían discutiendo.

Respiró hondo y se bajó de la cama para ir al cuarto de baño, ponerse el pijama y visitar la cocina para comer algo.

—¿Adónde vas?

—A la cocina, ¿quieres algo?

—Vuelve enseguida.

—Claro, ¿adónde voy a ir?

Salió del dormitorio y vio que había luz en el salón, se

asomó al cuarto de Michael, comprobó que estaba dormido y se acercó a la cocina americana, donde su suegra se tomaba un té charlando animadamente con Grace, que seguía con el uniforme puesto. Las vio tan compenetradas que sintió un pinchazo de añoranza por su propia abuela, Manolita, que había muerto cuando ella tenía catorce años y que en realidad había sido la única madre de verdad que había conocido.

—¿Te hemos despertado, hija?

—No, Bridget, para nada, es que me dio un poco de hambre. ¿Qué tal la noche, Gracie?

—Repleta de gente, no te imaginas.

—No, si ya me lo imagino… —Abrió la nevera y sacó un bote enorme de yogur con frutas.

—Es estupendo para el negocio, ¿no? —preguntó su suegra—. Está claro que os va a las mil maravillas.

—La Marquise es un valor seguro —respondió sentándose con ellas—. Tuvimos mucha suerte de poder quedarnos con el local.

—¿Crees que a la de Dublín le irá igual de bien?

—Yo creo que sí, tu tío tiene mucho ojo para estas cosas y si se ha decidido…

—Donde pone el ojo, pone la bala, así es mi Paddy, siempre ha sido así —rememoró Bridget—. Su padre dice que tiene instinto. En cuanto algo lo llama, allá que va de cabeza sin dudarlo, como contigo, Manuela, que no te dejó escapar, ¿no es así?

—Pues sí. —Sonrió y se sonrojó un poco.

—No duda y se lanza, eso es un don. Os irá muy bien, los dos sois muy trabajadores.

—Dios te oiga.

—Y ahora que empiezan a llegar los niños, allí estaremos todos para ayudaros.

—Muchas gracias. ¿Quién te acompañó a casa, Grace? —preguntó para cambiar de tema, y ella se encogió de hombros.

—Victoria y su novio.

—¿Y dónde estaban Günter y los demás?
—Buah, no sabes la que se ha montado.
—¿La que se ha montado?
—Apareció ese tío ruso, ese que pilló la policía, ¿te acuerdas? —Manuela asintió, sintiendo como se le cerraba el estómago—. Iba buscando a Diego para encararlo y culparlo de su detención, de haberse chivado y se montó el pollo.
—¿Cómo?
—Pero Diego ni se molestó, supertranquilo, el que se puso como un basilisco fue Sonny, y se liaron a puñetazos en el parking.
—¿Qué? Pero por Dios, ¿llamasteis a la policía?
—Sí, pero el ruso salió pitando y no lo pillaron. Iba con dos o tres macarras más y gritaba que él no había hecho nada y que lo acusaban injustamente, ya sabes, ese tipo de cosas. Al final no pasó nada y acabamos la noche de lo más tranquilos. Todos decían que, si hubiese estado el tío Paddy allí, lo hubiese partido en dos.
—Eso desde luego —soltó Bridget, y Manuela la miró con los ojos muy abiertos.
—Bueno... —Se pasó la mano por el pelo y respiró hondo apartando el yogur—. Gracias a Dios que no estaba, no es plan que nadie se lie a puñetazos en nuestro restaurante. ¿Y Diego?
—Qué chico más guapo es Diego —comentó su suegra como si estuvieran hablando del tiempo—. Esos ojazos negros y esa sonrisa, es como siempre me he imaginado yo a los hombres españoles: morenazo, buen mozo, educado y tan caballero. A ver si algún día me das un nieto o una nieta con unos ojazos tan oscuros como los que tenéis los dos.
—Sí, es muy guapo Diego —suspiró Grace, y Manuela las miró indistintamente sin entender nada. Estaban hablando de una bronca en su local, con un tío potencialmente muy peligroso, ¿y ellas se ponían a divagar sobre la guapura de su primo? Era de locos y carraspeó para no ponerse a gritar.
—Pero ¿qué pasó con Diego y ese tipo?

—Nada, ya te digo, él estuvo todo el tiempo muy tranquilo. Le dijo que mejor se veían las caras en otro sitio, que La Marquise no era lugar para peleas callejeras y ya está. Después de cerrar se fue con Günter y los demás a buscarlo y por eso me trajeron Victoria y Frank a casa.

—¡¿Qué?! ¿Se fue detrás del ruso?

—Eso creo. Se fueron todos juntos, también el tío Connor, que vino en cuanto lo llamaron.

—Madre de Dios. —Se levantó, agarró el teléfono de la encimera, buscó el número de su primo y lo llamó con el corazón latiéndole muy fuerte en el pecho—. Diego.

—¿Manu? —contestó con un ruido de fondo muy alborotado y ella se temió lo peor.

—¿Dónde coño estás? ¿Qué ha pasado? —preguntó en español—. Grace me ha contado...

—No te preocupes, no pasó nada. Dimitri apareció por el restaurante y se topó con Sonny, no lo dejó entrar y la cosa acabó como el rosario de la aurora, pero no hay de qué preocuparse. Todo controlado, la clientela ni se enteró.

—¿Sonny se lía a puñetazos y me dices que no pasó nada?

—Más bien una escaramuza. El tío me buscaba a mí y como no encontró el terreno abonado, se largó. Nada más, mañana te lo cuento.

—¿Dónde estás?

—Tomando unas copas en Chelsea.

—¿Seguro?

—Sí, claro, ¿pasa algo?

—Grace dice que os habéis ido todos detrás de ese macarra, incluso que Connor llegó... y...

—No te preocupes, no lo hemos encontrado.

—¿Que no lo habéis encontrado? ¿Tú te das cuenta de dónde te estás metiendo, Diego? Que esta gente tienda a la violencia para arreglar las cosas no significa que tú entres al trapo. Nosotros no tenemos ni idea, no...

—¿Qué gente?

—Todos los tíos que nos rodean.
—Y mola mogollón…
—¡Estoy hablando en serio! —Subió el tono y él se echó a reír.
—Ay, Manu, tranqui, no voy a meterme en nada que me quede grande. No te preocupes, todo está controlado. Paddy quiere dar con ese tío y en eso estamos. Nada más, y no estoy solo.
—¡La madre que te parió!
—No te preocupes, nos tomamos una copichuela y me voy a casa. Tranquila.
—Joder… Os voy a convocar a todos a una reunión urgente para aclarar esto de puñetera vez. ¿Entendido?
—Entendido, jefa. Chao.
—Chao. —Colgó, se giró hacia el pasillo y vio a Paddy, vestido solo con una toalla alrededor de las caderas, observándola fijamente. Estaba en jarras, esperando tranquilamente a que ella explicara sus gritos en español a esas horas de la noche. Respiró y habló cada vez más mareada—. Dile a Grace que te cuente lo que ha pasado, me parece horrible y no quiero saber nada más al respecto. Espero que lo zanjes mañana y ates en corto a tus leales súbditos o vamos a tener un problema muy serio.
—¿Qué?
—Grace, dile a tu tío lo que ha pasado en La Marquise… —Sintió una náusea profunda, se tapó la boca y salió corriendo hacia su cuarto de baño para vomitar. Se arrodilló en la taza y devolvió hasta la primera papilla.

Capítulo 27

—Si tuvieras que dedicarle una canción española a una chica guapa, ¿con cuál te quedarías, Borjita? —Miró a su amigo y este se sacó las gafas poniendo cara de concentración.
—*Carolina* de M Clan. Me encanta esa canción.
—Pero ¿si no se llama Carolina?
—¿Y para quién es la canción?
—Para una chavalita guapa.
—Eso me queda claro, pero si me dices quién es igual me inspiro.
—Supongo que Paddy no se pensó ni medio segundo lo de *Spanish Lady*, pero, claro, lo tenía cantado.
—Bueno, eso es relativo, miles de personas conocen esa canción y no llaman a sus titis españolas *Spanish Lady*. Hay que reconocer que el tío estuvo inspirado, hasta para eso tiene tablas el muy cabrón.
—Igual que Paddy Jr.. No sabes cómo se maneja el chaval con las tías, alucino. Debe ser cosa de familia.
—Hombre, si yo midiera metro noventa y tuviera sus pintas también sería el terror de las nenas.
—Tampoco nos podemos quejar, Borjita, que estamos que lo crujimos.
—Ya, lo dirás por ti... —soltó y se puso las gafas otra vez.
—Los médicos siempre os las traéis de calle...

—*Anatomía de Grey* no es la vida real, colega.

—Lo que pasa es que a ti doña María te tiene cogido por los huevos, ¿Cuánto tiempo llevas con ella?

—Trece años.

—¡Trece años! —Abrió mucho los ojos y Borja movió la cabeza—. ¿Y para cuándo los churumbeles?

—Déjalo, por ahora no...

—Pues cuando yo encuentre a mi media naranja no quiero esperar demasiado.

—No estamos preparados. Ya ves Manuela, tanto estrés y tanta hostia. Espero que ahora las cosas se calmen y todos colaboréis un poco para no volverla loca.

—¿Quiénes? ¿Yo? Yo no he hecho nada...

—¿Te parece normal andar en pandilla buscando pelea por los pubs, Diego? ¿Desde cuándo te va ese rollo?

—No me va ese rollo y tampoco vamos de macarras estilo *Trainspotting* por los bares. Simplemente, Paddy quería pescar al capullo ruso ese y yo ayudo un poco. Se trata de ser solidario y no veo cuál es el problema. Manuela monta un cirio de mil demonios por nada, se pelea con su marido, nos manda a la mierda a todos y luego pasa lo que pasa, pero no es culpa nuestra, es ella, que pone el grito en el cielo por todo.

—Cuando me iba a venir a vivir a Londres mi profe de inglés en Madrid, que es escocés, me dijo que tuviera cuidado cuando saliera de noche, que no me metiera en líos ni anduviera de chulito porque por estas tierras, de norte a sur, te parten la cara a la primera de cambio, y es la pura verdad. En Dublín, en Glasgow o en Londres, abundan los gallitos de pelea, no evitan el contacto físico y montan la de Dios a la primera mala cara o mala palabra. Los fines de semana atendemos a muchos heridos por reyertas en Urgencias, creo que las muertes violentas son una lacra en este país y no me extraña nada, porque no hay más que ver que la mayoría de los tíos van de machotes, pero nosotros no, nosotros somos gente pacífica y de buen carácter. No te pega nada andar en esos rollos que además nos preocupan a todos, especialmente a tu prima, que ya sabes cómo es y más aún estando embarazada. Piensa un poco, Diego.

—Ha hecho una montaña de un grano de arena. Paddy...

—Paddy dejó de boxear porque a ella le parecía espantoso, así que...

—¿Boxeaba? ¿Profesionalmente?

—Más o menos. Era campeón de boxeo sin guantes cuando lo conoció y dejó todo ese rollo para no preocuparla. Y ahora llegas tú, que no tienes ni la más mínima experiencia, y te metes en estos líos. ¿No quieres que se preocupe? Si hasta cuando me enteré yo me asusté, tío.

—Bueno... —Se atusó la barba, pensativo.

—¿Doctor Fernández? —Una mujer vestida con bata blanca se les acercó y los dos se pusieron de pie. Estaban en la sala de espera del Hospital St. Mary, en Paddington, a donde habían llevado a Manuela de urgencia después de que se desmayara en la cocina de La Marquise. Estaban todos acojonados y Borja había tenido que dejar su turno en el hospital para acompañarlos y ayudar en lo que hiciera falta—. Buenas tardes, soy la doctora Begum. La señora O'Keefe está estable, no hay ningún problema con su embarazo y el bebé mantiene el latido regular. No hay de qué preocuparse.

—Gracias a Dios. ¿Y qué ha podido ser?

—Nada extraordinario: agotamiento, estrés combinado con un poco de anemia... Es normal que haya una bajada de tensión y ocurran estas cosas. Sin embargo, se quedará en observación un par de horas más, está un poco asustada, nerviosa, y prefiero dejarla aquí.

—Estupendo, vaya susto. —Se pasó la mano por el pelo y miró a Diego, que le palmoteó la espalda sonriendo.

—A las diez semanas de embarazo esto puede ocurrir, no hay de qué preocuparse. La estamos hidratando y en cuanto la vea más tranquila se podrá ir a casa. Pueden pasar a verla si quieren. Su esposa está con ella, ¿no?

—Sí, sí, es mi mujer. Muchas gracias, doctora Begum.

—Hasta ahora, nos vemos dentro de un rato.

—Hasta luego y muchas gracias. Joder, Diego... Gracias a Dios... —Bufó y agarró el móvil—. Voy a llamar al padre. Dame un minuto... ¿Paddy? Soy Borja. A ver, lo primero tranquilo, que no ha pasado nada grave, ¿de acuerdo? ¿Me oyes? Vale, muy bien, escucha, hemos tenido que traer a Manuela al hospital... Ya... Patrick... Escúchame, ella y el bebé están perfectamente...

—¡Diego! —Alguien lo agarró del brazo y él se giró para encontrarse con los ojazos verdes de Grace—. Menos mal, he venido en autobús y menuda... ¿Cómo está la tía Manuela?

—Está bien, la doctora dice que solo es estrés y agotamiento, pero la dejarán en observación un rato. Podemos entrar a verla.

—¿Y el bebé?

—Perfectamente.

—Oh, Dios mío, gracias, Señor... —Se agarró la cruz de oro diminuta que llevaba al cuello y la besó después de santiguarse con ella. Él se quedó observando con la boca abierta la maniobra y observó con un deleite casi celestial esa piel blanquísima llena de pequitas que asomaba por debajo de su blusa verde tan bonita—. Voy a ir a misa esta tarde...

—¿Qué? —Subió los ojos lentamente, de su blusa a su boca y luego a sus ojazos verdes enormes y entonces le vinieron a la mente unas palabras mágicas: «Ojos verdes, verdes como la albahaca, verdes como el trigo verde y el verde, verde limón. Ojos verdes, verdes, con brillo de faca que se han «clavaíto» en mi corazón...»

—¿Estás bien? —preguntó Grace, frunciendo el ceño.

—*Ojos verdes* —dijo en español, y soltó una risa tonta—. Eso es, ¿cómo no se me había ocurrido antes?

—¿Ojos verdes?

—La canción española que te dedicaría. Una vez me preguntaste qué canción española yo...

—Ya está —interrumpió cruelmente Borja, y Grace se acercó para darle dos besos—. Me ha costado tranquilizarlo, pero creo que podrá volver sin problemas. Está en Canterbury y se viene pitando, Sean está con él. ¿Vamos a ver a Manuela, Grace?

—Sí, por favor... —Se agarró a su brazo olvidando a Diego instantáneamente, pero él no se molestó y los siguió por los pasillos, feliz de haber dado de repente con semejante descubrimiento.

—¿Has llamado a tu abuela, Gracie?

—No, la llamo ahora mismo... —Se apartó un poco para llamar a Bridget, que estaba en casa con Michael, y Diego se acercó a Borja para contarle su hallazgo.

—*Ojos verdes*. Esa canción dedicaría a una chica guapa, Borjita, ¿cómo no se me había ocurrido antes?

—¿Una copla?

—Es casi, casi como lo de *Spanish Lady* que es una canción tradicional. La bomba, mi abuela la cantaba a todas horas... —Miró a Grace de reojo y sonrió.

—¿Es para ella? —Bufó Borja llegando a la puerta de la habitación de Manuela—. ¿En serio? ¿Tú no aprendes nunca, chaval?

—Solo es una canción.

—Ya, claro... —Abrió la puerta y se encontraron con Manuela acostada en una cama inmaculada, junto a una ventana y una mesilla de noche con flores en un jarrón. María la estaba abrazando y ella lloraba con un pañuelo en la mano. Llevaba una bata de hospital y se había recogido el pelo en una coleta—. Hola, Manolita, ¿cómo estás? Tu doctora dice que como una rosa.

—Sí, eso parece —forzó una sonrisa y María le acarició el pelo con cara de angustia—, pero el susto no me lo quita nadie.

—Ya, pero es normal... no pasa nada... ¿Te han puesto suero? —Agarró la carpeta del historial que habían dejado a los pies de la cama y la leyó mientras Diego se acercaba a ella para besarle la frente—. La concentración de hemoglobina es baja y de hierro también, te vendrá bien un poquito de ayuda.

—Hola... —Grace entró con precaución y les sonrió—. ¿Cómo estás?

—Muy bien, Gracie, gracias. ¿Y tu abuela? ¿Se quedó en casa con Michael?

—Sí, no lo habíamos llevado a la guarde, así que se ha quedado con él. Ya ha comido y ahora iban a dormir la siesta, la acabo de llamar para decirle que el bebé y tú estáis bien.

—Estupendo, muchas gracias. Pero mejor si vuelves y le echas un cable, ¿vale? Me han dicho que tengo que quedarme un par de horas más y no quiero que esté sola con todo el trabajo, tu tío volverá tarde y...

—Ya viene de camino —intervino Diego sin poder dejar de mirar a Grace.

—¿Cómo? ¿Lo habéis llamado? ¿Para qué lo habéis llamado? No quiero que conduzca preocupado de vuelta...

—Yo lo he llamado. No iba a dejarlo en la inopia —contestó Borja con aire profesional—. Ahora tú descansa y deja de controlar a todo el personal, ¿quieres? ¿Tienes tele?

—No quería asustarlo...

—Pues conecta el móvil y llámalo, le tranquilizará oír de tu boca que estás bien.

—Pero...

—Borja tiene razón, no lo íbamos a dejar al margen.

—Solo lo he llamado cuando la doctora me confirmó que todo marchaba bien y no había ningún peligro. Fin de la historia. Ahora, tú a descansar.

—Está bien. María, ¿te vuelves al restaurante? Y tú, Gracie, ¿te vas con tu abuela a casa? Yo estoy bien y me hacéis más falta en...

—Helen y los demás sacan adelante este turno, cuando llegue Paddy vuelvo al curro, pero de momento me quedo contigo —María miró a Grace—. Si quieres vuelve con tu abuela y así se queda más tranquila.

—Vale, me voy a casa. Dame un beso. —Se acercó y le besó la mejilla. Diego se lo pensó mejor y decidió aprovechar su oportunidad.

—Vale, y yo me voy con ella, la dejo en tu casa y vuelvo a La Marquise. Puedo hacer de apoyo hasta que llegues.

—Me parece genial —susurró María poniéndose de pie—. Todo solucionado, ahora podrás descansar, ¿queda claro?

—Sí, mamá —bromeó Manuela—, lo intentaré.

—Bien, dejemos que descanse. Ella está bien, los dos están bien y a ver si consigo que duerma un poco. Adiós, cariño, y gracias por venir. —Se acercó a su marido y le dio un beso en la boca—. Nos llamamos.

—Adiós.

Se despidieron y salieron caminando con prisas hacia la calle. Hacía un día soleado y en cuanto pisaron la acera a Borja le entraron un par de mensajes y una llamada de Patrick, que ya venía en carretera de camino a Londres. Se detuvo para contestar a sus preguntas y Diego miró a Grace, que a la luz del día resplandecía, literalmente. Ella se puso las gafas de sol y lo miró sin decir nada.

—Estás muy guapa, Grace.

—Gracias.

—¿Cuándo te vas a venir al cine conmigo?

—¿Por qué?

—Para hacer algo divertido juntos.

—No tengo tiempo, y menos con mi tía mala y mi abuela en casa.

—Cuando se reponga, te invito.

—No, gracias.

—¿No, gracias? —Se echó a reír, pero ella no y se puso serio sintiendo la mano de Borja en el hombro.

—Vamos, chicos, os llevo en taxi a Mayfair, tengo que llegar a Westminster lo antes posible.

—No hace falta, podemos ir en metro…

—De eso nada, si me pilla de camino. —Detuvo un taxi,

habló con el conductor y luego abrió la puerta para dejarlos pasar—. Vamos.

—Gracias por cortarme el rollo, tío —le susurró en español, y Borja se echó a reír—. Muy amable, Borjita.

—Siempre a tus órdenes, capullo, que eres un capullo.

Capítulo 28

Miércoles 1 de abril, su treinta cumpleaños. Salió con paso firme de la cocina, esquivó a dos compañeros que corrían con una bandeja y subió de dos en dos los peldaños que llevaban a la zona vip de club. Había una tremenda movida en el office porque nadie había contemplado una reserva para ocho personas hecha por el ayudante de un actor superfamoso y a María se le había ocurrido solucionar la papeleta instalando al grupo en la zona vip, aunque no hubiera mesa, ni sillas, ni nada parecido, y estaban intentando armar el tema a toda velocidad. Apartó a la gente que copaba la barra del club, rodeó la mampara del reservado y se encontró de bruces con Paddy, que había subido para saludar y charlar con la estrella y sus invitados mientras los demás solventaban el problema. Le sonrió de pasada y se encaminó hacia María con el mantel y los cubiertos preparados. Ella se los quitó de las manos y juntos se entretuvieron en poner la mesa con el mimo y el glamour habitual. En cinco minutos estaban preparados y James se materializó a su lado para ir tomando nota de los vinos que quería probar esa gente. Todo resuelto, susurró María guiñándole un ojo y pidiéndole que se hiciera cargo del servicio. Él asintió y se dedicó a trabajar sin tregua, sin pararse a pensar en su cumpleaños o en nada parecido.

Antes, en su otra vida, siempre se tomaba el día de su cumple libre. Incluso cuando iba al colegio su madre les dejaba faltar en el día del cumpleaños y él siempre había creído que aquello era lícito y normal. En su primer trabajo lo instituyó como costumbre ante la mirada incrédula de sus compañeros pero con el beneplácito de su jefa, con la que se veía fuera de las horas de oficina, y así lo fue repitiendo en cada curro que había tenido en España. Pero Madrid no era Londres y ninguno de sus trabajos anteriores se parecía al de La Marquise, donde se trabajaba de verdad y con una profesionalidad exquisita o estabas perdido.

Llevaban una semana de locos, justo la semana que Manuela permanecía en casa por imperativo legal. Su marido no estaba dispuesto a tolerar sus jornadas maratonianas de trabajo y en cuanto salió del hospital la recluyó en su piso de Mayfair, permitiendo, eso sí, que trabajara desde casa, cosa que se notaba horrores en el restaurante. María, Helen y Sonny decidieron que aquello era un buen ensayo para probar cómo serían las cosas cuando se marchara a Dublín y estaban sobreviviendo, pero era duro. La primavera era dura, le habían explicado, la época de más actividad de La Marquise, y había que apechugar. Y eso hacía, mientras no dejaba de pensar en Grace, que lo estaba volviendo loco.

No tenía claro ni cuándo, ni cómo, pero desde algún momento no muy lejano, estaba medio obsesionado con ella. No dejaba de observarla, hablarle, mandarle mensajes e intentar empatizar aunque ella, a pocos días de cumplir los diecinueve años, se comportara como una experta y madura mujer de mundo. Lo ignoraba ostensiblemente y empezó a pensar que no era más que una treta femenina para tenerlo cogido por los huevos. No podía ser de otra forma y estaba muy cabreado por haber caído en la trampa como un capullo sin experiencia ni tablas, que a él le sobraban.

Además, ya no tenía ni a Dimitri para entretenerse porque, después de aquella tremenda reunión donde Manuela obligó a Patrick a prometer que dejaría el asunto en manos de la policía, eximiéndolos a todos de la responsabilidad de buscarlo y enfrentarlo, se habían replegado, al menos por unos días, y más aún después de que ella acabara en el St. Mary por culpa de su estrés. Paddy, que era legal y adoraba a su mujer, les dijo que Dimitri era caso cerrado, pero él sabía que no estaba cerrado del todo y que en algún momento volverían a la carga, tal vez cuando Manuela estuviera más tranquila, pero de momento... trabajar y callar, que estaban más guapos.

—¿Diego? Feliz cumple, primito —Levantó los ojos y se encontró a Manuela caminando por el parking. Iba guapísima con vaqueros ceñidos y una blusa blanca, y se acercó a él para abrazarlo.

—Gracias, Manu, pero ¿qué haces aquí?

—Vine a saludarte. Estoy que me muero en casa, necesitaba salir a dar un paseo. Michael está dormido y he dejado a Bridget viendo la tele. Toma, tu regalo.

—¡Joder! —Agarró la cajita, la abrió y se encontró con unas gafas de sol guapísimas, de su marca favorita—. La caña, te has pasado cuatro pueblos.

—Me alegra que te gusten. Te estuve llamando desde temprano para que fueras a comer a casa.

—Desconecté el móvil para que me dejaran en paz desde Madrid y se me olvidó en la taquilla. ¿Qué tal vas? Yo te veo guapísima. —Miró su vientre liso por encima de los vaqueros de talle bajo y ella se echó a reír—. ¿Tú estás segura de que estás preñada, Manolita?

—Hasta las diecinueve o veinte semanas no se nota, al menos así fue con Michael.

—Vaya por Dios... —Agarró el pitillo y lo apagó—. Tu marido está dentro. Menuda noche, apareció Rupert Everett con un grupo para cenar y no teníamos su mesa, a alguien se le traspapeló y...

—De eso nada, cada vez que viene llega diciendo que llamaron y reservaron con tiempo, pero no es verdad. Aquí no se nos traspapelan las reservas. Es un listo, aunque como es amigo de Peter no queda otra que tragar. ¿Qué hicisteis?

—Los instalamos en la zona vip del club.

—Genial. —Miró a la gente que entraba y salía y suspiró—. Mucho movimiento para ser miércoles. ¿No vas a celebrar el cumple?

—No creo. Estoy reventado, llevo ocho horas sin parar.

—Ya... —Sacó el móvil del bolsillo trasero del vaquero y contestó con una sonrisa—. Hola, mi amor, todo bien. Estoy en la entrada del restaurante, vine a saludar a Diego y a recogerte. Vale.

—¿Ya baja?

—Sí, la labor de relaciones públicas lo distrae mucho. —Se echó a reír—. Cualquier día me lo secuestran y a ver qué hago.

—No creo que corras ese riesgo, no he visto a ningún tío tan pillado por su mujer como Paddy O'Keefe.

—Bueno... y yo por él.

—Me dais envidia, en serio —soltó con sinceridad—. Siempre me ha repelido el rollo matrimonio feliz y toda la pesca, pero con vosotros, no sé, la perspectiva cambia y yo... bueno, quiero algo parecido, algún día.

—Diego Vergara, ¿qué te has tomado? —Se echó a reír y él se mantuvo serio—. Estás de coña.

—Nada de coña, va en serio... —Manuela frunció el ceño observándolo con atención y entonces oyeron la voz ronca de Patrick acercándose por su izquierda.

—Manuela, no sé ya cómo explicártelo...

—Estoy bien, perfectamente —interrumpió, girándose hacia él y levantando la mano—. No estoy enferma, me siento a las mil maravillas y necesitaba salir de casa. No empieces, por favor, Paddy. Dame un beso.

—Spanish La... —alcanzó a decir. Ella le sujetó la cara, se puso de puntillas y le plantó un beso. La agarró por la cintura y la abrazó con fuerza—. ¿Sabes lo que dicen mis hermanos de mí?

—No, ¿qué dicen? —Lo miró muerta de la risa.
—Que gobierno a todo dios menos a mi mujer.
—Es una teoría interesante. ¿Has saludado a Diego? Es su cumpleaños.
—Sí, lo saludamos antes y sopló unas velitas en el office.
—Ah, pero qué bien.
—Sí, y ahora tú y yo nos vamos a casa, Günter acerca más tarde a Grace. Buenas noches, primo, feliz cumple, me llevo a la señora de vuelta a la cama.
—Cómo ha sonado eso, Paddy. Buenas noches.
—Buenas... —Manuela se acercó y le dio otro beso en la mejilla, se cogió a la mano de Patrick y se fueron caminando despacio en dirección de su casa. Él suspiró, miró la hora y comprobó que le faltaba muy poco para plegar e irse a casa. Así que se olvidó de encender otro pitillo y entró al restaurante, donde estaban cerrando el comedor—. ¿Qué hay, chicos?
—Todo en orden salvo por Grace. —Victoria, la ayudante de recepción, se le acercó moviendo la cabeza—. No hace más que llorar.
—¿Grace? ¿Llorar? ¿Y eso por qué? —Sintió como un vuelco en el corazón y se cuadró de hombros—. ¿Qué le pasa?
—Es por la dichosa reserva de ocho que se traspapeló.
—Pero si no es su culpa, me acaba de decir Manuela que...
—Es igual, llora y llora y no hay quien la consuele.
—¿Dónde está?
—En los vestuarios.
—Vale, voy a verla. No te preocupes, yo me ocupo.
—Vale.
Se sacó el mandil, pasó por el office para decir adiós con la mano y se fue corriendo a los vestuarios, donde los camareros estaban cambiándose en medio de un alboroto de voces y risas y mucho cachondeo sin que Grace apareciera por ninguna parte. La buscó unos minutos, cada vez más preocupado, y finalmente se fue al cuarto de baño de las chicas, donde entró sin llamar. Empujó la puerta y se la encontró junto a una com-

pañera que intentaba darle un vaso de agua, aunque ella moqueaba con un pañuelo de papel en la mano sin despegar los ojos del suelo. De pronto se sintió completamente conmovido y con ganas de echarse a llorar también, pero se recompuso y se le acercó para abrazarla por los hombros.

—Gracie, ¿estás bien?

—No puedes entrar aquí, Diego —le dijo su compañera, y él le guiñó un ojo.

—No hay nadie más, dame un segundo para hablar con ella. ¿Vale?

—Vale.

—Gracias... —Giró a Grace hacia él y se inclinó para mirarla a los ojos, aunque era bastante difícil—. Vamos a ver, ¿qué te pasa? Si es por la dichosa reserva de ocho, no ha sido culpa tuya, y en todo caso se solucionó inmediatamente...

—Yo debí pasarla por alto porque las chicas no cometen esos errores.

—No es cierto. He hablado con Manuela y me acaba de decir que ese tío siempre aparece por aquí diciendo que han llamado para reservar, pero no es verdad, no es la primera vez...

—No tengo diez años, sé que me he equivocado. La he cagado y nadie me echa la bronca porque soy la sobrina del jefe.

—Créeme, si te hubieras equivocado no te libraba ni Dios de la bronca de María.

—Se me pasó, seguramente se me pasó y no me di cuenta y aparece aquí precisamente ese hombre tan famoso y... —Se echó a llorar y Diego la agarró por el cuello y la abrazó. Cerró los ojos y aspiró el aroma a limón de su pelo tan suave como en trance, apretándola contra su pecho, con fuerza, hasta que ella se revolvió y lo apartó con las dos manos—. Estoy bien, Diego, ya te vale.

—Solo quería... —Se puso rojo por primera vez en su vida y dio un paso atrás con las manos en los bolsillos—. Lo siento si te he molestado, Grace, solo pretendía ayudar.

—Gracias, pero ya estoy bien y no tienes que tratarme como a una niña, se me pasará.

—Bueno, vale… —Miró a su alrededor y ella abrió el grifo para lavarse la cara—. Te dejo tranquila, ¿quieres que te acompañe a casa?

—No, gracias. Günter y su novia me están esperando.

—Vale, buenas noches.

«¿Rechazado?. Sí, macho, por primera vez en tu vida rechazado por una tía que de verdad te gusta». Se fue a su taquilla, se sacó la camisa y se puso una camiseta guardando las gafas que le había regalado Manuela en la mochila. Era raro, como un jarro de agua fría, bastante humillante, determinó, pensando por primera vez en toda su vida, en cómo debían de haberse sentido en su momento las cientos de mujeres a las que él se había quitado de encima sin mucha delicadeza. Sin una pizca de ternura o cortesía. Muchas, incluso la propia Grace McGuinness, a la que tan solo unos meses antes había dado pasaporte por Skype. Madre de Dios.

—A todo cerdo le llega su San Martín —susurró rememorando a su padre, que siempre repetía ese refrán viniera o no a cuento. Agarró la chaqueta, se despidió de sus compañeros y se fue hacia la calle cabizbajo y hecho polvo, directo a coger el metro para meterse en la cama y no salir de allí en un par de días.

—¡Ese Diego, ese Diego, eh, eh!, ¡Ese Diego, ese Diego, eh…! —Oyó al pisar el parking. Levantó los ojos y se encontró con cuatro de sus amigos de toda la vida, vestidos con las camisetas y las bufandas del Real Madrid, saltando como locos delante del restaurante. Se echó la mano a la cabeza y entonces ellos corrieron para abrazarlo y darle capones y empujarlo en medio de la algarabía general.

—Pero ¿qué coño hacéis aquí? ¿Cuándo habéis llegado, cabrones?

—Cogimos el último vuelo y vinimos directos desde el aeropuerto. Ahora nos tendrás que dar asilo, cumpleañero…

La voz le llegó como un golpe en el centro del pecho. Se separó de sus amiguetes y buscó con los ojos a Ana María

Fuentes, su última novia oficial en España. Ella, morenaza de esas que quitaban el hipo, se le acercó, lo agarró por el cuello y le plantó un beso de escándalo que jalearon sus amigos a todo pulmón.

—Shhh, callaos todos, ¡coño! Que este barrio es muy pijo. Vamos al metro, os llevo a casa, aunque no tengo ni camas, ni mantas, ni nada parecido.

—Estás muy guapo, Diego, ¿te trata bien Londres? —Ana María se le abrazó y él la agarró por el cuello.

—Más o menos. ¿Y tú, qué tal?

—Dispuesta a matarte a polvos.

—Pues a ver cómo lo hacemos con estos capullos delante.

—Los capullos se van a un albergue cerca de tu casa, la que se queda contigo soy yo.

—¿En serio? —Pararon el paso y la miró a los ojos acariciándole la mejilla—. Vaya regalazo de cumple. Muchas gracias, reina mora.

—Buenas noches… —Por su lado pasaron Günter, su novia y Grace, que salían en ese mismo momento del restaurante camino de la casa de Manuela.

—Buenas noches —balbuceó viendo como ella desaparecía en medio de la noche. Agarró a Ana María y le apretó el culo con la mano abierta—. Vamos, es un poco lejos pero te gustará mi casa.

—No lo pongo en duda.

Capítulo 29

—Con cuidado, cachorrito, ¿ok? Quema...
Manuela movió la cabeza y observó cómo Paddy partía en trozos pequeños el bacalao de su segunda ración de *fish and chips* para que Michael se lo comiera con la mano. El pequeñajo, al que le encantaba comer fuera, estaba en sus rodillas, frente a la mesa, muy concentrado comiéndose una de las enormes patatas fritas que le habían puesto en su cucurucho mientras su padre ejecutaba la maniobra del pescado con una sola mano. Hacía un día precioso en Dublín, semana santa, vacaciones, y habían decidido ir a comer en familia a su restaurante favorito de *fish and chips*, en Dalkey, frente al mar. A pesar de que corría un viento un poco frío, estaban disfrutando de la terraza al aire libre, en una mesa de madera grande, alrededor de la cual charlaban sus suegros, Sean y su familia y también Erin con la suya. Ella los miró a todos y de repente se sintió muy plena, como llena de amor, y sonrió observando con atención los ojos clarísimos de Patrick, que en ese momento se metía un trozo de bacalao en la boca, suspirando.
—Delicioso, ¿verdad, hijo? ¿A que te gusta mucho?
—¡Sí! —asintió Michael masticando el bacalao.
—A veces los ojos se te ven más verdes, dentro de un recinto oscuro más azules y a la luz del sol, como hoy, son casi celestes...

—¿Qué? —La miró sonriendo y ella creyó que se deshacía ante aquella visión.

—Tus ojos, son caprichosos. Preciosos y cambiantes.

—Ah… muy bien.

—Cariño… —llamó, y el niño la miró con esos mismos y enormes ojazos—. Y los de Michael también.

—Pues a mí me gustan los tuyos.

—Qué vas a decir tú…

—No es coña, sabes que es así.

—Vale.

—Vale, ¿quieres un poco más? —Estiró la mano y le metió un trozo de pescado en la boca, ella aprovechó para morderle los dedos y él le guiñó un ojo—. ¿Nos quedamos con la cama de bronce o la japonesa sin cabecero?

—La que prefieras, las dos me encantan.

—La japonesa, es baja y menos peligrosa para los niños. También tiene ese espacio de madera alrededor para libros, bandejas y demás. Me gusta.

—Adjudicada, pues.

—Perfecto, y el baño lo dejamos en la misma línea.

—Claro, el que vimos en la tienda era precioso… —Agarró una patata frita y se la comió comprobando que su hijo estaba poniéndose hasta arriba de grasa. Pensó que había metido otra muda en la mochila y entonces vio aparecer a Grace, que se derrumbó a su lado con cara de asco—. Hola, Gracie, ¿qué tal?

—Aburrida.

—Gracias —soltó su tío, y ella se apresuró a sonreír.

—No lo digo por vosotros, tío Paddy, es que… ¿qué pinto yo aquí con los pequeños? Había quedado con mis amigas en el centro y…

—Y no pasa nada porque dediques un día a tu familia —bufó su madre acercándose a ella—. Ya que ahora vives en Londres, lo mínimo, si vienes a Dublín, es que pases el día con tus abuelos.

—Vale, mamá, no voy a discutir contigo.

—Mejor, ¿no está muy delgada? —Erin le acarició el pelo escrutándola con atención y Grace respiró hondo—. ¿No estarás haciendo dieta?

—Me cuido y como bien, como la tía Manuela.

—¿Es que los demás comemos mal?

—No, pero en su casa comemos más frutas y verduras, más pastas, nada de grasas y todo macrobiótico.

—Anda —exclamó Erin y guiñó un ojo a su cuñada—. Genial, pero yo te veo muy delgada.

—Yo me siento estupendamente.

—Vale, ¿y cómo está Diego, Manuela? Hace mucho que no viene por aquí —preguntó Erin con inocencia, y Manuela respondió percibiendo perfectamente el cambio en la cara de Grace.

—Bien, trabajando mucho, esta Semana Santa ha venido su madre a verlo a Londres, así que le toca hacer un poco de turismo.

—Y qué guapo es el chaval, vamos a creer que todos los españoles sois unas bellezas...

—Sí, sí, muy guapo, pero un poquito gilipollas —soltó Grace, y Paddy dejó de prestar atención a Michael para clavarle los ojos con el ceño fruncido. Manuela se sentó mejor en su silla y tragó saliva.

—¿Cómo te atreves a hablar así del primo de tu tía, Grace?

—¿Y por qué es un poquito gilipollas? —quiso saber Paddy, y Grace se encogió de hombros roja como un tomate.

—Nada, es que, no sé... Todas las compañeras del trabajo le tiran los tejos, lo van persiguiendo por ahí y él se lo tiene muy creído. Es lo que quería decir, siento si te he ofendido, tía Manuela.

—No me has ofendido, para nada, y es cierto —habló quitando hierro al asunto—. Siempre ha sido igual, un rompecorazones, nuestra abuela decía que era un picaflor y...

—En todo caso no tienes por qué hablar así de un pariente, hija y, si crees que está actuando mal, se lo dices y en paz.

—No es asunto mío, ha sido solo una opinión. A la que debería preocuparle es a su novia...

—Ah... pero ¿tiene novia?

—Sí, una chica española muy guapa. Dijo que era de Madrid, vino a verlo para su cumpleaños y se pasó por el restaurante. ¿No la viste, tía Manuela? Se llamaba Ana María.

—Sí, la vi, es una amiga suya, no sé si es su novia.

—Es su novia, al menos yo los vi dos veces y las dos muy acaramelados, pero bueno, no es asunto mío.

—Para no ser asunto tuyo tienes mucha información —opinó Patrick limpiando la boca y las manitas de su hijo con una servilleta de papel—. Ya está. ¿Has comido bien, cachorrito?

—Sí, chips...

—Fish and chips, lo mejor del mundo, ¿quieres ir ahora a caminar por la arena? Papá —llamó a su padre, que estaba charlando con Sean muy animado—. ¿Os venís a dar un paseo?

—Eso es, vamos —dijo Paddy senior, y se puso de pie—. ¿Nos llevamos al pequeñajo?

—Al pequeñajo sí, pero no a la madre del pequeñajo. —Sonrió dejando a Michael en el suelo, se acercó a Manuela y la besó acariciándole la tripa—. Vamos a andar un rato. Tú has tenido mucho trajín por hoy, así que mejor te quedas aquí tomando el sol.

—¿En serio?

—Completamente en serio. Dale un beso a mamá, cachorrito. —El niño la besó y ella lo abrazó contra su pecho—. Y otro a tu hermanito.

—¡No! —protestó y salió corriendo para agarrarse a la mano de su abuelo.

—¿Será posible el enano este? —bromeó Erin—. Pero qué manía con el hermanito.

—Cuando empiece a tener tripa y llamen al bebé por su nombre, el niño se irá haciendo a la idea —opinó su suegra, mirando a las tres generaciones de O'Keefe caminando hacia la arena—. Erin, hija, acompáñame a saludar a Rosaline a la cocina.

—Sí, mamá. —Las dos se fueron hacia dentro del restaurante y Manuela miró a Grace, que se había quedado muda de repente.

—Ya queda menos, Gracie. En cuanto vuelvan de la playa nos vamos a la casa nueva, tenemos una cita con el de las cortinas.

—Está quedando preciosa la casa.

—Sí, y han ido a una velocidad vertiginosa, ¿verdad? Increíble.

—¿O sea que no crees que esa Ana María sea novia de Diego?

—Creo que no, es una amiga suya, pero no estoy segura, ¿por qué?

—No sé... —Se le llenaron los ojos de lágrimas y Manuela le cogió la mano—. Creí... creí que a lo mejor estaba valorándome y fijándose en mí de verdad y de repente aparece con esa chica tan guapa, y tan desenvuelta, en el restaurante, delante de mí, pavoneándose como un gilipollas...

—Ay, Gracie... Ya sabes cómo es Diego...

—¿Y cómo es? —La miró con esos preciosos ojos verdes y no supo qué decir—. ¿Un irresponsable? ¿Un viva la virgen? Todo el mundo cree eso, pero yo sé que en el fondo no es así, es un tío legal y muy buena persona.

—Yo creo que es un chico algo inmaduro que no busca compromisos, y si además alguien de tu familia se entera de que te gusta y habéis tenido un... rollito... puede haber un problema grave.

—Si fuéramos en serio no lo habría, aquí lo adoran.

—Tiene treinta años, Grace.

—El tío Paddy te saca casi once años y a nadie le molesta.

—Porque yo ya tenía veintiséis años cuando lo conocí, no dieciocho.

—No les importaría si fuera en serio. Pero de todas maneras

es igual, no me quiere, ni le gusto, ni le intereso y debería olvidarme de él y dejar de perder el tiempo.

—Creí que eso lo habías decidido hace tiempo.

—Yo estaba intentando ponerme en mi lugar y hacerlo sufrir un poco... a ver si despertaba y cambiaba.

—Las cosas no funcionan así. Diego es un hombre adulto, Grace, que viene de vuelta de todo, y no lo vas a hacer cambiar de la noche a la mañana por hacerte la dura o la indiferente. —Suspiró—. ¿Ves? Esa es la gran diferencia, tú ves las relaciones desde tus dieciocho años y él está en otro nivel, en otra dimensión.

—Sé que le gusto.

—De eso no tengo dudas, lo que no creo es que esté dispuesto a dejar de mariposear, centrarse y tener una relación seria con nadie.

—El tío Paddy lo hizo contigo.

—Es diferente.

—¿Ah, sí? ¿Y eso por qué?

—No sé, creo que porque los dos coincidimos en el momento adecuado y todo cambió para ambos.

—¿Y no me podía pasar eso a mí con Diego?

—Podría, pero para empezar deberías ser sincera y no andar con estratagemas para ponerlo a prueba o intentar llamar su atención de ese modo. Eso se llama manipulación y nadie debería emplearla con nadie, mucho menos con alguien que te gusta.

—Bridg, mi prima, me dijo que había que tratarlos así... Yo fui legal con él, al principio muy clara, pero luego se empezó a cerrar en banda y a chulearse y quise cambiar y demostrarle que no me importaba.

—Cuando sí te importa.

—Pues sí, las mujeres hacen esas cosas.

—Algunas mujeres, no todas, y tú no deberías empezar por ahí. No es justo, ni querrás tener a un novio a tu lado porque lo manipulaste... ¿o sí? La vida no es una película, Grace, ni estamos en el siglo XVIII, hay que ser sinceros y luego aceptar lo que sienta la otra persona nos guste o no. Esos jueguecitos son estúpidos. ¿Te gustaría que te manipularan de ese modo?

—No, pero todos los chicos se hacen los interesantes y mis amigas...

—¿Y qué consiguen? Nada real y verdadero.

—No lo sé... —La miró de frente y se encogió de hombros—. Tienes razón, aunque todas las chicas que conozco hacen lo que te he dicho.

—Lo sé, y cada una con su vida, pero a mí me importas tú y por eso te digo que ese no es el camino.

—En todo caso tampoco funcionó, así que...

—Bueno —se acercó y la abrazó por los hombros—, tal vez Diego no es el adecuado. Vive como en otro planeta, te lo he dicho y es duro, lo sé, pero deberías olvidarte en serio de él.

—Me gusta mucho.

—Solo te puedo decir que tiempo al tiempo.

—¿Cómo te sentirías si el tío Paddy no te correspondiera? ¿Si no os hubieseis casado ni tenido a Michael? ¿Si no pudieses quererlo y vivir con él?

—Gracie...

—Dime, ¿cómo te sentirías?

—Supongo que me querría morir —reconoció, sin muchos argumentos lógicos que poder darle.

—Pues así me siento yo ahora, y no me consuela nada lo de tiempo al tiempo, pero... —se recompuso y sonrió sonándose— es lo que hay. Me voy a jugar con mis hermanos, no quiero que mi madre me vea llorando y empiece a cavilar, es peor que Sherlock Holmes, ¿sabes?

—Claro...

La vio levantarse y bajar hacia la playa con una desazón enorme en el pecho. Seguramente, como siempre ocurría, había sucumbido a la injusticia de infravalorar sus sentimientos o su historia con Diego solo porque era muy joven. Obviamente, él estaba a años luz de ella y sus tiernas emociones, él era literalmente un tiro al aire y, aunque en los últimos meses lo había visto cambiar y madurar muy rápido, en cuanto a las relaciones seguía siendo el mismo golfo de siempre, o no, no estaba segura. Sin embargo, era mejor que se mantuviera lejos de Grace. Ella estaba sufriendo y le partía el corazón en dos que fuera así y por culpa del irresponsable de su primo, pero mejor así. Se le pasaría, todo se pasaba aunque doliera mucho y además Grace era una chica muy joven, preciosa, inteligente y cariñosa. No tendría ningún problema en encontrar un chico más adecuado.

—¿Qué le pasa a Grace? —La voz de Erin la sacó de golpe de sus cavilaciones. Se sentó mejor en la silla, agarró el vaso de agua que tenía delante y tomó un trago largo intentando recomponerse—. ¿Por qué estaba llorando?

—¿Llorando?

—¿Es por el trabajo? ¿Hay algún problema con ella en Londres?

—Ninguno, estamos todos encantados con ella, aprende rápido y es muy profesional.

—Entonces es por Diego —sentenció sin ningún género de dudas, y Manuela sintió un escalofrío concreto subiéndole por la espalda—. ¿Te crees que no sé que está enamoriscada de tu primo? Soy su madre, lo supe desde el minuto uno, en cuanto empezó a mencionarlo más de lo normal cuando llamaba desde Londres el año pasado.

—Yo...

—Ya sé que habrás intentado parar el asunto, te conozco, cuñada. No hace falta que me digas nada.

—Siento mucho que esté pasando esto, en serio. Mi primo es un tipo muy diferente a los hombres que Grace conoce. No tiene sentido del compromiso o la familia o... No busca noviazgos, ni historias de amor, él es... Tiene treinta años, pero como si tuviera quince.

—Y tal vez por eso la tiene loca. ¿Están saliendo juntos?

—No, de ahí que esté tan triste.

—Santa madre de Dios. —Se sentó y la miró a los ojos—. ¿Lo sabe mi hermano?

—No, no sabe nada.

—Mejor así. Jon tampoco sabe nada, aunque me pregunta mucho por los posibles novios de las niñas, especialmente de Grace. No se imagina que ella está enamorada precisamente de Diego. Señor... —Suspiró—. Si te digo la verdad, no me extraña nada, tu primo es un chico guapo y educado, encantador y me parece de lo más normal que mi hija beba los vientos por él.

—Tiene treinta años.

—¿Y? Mejor un hombre que un niño.

—¿En serio?

—¿Cuántos años te saca mi hermano?

—Ya, pero yo tenía veintiséis años y él...

—No me preocupa la edad, Manuela, ni siquiera me preocupa que sea payo. Lo que me preocupa es que ella vaya poniéndose en evidencia por allí, lo persiga, acabe consiguiéndolo y al final para nada, porque me imagino que él no querrá casarse con una cría de dieciocho años.

—Creo que no, pero no lo sé. —Tragó saliva pensando en aquel domingo en que vio a Grace desnuda y escondida en el cuarto de Diego y se quiso morir.

—¿Y qué les has dicho?

—¿A Grace? Le he dicho lo mismo que a ti, que Diego está en otra dimensión y que es mejor olvidarse de él.

—Qué lástima, pobrecita. Y lo peor de todo es que no puedo ayudarla. No habla conmigo de estas cosas, no quiere, y no puedo presionarla.

—Claro.

—En fin, supongo que no me queda otra que observar y callar. Al menos me tranquiliza saber que lo habla contigo.

—Solo hoy, antes no me había dicho nada.

—¿Y con Diego? ¿Él te ha dicho algo?

—Diego está con su cabeza en otras cosas.

—Vale, bien… Mira, ahí vienen nuestros hombres. —Miró hacia la playa y vieron a Sean, Jon, Patrick senior y a Paddy regresando despacio por la arena. Todos venían fumando y Michael sobre los hombros de su padre parecía tan feliz—. Si alguno de esos se enterara de lo que pasa, a Diego no le quedaba mundo donde esconderse.

—Eso me temo.

—No te preocupes, Manuela, es broma, y te voy a decir una cosa más: si con el tiempo Diego se fija en mi niña, se enamora de ella y quiere relaciones serias, tiene todo mi apoyo.

—Bien.

—Sí, vamos. ¿No tenéis que ver al de las cortinas? Se está haciendo tardísimo.

Capítulo 30

El mes de abril se fue volando, ya estaban en mayo y su mudanza a Dublín podría ser inminente. Según supo Diego, la casa nueva de Patrick y Manuela ya estaba lista para habitar, al menos toda la obra gruesa se había finiquitado el diez de mayo y ya habían empezado con los detalles y la entrega de muebles, que tampoco era prioridad para su prima que, por otra parte, ya empezaba a lucir feliz su embarazo. Recién cumplidos los cinco meses de gestación estaba mejor que nunca, con mucha energía y recorría La Marquise de arriba abajo mientras preparaba el aterrizaje en La Marquise Dublín, donde los arquitectos estaban haciendo un trabajo extraordinario. Juntos habían volado a Irlanda un par de días para realizar las entrevistas a los primeros preseleccionados para los puestos del restaurante y más feliz que una perdiz, él participó encantado en aquel proceso que lo ponía oficialmente en su papel como jefe de comedor de Dublín. Una verdadera pasada.

En Londres, sin embargo, los problemas lo perseguían cruelmente. Después del paso de Ana María Fuentes por su casa, ella lo llamó llorando para decirle que tenía un retraso de tres días. ¡Tres días! Gritaba por el teléfono sin que él atinara a reaccionar. Según ella, existían tests de embarazo que a las veinticuatro horas te decían cuándo, cómo y hasta de qué modo te habías quedado embarazada y él solo pudo esperar, con un dolor de estómago tremendo, a que ella se hiciera la dichosa prueba (en directo a través del Skype). Acabaron viendo que era negativa, lo que provocó un suspiro suyo de alivio demasiado alegre para el gusto de Ana María, quien terminó insultándolo, maldiciéndolo y despreciándolo a gritos desde Madrid.

Lo más fuerte del tema era que le importaba una mierda lo que ella opinara de él. De hecho se había acostado con ella porque llevaba mucho tiempo sin mojar y porque se lo puso en bandeja, pero la pura verdad era que no le gustaba ya ni la décima parte de lo que le había gustado cuando la conoció en Ibiza, durante una fiesta loca de tres días de la que regresaron emparejados a Madrid. En aquel tiempo era perfecta: buen tipo, guapa, con pasta, buen curro y casa en Baqueira. Una joyita, sí, pero ya no era para nada de su interés y el solo hecho, mínimo, de haberla visto convertida en madre de un hijo suyo le había provocado escalofríos.

Afortunadamente, todo habían sido especulaciones, él lo sabía, sobre todo porque era muy responsable respecto al uso del preservativo, así que zanjaron la cuestión, ella gritó y él colgó sabiendo que no la volvería a ver en lo que le restara de vida. Fin de la historia.

En medio del mogollón apareció en Londres su madre, cargada con jamón serrano y chorizo, para mimarlo durante cuatro días. Hicieron turismo, fueron a comer a buenos sitios, visitaron Windsor y de paso se mostró muy orgullosa de verlo defendiéndose en un trabajo estable, durante tanto tiempo y empezando desde abajo. Aquella visita le reconfortó el alma, lo llenó de cariño y le ayudó a superar el hecho, unos días después, de que Grace no lo invitara a su diecinueve cumpleaños. Organizó una pequeña salida con las compañeras a Covent Garden, pero a él no lo incluyó y fue demasiado duro para asimilarlo.

A partir de ese día, el veinte de abril, había tirado la toalla definitivamente. No pensaba andar como un perrito faldero detrás de ella, haciéndose el simpático, hablándole en español y dejándole rosas en su mesa de trabajo. Se acabó, se dijo seriamente, y lo estaba cumpliendo a rajatabla. No pensaba seguir perdiendo energía con una cría que no entendía de la misa la media y lo trataba como al pretendiente pelma que tienes en el colegio. Él tenía treinta años, un proyecto de trabajo impresionante esperándolo en Dublín, un trabajo agotador en Londres y muchas responsabilidades. No estaba para jueguecitos estúpidos y aquella decisión le estaba haciendo sentirse mejor, al menos no tan gilipollas, y aquello era tranquilizador.

—¡La madre…! —De pronto se cortó la luz y saltó en su sitio con el corazón en la mano. Nueve de la noche, el turno de cenas repleto, el club y la zona vip. No podía ser. Salió de la cocina corriendo y se encontró con María en medio de la recepción dando gritos a todo Dios—. ¿Qué coño ha pasado?

—No lo sabemos. Grace, llama a George de mantenimiento. Günter, controla a la gente o se va armar la de Dios es Cristo. ¡Vamos!

—Espera un segundo, Joe ha ido a mirar los fusibles —gritó Sonny desde la escalera principal.

—En la calle hay luz —les contó Jason, uno de los de seguridad, asomando la cabeza por la puerta—. Somos nosotros.

—¡Mierda!

—Vale, tranqui, lo primero es lo primero. —No se lo pensó dos veces, agarró una de las velas decorativas de la recepción y la encendió con su mechero entrando al comedor principal, donde la gente murmuraba y se alteraba a la par, con los diminutos focos de emergencia como única iluminación. Miró a sus compañeros de servicio y les indicó las velitas que solían adornar las mesas. —Id encendiéndolas todas, y Victoria, por favor, busca en la bodega, trae las que haya y las vamos a poner por aquí.

—Vale.

—Muy bien, señores —dijo con su mejor sonrisa colocándose en el centro del enorme comedor—. Tenemos un problema eléctrico, ya se están ocupando de solventarlo, pero mientras tanto, ¿qué les parece cenar a la luz de las velas?

—¡Sí! —gritaron algunos, y todo el mundo se puso a aplaudir.

—Muy bien, les rogamos permanecer en sus mesas hasta que podamos retomar el ritmo normal del servicio. Muchas gracias y sepan que La Marquise les invita a una copa al final de su velada. Gracias.

—¡Bien! —Volvieron los aplausos y él se encaminó otra vez a la recepción, donde María empezaba a perder la compostura gritándose con Günter.

—María, el comedor sigue si Phillipe puede sacar las comandas, lo que importa ahora es bajar a la gente del club y la zona vip. Si en cinco minutos no vuelve la luz y la música, allá arriba se puede montar una buena —le dijo agarrándola por el brazo—. Hay que desalojar al personal.

—Pero... —Ella dudó mirando a Günter y a Sonny.

—No hay más alternativa, esa gente bebiendo y a oscuras no es una buena combinación.

—Diego tiene razón —dijo Günter, y María asintió sin abrir la boca.

—Vamos. María, tú sigue con el servicio aquí abajo, danos unos minutos... —Caminó hacia las escaleras, agarró a Sonny y juntos se adentraron en la negrura del club, donde se seguía sirviendo gracias a un par de linternas y las dichosas luces de emergencia, que eran enanas—. Señoras y señores...

—¡Un momento! —gritó Sonny mientras Günter ordenaba a su gente que aplicaran el plan de evacuación previsto sin montar un escándalo.

—¡Señoras y señores! —Diego saltó a la barra, se subió encima e hizo sonar unas copas para que le prestaran atención—. Por favor, tenemos un problema con la electricidad y hay que despejar la zona. Vienen los técnicos de camino, pero es para largo. La Marquise lamenta las molestias, pero el club queda cerrado inmediatamente. Les rogamos recojan sus cosas y bajen ordenadamente por las escaleras. Gracias.

Lo siguiente fue un ir y venir escaleras arriba y abajo intentando convencer a la gente más borracha o antipática de que había que salir a la calle. Afortunadamente, no llovía, ni hacía frío y todo el mundo pudo ir saliendo a buscar sus coches o un taxi bajo la cálida luz de la luna, lo que, según su perspectiva, era muy conveniente. En la escalera y la recepción se hizo una fila ordenada de gente a la que se le dio un bono para que volvieran otro día a consumir una copa gratis. Todo muy armónico e intentando emplear un tono de lo más relajado y simpático al dirigirse a ellos, aunque estaban todos con los nervios de punta. Una puñetera locura. Con el comedor lleno de gente que acabó cenando a la luz de las velas gracias a que el equipo de cocina se portó como el puto amo y sacó el servicio adelante. Un equipo de primera, pensó varias veces esa noche corriendo con la tensión matándole el cuello, un gran equipo: leal y profesional. De esos que uno mataría por tener siempre a su lado.

—Hay que cobrar a mano, como se ha hecho toda la vida de Dios —les dijo a Grace, Victoria y Heather mientras María estaba en la parte de atrás con los técnicos de la luz—. Con el datáfono autónomo podemos cobrar con tarjeta e intentaremos que nos paguen en efectivo.

—Eso es casi imposible. Nunca, nadie, paga en efectivo —susurró Heather, que estaba muy alterada.

—Vale. Mientras podamos, cobramos con tarjeta, creo que llegará para todo el mundo. Lo importante ahora es que revisemos a mano los pedidos y elaboremos las cuentas de puño y letra. La gente lo entenderá. ¿Hay algún tipo de albarán que podamos usar?

—Voy a buscar a administración.

—Vale. Gracie —la miró a ella, que estaba más tranquila que sus compañeras veteranas—, aquí tenemos los pedidos. Vamos a empezar a calcular tranquilamente, no hay prisa, ¿de acuerdo?

—Las cajas se cerrarán mañana cuando podamos meter todos esos datos en el ordenador. —María se le puso al lado con las manos en las caderas—. Los técnicos dicen que hasta mañana por la mañana no tienen solucionado el problema.

—Muy bien, tomamos nota de todo y lo haremos antes del turno de comidas. No te preocupes.

—¿No avisamos a mis tíos? —preguntó Grace.

—No, ¿para qué los vamos a sacar de casa? Y además, dentro de un mes estarán en Dublín y tenemos que empezar a no contar con ellos.

—Claro.

—Vale, pues a trabajar. —Miró otra vez a Grace y se le puso delante con los papeles de los pedidos que Phillipe siempre exigía que se hicieran a mano. Costumbre que en una noche como esa les estaba salvando la vida—. Tú me dictas, yo sumo y el resultado lo anotas en hojas independientes. Luego hacemos el albarán con copia, la grapamos a cada hoja junto con el recibo de la tarjeta y mañana lo metemos todo en el ordenador, ¿de acuerdo?

—Vale. —Sacó la calculadora y se concentró en ayudarle.

A las once de la noche, con la crisis controlada, consiguieron cerrar. El público en general se mostró cooperador y no tuvieron problemas para cobrar a la luz de las velas y desplegando mucho encanto y mano izquierda. Un milagro, teniendo en cuenta lo mal que podía reaccionar la gente ante cualquier imprevisto capaz de ensombrecer su cena de varios cientos de libras. Afortunadamente, todo quedó en un susto y, cuando al fin cerraron y se miraron a los ojos, se echaron a reír entre suspiros de alivio.

—Menuda noche. En todos estos años es la primera vez que nos pasa —dijo María mirando a su gente—. Os agradezco mucho el gran trabajo extra y se os compensará. Buenas noches.

—Buenas noches... —La gente empezó a dispersarse, Diego encendió un pitillo y la abrazó por los hombros.

—Diego, eres un crack —le dijo ella en español—. En serio, tío.

—No ha sido nada, reina mora. La presión me pone.

—Sea lo que sea, muy bien. Mañana hablaremos con calma y haremos un informe. Ahora voy a aprovechar y me meteré en la cama pronto.

—Claro.

—Oye, ¿puedes acompañarme a casa? —La vocecita de Grace le llegó por la espalda y se giró para mirarla. Habían estado currando hombro con hombro dos horas, pero apenas se habían dirigido la palabra y le sonrió—. Lo siento, iría sola, pero mi tío me mata.

—No, claro, vamos, me apetece dar un paseíto.

—Gracias. Es que Günter y los demás se quedarán a ver el trabajo del electricista un rato más.

—Vale, vamos... —Salieron del parking y se pusieron a caminar despacio. Era una noche cálida y muy agradable y se sentía feliz, muy contento de cómo habían solucionado las cosas y cómo le habían permitido tomar decisiones.

—¿Tienes ganas de mudarte a Dublín?

—Sí, la verdad es que mucho. En cuanto sepamos la fecha de apertura, me voy. Hay mucho que hacer antes de la inauguración.

—¿Y ya tienes casa?

—No. Bueno, sí. Si quiero compartir piso con Paddy Jr. y tu primo Frank, tengo piso cerca de La Marquise.

—¿Y no te decides?

—No sé, estos chicos tienen ganas de mucha marcha y no sé si su modo de vida podrá encajar con mi trabajo y todo lo demás. Creo que voy a buscarme un estudio o algo pequeñito para mí solo, aunque sea lejos de Saint Stephen Green. Tu abuela también me ha ofrecido alojamiento y, por supuesto, Manuela y Paddy.

—Muy bien.

—¿Y tú tienes ganas de volver?

—Sí, claro, tengo a mis amigas y a mi familia allí.

—Bueno, a ver cuándo abrimos, creo que Paddy hablaba hoy con los arquitectos y decoradores, pero no he podido preguntarle nada. Seguramente mañana nos dirá algo en la reunión que tenemos.

—Ya hemos llegado. —Se detuvo delante del portal, subió un peldaño de la escalera y se giró para mirarlo a los ojos—. Menuda noche, ha sido genial trabajar así, con todo en contra.

—Ya... —Se perdió en sus ojazos verdes y sonrió—. ¿Te dije que ya he encontrado una canción tradicional española para ti? Quise contártelo cuando llevamos a Manuela al hospital, pero no me hiciste ni caso.

—*Ojos verdes* —susurró en español y él asintió—. La busqué en Internet.

—¿Ah, sí? ¿Y qué opinas?

—La tía Manuela me la tradujo hace unos días y dice que habla de los amores de una prostituta con un marinero...

—No, ya, eso no. Yo me quedo únicamente con el estribillo: «Ojos verdes, verdes como la albahaca, verdes como el trigo verde y el verde, verde limón. Ojos verdes, verdes, con brillo de faca que se han «clavaíto» en mi corazón...»

—Esa parte es muy bonita.

—No es *Spanish Lady*, pero es un intento.

—Es preciosa, Diego, muchas gracias.

—De nada. —Se animó, se olvidó de sus intenciones de olvidarla y se inclinó hacia ella. Le rozó la nariz con la suya y le plantó un beso, primero un piquito y luego le separó los labios con la lengua para besarla en toda regla. Ella sabía tan bien y era tan dulce... Devolvió el beso unos segundos y se apartó.

—Bueno...

—¿Qué pasa, Grace?

—No sé, ¿a qué viene esto ahora? ¿No tienes novia?

—¿Novia yo? De eso nada.

—¿Y Ana María?
—¿Ella? Es una amiga, y en todo caso, Grace, solo te he dado un beso, no hay de qué preocuparse.
—Claro, solo me has dado un beso. Buenas noches.
—Grace, Gracie... —dijo viendo como le daba la espalda muy airada y se perdía dentro del portal, tiesa como un palo—. ¡Joder! ¿Qué coño he hecho yo ahora?

Capítulo 31

Las once de la mañana y él bajando al metro. Mierda, mierda, Manuela lo cortaría en trocitos. Había convocado esa reunión hacía días y él se quedaba dormido. Cosas del estrés, de pronto superar una noche como la de la víspera, con los cinco sentidos a tope y muchas emociones, provocaba ese sueño tan profundo que le había atacado después de llegar a casa y tomarse un vaso de leche con Cola Cao calentito. Su madre le había llevado un bote de Cola Cao a Londres y se lo tomaba casi a diario, era uno de sus placeres secretos. De esos inconfesables y que no encajaban para nada con su imagen de tío de mundo, de vuelta de todo.

Ojalá de verdad fuera un hombre de mundo, se dijo, desplomándose en el vagón de metro medio lleno de gente, no uno que se había pasado toda la vida pretendiendo serlo. Sus meses en Londres lo habían colocado justamente en el lugar que ocupaba en la vida, que por cierto no tenía nada que ver con el espacio que su imaginación le había otorgado y, aunque era jodido reconocerlo, no estaba del todo mal. Ya no pretendía comerse el mundo de un bocado sin pegar chapa, ni ganarse la primitiva o tirarse a todo lo que se meneara. No, eso ya carecía de importancia y aquello lo tranquilizaba. Era mucho mejor así y estaba contento, bastante animado y con unas ganas locas de mudarse a Dublín para abrir La Marquise y demostrar a Paddy y a Manuela que apostar por él había sido un valor seguro.

Se bajó en Green Park, cruzó Piccadilly Street y corrió hacia La Marquise con la hora pegada. Llegaba quince minutos tarde y seguramente Manuela ya había empezado con la reunión porque no solía esperar a nadie. Entró al restaurante por las cocinas y alguien le hizo una seña de que lo esperaban arriba, en el club, donde habían montado la sala de reuniones. Subió a toda prisa, entró sin abrir la boca y vio que la mesa de cristal grande se encontraba en medio de la sala y que todos los jefazos de La Marquise estaban ya sentados charlando frente a Manuela, que tenía el ordenador portátil abierto, y a Patrick, que charlaba apoyado en el respaldo de la silla con una gran sonrisa en la cara.

—Buenos días, siento el retraso —dijo buscando una silla libre. Se hizo un pequeño silencio y luego estallaron los aplausos. Subió los ojos y se puso rojo hasta las orejas.

—¡Aquí viene el héroe! —exclamó María.

—Pero…

—Sí, tío, por lo de ayer te mereces unas medallitas y se lo hemos hecho saber a los jefes —intervino Sonny—. Rápido, eficiente y con buenas ideas. Un puntazo, Diego.

—Yo… —No sabía ni qué decir. Miró a Manuela y a Paddy, que estaban sentados uno al lado del otro, y ella habló sin quitarle los ojos de encima.

—Anoche nos lo contó Grace con pelos y señales. Ya sabía yo que dejarías el pabellón de los Vergara bien alto, primito.

—Solo hice mi trabajo.

—No, hiciste mucho más que tu trabajo. Tus compañeros, que llevan más tiempo que tú aquí, se quedaron parados esperando a que los demás lo resolvieran —contestó María—. Sin embargo, tú tuviste el impulso de solucionar la papeleta y se agradece.

—Joder, pues muchas gracias, me vais a hacer llorar —bromeó, aunque en el fondo estaba muy emocionado. Se sirvió un poco de café y suspiró más ancho que largo.

—En fin, gracias, primo —intervino Paddy—. Y ya que estamos todos, os puedo anunciar que La Marquise Dublín abrirá sus puertas el jueves trece de agosto. Haremos la inauguración ese mismo día y empezaremos a funcionar a toda máquina inmediatamente.

—Bien —dijeron todos.

—Si todo marcha según lo previsto, el quince de julio empezaremos a trabajar con el personal nuevo —habló Manuela—. Ya tenemos una selección hecha y ese día empezaremos un curso de dos semanas de entrenamiento, para camareros, personal de cocina y recepción. También para el club, aunque en ese caso tenemos suerte y hemos contratado a cuatro camareros con mucha experiencia. Se van dos de los chicos de aquí con nosotros y gracias a que nuestro segundo chef, Bobby, ha accedido a irse a Dublín para hacerse cargo de la cocina, creo que ya estamos servidos.

—Y nosotros hemos empezado con la selección de nuevos camareros en Londres. —María abrió su ordenador—. Tengo dos personas que se fueron hace tiempo y que quieren volver... cubriremos los huecos enseguida.

—Genial. Diego, te tocará hacerte cargo de los cursos de entrenamiento. Aunque María irá un par de días para echarnos un cable y Richard también vendrá, creo que al final todo el marrón del principio nos tocará a nosotros.

—Estupendo, puedo empezar cuando me digáis.

—Perfecto, pues no hay mucho más que hablar. Phillipe, ¿tienes segundo para sustituir a Bobby?

—Sí, ascenderé a Jean y con el resto que tengo me las arreglo perfectamente.

—¿Y la seguridad? —quiso saber Günter.

—Hemos contratado una empresa de seguridad, pero mi primo Francis, que ha sido poli, será el jefe de todo ese tema —Patrick habló sin dejar de sonreír, Diego le hizo un gesto de pregunta y él le guiñó un ojo.

—Pues supongo que nosotros nos mudaremos a mediados

de junio y quería aprovechar que os tengo a todos para daros las gracias por vuestra colaboración y pediros perdón por las molestias que pueda causaros nuestra nueva aventura. —Miró a Paddy—. Sin vosotros no podríamos marcharnos tranquilos, así que mil gracias a todos y otra cosa... —se sentó mejor— las vacaciones. He revisado los cuadrantes y creo que la inauguración de Dublín no afecta a nadie, pero ahora que tenemos fecha concreta de apertura, id revisando vuestras agendas y me vais diciendo si hay que modificar algo.

—Vale...

—Genial, pues si hay algo más...

—Yo quiero decir algo más —interrumpió Paddy extendiendo la mano para posarla sobre su vientre. Ella se apoyó en el respaldo de la silla y suspiró—. Nos acaban de confirmar que nuestro nuevo cachorrito también es un chico.

—Hala, enhorabuena, genial —dijeron todos. Manuela le cogió la cara con las dos manos y le plantó un beso en la boca.

—Eres peor que un niño, mi amor.

—¿Y cómo se va a llamar?

—Liam...

—Liam Patrick —puntualizó el orgulloso padre, y ella movió la cabeza.

—Michael Patrick y ahora Liam Patrick, ¿eso es legal? —quiso saber María.

—Totalmente, el segundo nombre puede repetirse sin problema —contestó él—. Y en todo caso, me da igual, todos los chicos de esta familia se llamarán Patrick de alguna u otra manera, ¿verdad, *Spanish Lady*?

—Jesús —susurró ella, muerta de la risa—. Pasando a otra cosa, la gente del seguro ya ha hecho un informe sobre el apagón de anoche y hemos pedido que mejoren el sistema de iluminación de emergencia por si se repite.

—Bien.

—Bueno, si queréis tomar algo, estupendo, yo tengo que bajar al despacho.

—Ok.

Se pusieron de pie y Patrick la abrazó y se la comió a besos un rato antes de dejarla marchar. Manuela protestó, lo regañó y trató de huir, pero al final tuvo que sucumbir a sus mimos y acabó mirándolo a los ojos, besándolo y devolviéndole el abrazo. Eran una pareja guapa, feliz y enamorada, pensó otra vez Diego, al que normalmente ese tipo de cosas le importaban bien poco, y se los quedó observando un rato, como en trance, hasta que el propio Paddy se le acercó después de dejar marchar a su mujer.

—Vale, vamos a hablar —dijo poniéndose serio de repente. Günter, Sonny, María y Phillipe guardaron silencio y él habló con esa voz serena y grave suya—. El seguro y la poli me aseguran que el apagón de anoche fue intencionado. Un sabotaje. Así que se acabaron los paños calientes y pienso coger al cabrón de Dimitri y zanjar este asunto antes de mudarme a Dublín. Quiero a ese hijo de puta localizado y cogido por los huevos ya, y no me queda mucho tiempo, así que vuelvo a pedir la colaboración de todos vosotros.

—¿Y Manuela...? —habló María, y Paddy le clavó los ojos transparentes—. Vale, queda al margen, pero si se entera tendrás un problema.

—Eso es asunto mío, ahora solo me importa solucionar esto antes de volver a Irlanda.

—Hecho, jefe.

—Solo os pido volver a abrir los ojos y prestar atención. Al más mínimo atisbo de localizarlo me llamáis.

—Bien.

—Perfecto, gracias.

Y se fue camino del despacho principal. Diego habló un ratito más con sus compañeros y decidió, animado por los aplausos y el reconocimiento general, bajar a la recepción y celebrarlo a su manera. Tras el beso fugaz con Grace no cabía duda: le encantaba esa chica. No sabía qué era lo que quería tener con ella, pero al menos no quería tenerla lejos. Valía la pena hablarle claro de una puñetera vez y ver si había alguna esperanza.

Llegó al hall de entrada y como era de esperar, la pilló encendiendo el ordenador y poniendo flores en el jarrón de su mesa. Preciosa y radiante, como siempre, con el pelo rojo recogido y los ojos verdes brillantes. Grace era como una muñeca, tan frágil y a la vez tan perfecta.

—Hola, Gracie.

—Hola —contestó regalándole una mirada de reojo.

—Gracias por contarle a tus tíos lo de anoche, me han felicitado en la reunión.

—Me alegro.

—¿Puedes salir y tomar un café conmigo? Falta una hora para empezar el turno y me gustaría decirte algo.

—¿Qué cosa? —Cuadró los hombros y le clavó los ojos claros—. ¿No puedes decírmelo aquí? Tenemos que meter los datos de anoche en el ordenador, por eso he venido antes.

—Podemos tomarnos quince minutos y hablar.

—¿Sobre qué?

—Bueno… —suspiró y se atusó el pelo— lo de anoche. Te besé y te cabreaste otra vez y no entiendo nada.

—Me cabreo porque siempre dices cosas como «solo fue un beso», o «no te preocupes». ¿Qué te crees, Diego? Suenas un poco idiota o piensas que lo soy yo.

—Vale, lo siento. —Le regaló su sonrisa del millón de dólares y ella reculó—. Me gustaría que empezáramos a salir otra vez. Tú me gustas mucho, creo que te gusto y no me apetece seguir intentando ser tu amigo. Si no quieres mi amistad, pero sí quieres verme como algo más, aquí me tienes.

—¿En serio?

—Sí, te echo de menos.

—¿Y tu novia española?

—No es mi novia.

—Pasó una semana contigo aquí.

—Una amiga con derecho a roce.

—¿Y eso es lo que quieres conmigo?

—¿Hay que etiquetarlo todo? ¿Quieres volver a salir conmigo o no?

—Nunca he salido contigo.

—Bueno, ya sabes a qué me refiero. —Era más dura que una piedra y empezó a arrepentirse de su ataque de ternura.

—Vale, pero mientras no hable con mis padres de esto, nadie debe saberlo.

—Me parece perfecto. —Se acercó y le acarició la mano—. Esta noche yo te llevo a casa, ¿de acuerdo?

—Hoy no trabajo de noche.

—Mejor, yo tampoco. Dile a Manuela y a Paddy que te vas al cine con una amiga y yo te llevo, ¿te parece?

—Sí. —Al fin le sonrió y él sintió que se le disolvían los huesos de todo el cuerpo.

—Será divertido, ya lo verás.

—Ya veremos —contestó recomponiéndose—. ¿Hacemos lo de la caja o no?

—Por supuesto, señorita McGuinness, lo que usted mande.

Capítulo 32

Subió las escaleras con Michael en brazos, María, Borja y Diego a su espalda y abrió la puerta de su enorme dormitorio con la boca abierta. Era la primera vez que veía la obra de la casa nueva terminada al completo e incluso ella se sorprendió de los resultados. El cuarto era espacioso y sencillo, con las paredes blancas, cortinas en color chocolate y esa maravillosa cama estilo japonés, de roble canadiense, con una plataforma perfecta y muy cómoda, justo en el centro. Nadie se había molestado en quitar el embalaje de plástico al enorme colchón y el olor a nuevo le llegó deliciosamente a la nariz. Era preciosa y caminó hacia el vestidor que habían hecho junto al cuarto de baño para abrir las puertas de madera y comprobar que Paddy ya había empezado a llevar alguna de sus cosas.

Todo estaba en perfecto estado de revista y, aunque apenas tenían muebles, le entraron unas ganas locas de instalarse inmediatamente allí, olvidarse de Londres y la mudanza y pasar a la siguiente fase del plan: poner en marcha La Marquise Dublín y esperar tranquilamente el nacimiento de Liam, que estaba previsto para principios de septiembre.

Aún le quedaban tres meses para el parto, pero quería mudarse y preparar el nido con calma. Ya bastante agobio tenía con la apertura del nuevo restaurante y necesitaba tomarse lo de la casa y el bebé con algo más de serenidad. Aún había mucho que decorar, muchas habitaciones que amueblar, pero eso daba igual, habían decidido ir de a poco con los muebles, no correr ni comprar a lo loco y de momento tenían todo lo que necesitaban, lo demás, sin prisas, le había prometido Patrick, que había diseñado y supervisado milimétricamente cada detalle de su nuevo hogar.

—Menudo vestidor, esto sí que es una gozada —opinó María, que había accedido a pasar dos días en Dublín para celebrar el uno de junio el segundo cumpleaños de Michael y de paso aprovechar para ver todos juntos la casa nueva y el local de La Marquise, que ya estaba casi acabado—. Mataría por algo así.

—Paddy también y será todo suyo, yo a su lado tengo cuatro trapos.

—Toda la casa es una maravilla, tan sencilla. Minimalista, me encanta —opinó Diego observando las vistas desde el enorme ventanal—. Me encanta. Es justo lo que querías, ¿no, Manu?

—Bueno, yo nunca me paré a soñar con casas o muebles pero, si lo hubiese hecho, seguramente sería así. Todo el mérito es de Paddy, que lo tenía clarísimo en su cabeza.

—Y tanta madera, las baldosas de la cocina son la leche. A mí este dormitorio me encanta, ¿y a ti, Miguelito? —Borja se acercó a su ahijado y él escondió la cara en el cuello de su madre—. Pero ¿qué te pasa que estás tan enmadrado, hombre? Ven con el tío Borja.

—No —protestó pegándose más a Manuela.

—¿Cómo que no? ¿No quieres jugar conmigo? Ven...

—No... mamá —soltó, y Manuela el acarició la espalda.

—¿No me enseñas tu cuarto? Seguro que es muy chulo...

—Déjalo —susurró María—, ¿no ves que está un poquito sensible?

—Está cansado, ¿verdad, mi vida? —Él asintió sin querer mirar a nadie—. Vale, no pasa nada.

—La escalera la cambiamos entera, reforzamos la estructura y la forramos de nuevo... —Paddy entró charlando con Grace y su padre, Jon, que no había tenido oportunidad de ver la obra acabada—. Al rellano le pusimos parqué y quitamos las moquetas... ¿Qué tal, os gusta? —Los miró a todos y se acercó para abrazarla por detrás, acariciándole la tripa—. ¿Qué os parece?

—La leche, tío, es perfecta —opinó Diego.

—Preciosa.

—Gracias. ¿Y tú, cachorrito? ¿Qué te pasa? —Le besó la cabeza y ella sintió enseguida un movimiento enérgico del bebé, le sujetó la mano contra su vientre y Paddy se echó a reír—. ¿Has visto? Te dije que reconoce enseguida a papá.

—No sé si es casualidad, pero siempre se mueve cuando tú apareces.

—Es que me quiere mucho, igual que mi cachorrito, ¿verdad, Michael? —Intentó quitárselo de los brazos, pero el niño se echó a llorar aferrándose a ella—. ¿Qué pasa?

—Estamos cansados. Déjalo.

—Vale. ¿O sea, que os gusta? —Caminó por la estancia y todos asintieron—. Podríamos dormir aquí esta noche, *Spanish Lady*.

—No han traído la cama de Michael.

—¿Quién necesita su cama? Los tres tenemos de sobra con la nuestra.

—Pero no hay agua caliente, ni sábanas, ni...

—Eso se puede solucionar.

—Mejor lo dejamos para la próxima vez.

—La próxima vez ya es la mudanza definitiva.

—Paddy... —Él le guiñó un ojo con las manos en las caderas y justo a su espalda vio como Diego se apoyaba en la pared para mirar a Grace con una sonrisa. Se giró y la vio a ella, del brazo de su padre, sonriendo a su vez con los ojos pegados en el suelo.

—¡Hola! —Paddy Jr. entró de dos zancadas en el dormitorio y se los quedó mirando con una gran sonrisa y la mano derecha a la espalda—. La abuela dice que si no vais a comer ahora tira el almuerzo a la basura.

—Pero qué exagerada es la abuela —opinó Grace saliendo hacia el rellano.

—Es una barbacoa y no quiere achicharrar la carne y las salchichas… ¿y a ti qué te pasa, Micky? ¿No has visto lo que te he comprado por tu cumple? Mira… —movió el brazo y le enseñó lo que llevaba escondido: un precioso camión de madera, grande y con una cuerda para arrastrarlo—. ¿Te gusta? Puedes llevarlo por la calle si quieres.

—Camión —dijo él abriendo mucho los ojos—. Grande.

—Es precioso, mi amor. —Lo dejó en el suelo y el pequeñajo, olvidando los mimos y los pucheros, agarró la cuerda para descubrir que avanzaba estupendamente por el parqué—. Se dice gracias, Paddy.

—Gracias Paddy.

—De nada, enano. Vamos, llevémoslo por la acera hasta la casa de la abuela. —Lo agarró de la manita y desparecieron hacia las escaleras. Ella suspiró y miró a su marido y a sus amigos moviendo la cabeza.

—El pobre está pasándolo fatal.

—Porque está enmadrado y es muy mimoso —opinó María—. Solo hay que estar más pendientes de él, no te preocupes.

—Todos los niños sufren el rollo del hermanito —dijo Borja—. Más aún este, que nos tiene a todos a su servicio.

—Estará bien, *Spanish Lady*, no me pongas esa cara. —Se acercó, la besó en los labios y la abrazó—. Es normal que tenga un poco de pelusilla, me lo has dicho un millón de veces. No le hagamos demasiado caso y se le pasará.

—Pero es que se me parte el corazón…

—Es muy pequeño, no te preocupes —intervino su cuñado muy sonriente—. A los míos les pasó igual y después de cinco, sé de lo que hablo.

—Claro, con toda la gente que tiene Michael para mimarlo, ni se enterará de la llegada del bebé.

—Bueno, al menos con Paddy Jr. se distrae. En fin… —Suspiró con el corazón encogido. Era muy duro ver a su niño, normalmente alegre y apacible, tan inquieto y demandando tanta atención, pero no quedaba otra que pasar el chaparrón sin convertir aquello en un drama. Ojalá pudiera mandar un memorándum a todo el mundo (amigos, familia, vecinos, compañeros de trabajo, etc.) para que dejaran de preguntarle por el hermanito. Era imposible hacerlo, pero ganas no le faltaban—. Vamos a comer, hay mucha hambre.

—Sí, vamos. Te quiero —Paddy le habló al oído mientras bajaban las escaleras y ella lo abrazó—. ¿Te gusta tu casa?

—Es un sueño.

—Tú sí que eres un sueño, *Spanish Lady*, y sonríeme o acabaré lloriqueando yo también.

La casa de sus suegros, como la de la mayoría de sus cuñados, quedaba en la misma urbanización al sur de Dublín, en Ballsbridge, una zona inmejorable y familiar, muy bonita, y que a partir de un par de semanas se convertiría en su hogar definitivo, en su futuro y aquello no dejaba de provocarle cierto vértigo. Lógicamente estaba encantada e ilusionada con su nueva casa, con sus expectativas de trabajo, con sus proyectos de futuro junto a Patrick y a sus niños, pero su alma inquieta y su cabeza no dejaban de mandarle dudas y preguntas y a veces se quedaba quieta, imaginando cómo sería asentarse definitivamente, echar raíces tan profundas como pretendía Paddy y olvidarse de todo lo demás: Londres, Madrid, sus antiguos sueños. Eran dudas normales, se decía mientras veía a su marido más exultante que nunca eligiendo vajillas o electrodomésticos. Las cuestiones que cualquiera, que hubiese tenido como ella otros planes de vida tan solo tres años antes, se podía plantear. Sin embargo, no las podía comentar con él, ni cuestionar nada y ya estaba todo listo, como por ensalmo, como si no hubiese podido controlar absolutamente nada. Su casa, su nueva vida, su nuevo trabajo y otro hijo a punto de nacer. Muchos cambios, muchas nuevas esperanzas y muchas decisiones inamovibles delante de sus ojos y todo por él, por Patrick O'Keefe, que había sido capaz de coger su vida, removerla y ponerla patas arriba antes de que pudiera siquiera pestañear.

—¿Qué miras? —La abrazó por detrás con todo el cuerpo y le acarició el vientre con las dos manos.

—Nuestra casa. Me encanta haber pintado la puerta de rojo, creo que desde que llegué a Londres quería tener una puerta de ese color.

—Tú mandas, *Spanish Lady*.

—¿Y los demás?

—En el patio de atrás, jugando un partidillo de rugby. Diego dice que quiere aprender

—¿Ah, sí? ¿Y Borja también?

—No, él está echándole un vistazo a mi padre, se niega a ir al médico pero con Borja se deja.

—Ay, pobre Borjita, siempre le toca.

—María subió a dormir la siesta con Michael y el dichoso camión.

—Está encantado con el camión. —Le acarició los dedos y la alianza y él le mordió el hombro—. ¿Tú no juegas al rugby?

—Ahora, antes quería ver cómo estabas.

—Muy bien, gracias.

—¿Seguro? —Le giró la cabeza y ella sonrió mirando sus preciosos ojos claros.

—Perfectamente.

—Vale… vamos… —La agarró de la mano para llevarla dentro—. He llamado a Warren y vendrán a poner en marcha la caldera ahora mismo, así que esta noche nos llevamos ropa de cama, algo para el desayuno y dormimos en casita.

—¿Alguien te niega a ti algo alguna vez?

—Mi mujer continuamente.

—Oh, pobrecito. —Se acercó y lo besó.
—Quiero dormir allí, ¿cuál es el problema?
—Ninguno, pero recuerda que mañana tenemos cita en el cole de Dún Laoghaire a las diez.
—Y seremos puntuales, no te preocupes.
—Paddy…
—¿Qué?
—Te quiero.
—Yo mucho más —se echó a reír y la abrazó—. Muchísimo más.
—Buenas tardes… —Grace pasó por su lado como una exhalación y los dos se volvieron para mirarla.
—¿Adónde vas con tanta prisa, señorita?
—Al centro con mis amigas, tío. Es el cumple de Evelyn y luego vamos a dormir a su casa. Un *pijama party*.
—Pásatelo bien —le dijo Manuela y ella desapareció a la carrera camino de su casa.

Paddy tiró de su mano y lo siguió al patio para ver el partidillo de rugby, riéndose a carcajadas por el poco arte de Diego en el tema. Tan poco que acabaron jugando una pachanga de fútbol hasta que despertó Michael de la siesta y se entretuvo con su merienda y luego con la cena, a la par que hablaba con los parientes y vecinos, que siempre entraban y salían de casa de los O'Keefe con total naturalidad. Todo el mundo llegaba con un regalito para el pequeño, y muchas carantoñas, y acabó metiéndolo a la bañera agotado y parlanchín, feliz con sus juguetes nuevos, de los que no paró de hablar en su media lengua hasta que decidieron seguir con sus planes, coger el edredón y las sábanas, su ropa y todo lo necesario para el desayuno e instalarse en su casa nueva, que era silenciosa y un verdadero remanso de paz.

Sin televisión, ni radio, ni nada que los pudiera distraer, se dieron un baño largo y muy sexy en su enorme y cómoda bañera y luego se metieron en la cama gigante con Michael entre los dos. Un verdadero paraíso, le dijo Paddy un par de veces antes de dormirse como un lirón abrazado a ellos, con una sonrisa en la cara, tan contento que ella determinó que si uno de los dos estaba tan absolutamente feliz y lo tenía todo tan claro, lo mejor era relajarse y disfrutarlo. Nada de andar cuestionándose los detalles, se dijo, incómoda con los movimientos de Liam, que era muy activo durante la noche. Desde que había llegado a las veinticuatro semanas se hacía notar mucho, tanto, que a eso de las once de la noche se levantó por segunda vez al baño y entonces oyó los ruidos que provenían de la planta baja. Primero se asustó un poco y luego, cuando oyó risas y voces ahogadas, decidió no despertar a Patrick, coger el móvil por si debía llamar a la policía y bajar las escaleras con precaución.

Enseguida vio la luz que provenía de la cocina y se imaginó que tal vez era Paddy Jr. o alguien de la familia, porque había un juego de llaves en casa de sus suegros. A lo mejor habían ido a terminar algún recado o a llevarles comida, pensó entrando en la enorme estancia tan confiada. Sin embargo, cuando vio lo que estaba pasando encima de su preciosa isla rústica de madera maciza, se quedó helada y con cara de muy pocos amigos.

—¡Tía Manuela! —exclamó Grace, y saltó al suelo arreglándose la ropa. Diego dio un paso atrás y atinó a atusarse el pelo con cara de inocente—. No sabíamos que estabas aquí.

—¿Ah, no?

—Dijisteis que no había agua caliente y...

—¿Sabes lo que pasaría si en lugar de haber bajado yo lo hace tu tío Paddy?

—Bueno...

—¿Estáis locos? ¿En mi casa? ¿Cómo habéis entrado? —Trató de no ponerse a chillar como una loca y respiró hondo.

—Yo he cogido las llaves de mi abuela, lo siento.

—¿No tenías un *pijama party*?

—Sí, bueno, quedamos a escondidas.

—¿Y no se os ocurre otra cosa que venir a nuestra casa? ¿No tenéis cabeza?

—Perdona, Manu, en serio, perdona. Nos vamos enseguida, si hubiésemos sabido que…

—Es que no se trata solo de que os vayáis enseguida, ¿Qué coño hacéis juntos otra vez? ¿Qué está pasando?

—Diego y yo hemos hablado y hemos decidido intentarlo. —Grace se acercó a él y le dio la mano.

—¿Intentar? ¿Intentar qué?

—Nos gustamos mucho y tenemos derecho a querer estar juntos.

—¿En serio? Vale, mirad, salid inmediatamente de aquí, no quiero saber nada más y seguro que Patrick se despierta y baja a buscarme, así que…

—Manu… —Diego se le acercó y ella levantó la mano.

—No, mira, estoy cabreadísima —le dijo en español—. Esto es pasarse cuatro pueblos, lo sabes.

—Lo siento, no debimos atrevernos a entrar en tu casa y montar este numerito, pero el que queramos seguir viéndonos, es solo cosa nuestra.

—Genial. Pues ve pensando en hacerlo oficial, en formalizarlo ya y todos contentos.

—No queremos… —alcanzó a decir, y Grace lo interrumpió.

—Claro, en cuanto encontremos la ocasión, Diego hablará con mis padres.

—Bueno, eso tampoco, no hay prisa…

—¿Cómo dices?

—Que no hay prisa, Grace, acabamos de volver a… —La joven agarró su bolso y salió como un vendaval por la puerta trasera de la cocina. Diego miró a Manuela y ella movió la cabeza con los ojos entornados—. Joder…

—Es obvio que no tienes ni pajolera idea de dónde te metes, Diego.

—¡¿*Spanish Lady*?! —gritó Paddy desde la escalera, y ella miró a su primo sin moverse. Este agarró su chaqueta del suelo y se fue sin decir ni buenas noches—. ¿Qué haces? ¿Estás bien? ¿Por qué me dejas solo?

—Estoy bien y no te dejo solo —respondió cerrando la puerta de la cocina. Tragó saliva, se giró y le sonrió—. Te dejé con tu cachorrito.

—Os quiero a todos conmigo. —Completamente desnudo, miró a su alrededor y caminó hacia ella con el ceño fruncido—. ¿Con quién hablabas?

—Con nadie, cariño. Vamos, volvamos a la cama.

—¿Y qué haces aquí? —La agarró del cuello y la apretó contra su pecho acariciándole el trasero—. ¿Eh? ¿Estás bien?

—Sí, muy bien.

—¿Quieres inaugurar la cocina? —ronroneó, empujándola hacia la encimera de la isla central, y ella se detuvo en seco—. ¿Qué me dices? Es muy cómoda.

—No, mi vida. —Le sujetó la cara pensando que al menos esa noche no quería acercarse por allí y le plantó un beso en la boca—. Lo siento, pero…

—Vale, no pasa nada, pero me debes un polvo en la cocina.

—Me parece bien. Vamos, a ver si Liam me deja descansar.

Capítulo 33

El programa del cursillo era tremendo. Largo y elaborado, demasiado mamotreto para dárselo al personal de Dublín y pretender que se lo leyeran. Él había aprendido el tejemaneje del restaurante con la práctica, observando y prestando atención, sin leerse ni estudiar nada, pero María estaba convencida de que establecer un manual de estilo de La Marquise era fundamental y que el mejor momento para estrenarlo era ese, cuando La Marquise Dublín estaba a punto de ser una realidad.

Seguramente ella tenía razón, por algo llevaba años manejando el negocio desde dentro del comedor y, por supuesto, a él lo había entrenado maravillosamente bien. Sin embargo, le parecía que entregar esa carpeta a los futuros empleados podría desanimar a más de uno e incluso asustarlos, y no estaban para perder fichajes, sobre todo después de haber realizado una tarea titánica para dar con veinte personas para la cocina y el comedor, con la experiencia y profesionalidad que necesitaban.

Pero «donde manda capitán no manda marinero», y solo podía coger el dichoso manual, leerlo, estudiarlo y preparárselo para cuando le tocara empezar el curso en Dublín. Faltaba un mes para el quince de julio, día del inicio del entrenamiento de la gente, y él debía ser el primero en estar a punto. Aunque no le sobrara demasiado tiempo para dedicarse a ese montón de hojas, ese era su trabajo y no quedaba otra que apechugar.

Se estiró en la silla y miró por el ventanal el ir y venir de gente. Grace lo había llamado y habían quedado en un precioso café cerca de Green Park, no muy a tiro de La Marquise, pero suficientemente cerca del trabajo como para no llegar tarde. Ella era una maniática de los horarios y después del disgusto en la casa de Manuela no estaba para muchos trotes, así que había accedido a verla solo de pasada, para hablar, aunque se moría de ganas de llevarla a la cama y dejar de perder el tiempo.

Tras su «reconciliación» después del apagón del restaurante, no hacían más que mirarse, mandarse mensajitos y rozarse por los pasillos de La Marquise, pero de lo demás muy poco. No tenían un puñetero lugar donde verse a solas; por supuesto el piso de los O'Keefe en Mayfair quedaba descartado y el suyo en Camden Town también, porque lo compartía con sus compañeros de trabajo, así que solo les había quedado Dublín. Una muy mala idea. Ella se había empeñado en ir a la casa supuestamente vacía de Paddy y Manuela y de milagro no los habían pillado fornicando en el centro de su cocina nueva. Menuda vergüenza.

Tras el incidente quiso hablar tranquilamente con su prima, pero ella le dijo que no quería saber nada más, que prefería vivir en la inopia que mentirle a Paddy, así que no le dio ni la más mínima oportunidad para explicarse. Grace, por su parte, no se atrevía ni a mirarla a los ojos, así que estaban bien jodidos. Llevaban dos semanas de vuelta en Londres y apenas le dirigía la palabra, muerta de vergüenza con Manuela y medio enfadada con él por algo que había dicho delante de ella en su cocina. Alguna tontería de esas que las mujeres se toman tan a pecho. Otra gilipollez, se dijo, una de esas que no soportaba pero que por Grace estaba dispuesto a discutir.

—Hola... —Entró de prisa, tiró el bolso en una silla y se sentó en la otra, bufando—. ¿Por qué has cogido una mesa junto a la ventana?

—Hola, Gracie, ¿buenas tardes?

—Por aquí puede pasar mi tío, ¿sabes?
—Nos arriesgaremos. —Le cogió la mano y ella se la quitó de un tirón—. Paddy va camino de Dublín, esta noche es la pelea de Paddy Jr.
—Es cierto. —Se atusó el pelo, miró a la camarera y le pidió una taza de té—. Estoy paranoica.
—¿Por qué no has ido a ver a tu primo?
—Las mujeres de la familia no vamos a esas cosas, y además así me quedo con la tía Manuela, para ayudarla con Michael.
—¿No permiten mujeres?
—Claro que permiten mujeres, pero no a nosotras, no a las de la familia: ni esposas, ni madres, ni nada parecido.
—Ah, pues yo lamento no haber podido ir, tengo mucha curiosidad al respecto.
—Habrá más.
—Eso espero... Me han dicho que tu tío también peleaba y que era campeón.
—Él y mi abuelo, el tío Sean, incluso mi padre, a todos les va ese rollo.
—Y qué raro que deje a Manuela dos días aquí sola, ¿no?
—Él tiene que supervisar todo el tema, ella no quiere viajar otra vez con todo lo que tiene que hacer y para eso estoy yo aquí.
—Vale, ¿y qué pasa? ¿De qué querías hablar? ¿Sigues enfadada conmigo? —Se concentró en sus preciosos ojazos y empezó a divagar sobre el tono, la pureza y la intensidad de ese verde espectacular y ella carraspeó.
—¿Me escuchas?
—Sí, claro, solo estaba pensando en lo guapa que eres.
—Sí, ya, muy gracioso. —Bufó y él le sonrió.
—Es verdad, eres la chica más guapa que conozco.
—¿No has visto a la tía Manuela?
—Ella es mi prima y no la veo de ningún modo.
—Pues yo creo que es la chica más guapa que he visto en toda mi vida.

—¿Y me parezco algo a ella?

—No mucho. Bueno, ella es muchísimo más guapa.

—Gracias.

—Tú eres un hombre, no necesitas ser el más guapo del país.

—Vale... —Le guiñó un ojo y ella suspiró.

—Siempre me hablas como si tuviera cinco años.

—Solo estaba bromeando, Grace. —Esperó a que le sirvieran su té y habló otra vez—. Bueno, dime qué quieres, qué te pasa conmigo y si puedo hacer algo para hacerte feliz.

—Quedan quince días para volver a casa y he estado pensando... La única forma de que nos veamos, seamos algo más que amigos o como quieras llamarlo, es hablando con mis padres y haciéndolo oficial, si no, va a ser muy complicado seguir juntos.

—¿Y qué significa hablar con tu familia?

—Formalizarlo.

—¿De qué forma?

—¿De qué forma se formalizan las cosas? Pues convirtiéndolo en una relación seria, de compromiso.

—No estoy preparado para comprometerme y hablar de matrimonio. —Se movió en la silla y sintió como hielo bajando por su espalda—. Soy muy joven aún y...

—No eres joven, tienes treinta años, pero entiendo que no quieras un compromiso de matrimonio. Es lo normal. En todo caso podemos oficializarlo y no hablar de boda, no hay prisa.

—Pero eso me convertiría en tu novio oficial, ¿no? —Ella asintió—. Y si lo dejáramos o nos peleáramos o algo parecido, ¿qué pasaría conmigo? No quisiera perder el afecto de tu familia, no...

—¿Sabes qué? Si antes de empezar ya hablas de romper, déjalo, Diego. —Hizo amago de levantarse y él le agarró la mano.

—No, espera, discúlpame, pero ponte en mi lugar. Me gustas mucho, estoy dispuesto a intentarlo contigo, pero no quiero que antes de dar dos pasos estemos comprometidos a muerte, no es muy normal. Creo que necesitamos tiempo para ver qué sentimos y cómo nos llevamos antes de formalizar nada.

—Pues entre mi gente es al revés.

—Pero yo no soy gitano, Grace, compréndeme.

—¿Y quién me comprende a mí?

—¿Y tú estás segura de querer comprometerte? ¿Ahora? Apenas nos conocemos.

—Solo sé que quiero vivir tranquila, sin esconderme y, si para eso debo comprometerme, lo haré.

—Para ti es fácil porque si sale mal y rompemos, nadie te dirá nada, pero a mí… a mí me correrán a sombrerazos desde Dublín a Madrid, ¿no lo entiendes? Y hay muchas cosas en juego: mi relación con Manuela y Paddy, con tu familia e incluso mi trabajo.

—Vale. Pues fin de la historia. Deberíamos irnos, es tarde.

—¿Ya está?

—Si no podemos hacerlo oficial no podremos ni mirarnos en Dublín, donde estaremos rodeados a todas horas por mi familia, así que no hay mucho que hacer, Diego. No puedo presionarte, te entiendo, pero tú entiéndeme a mí.

—Claro.

—Pues ya está, y tan amigos. —Se levantó y puso dinero en la mesa—. ¿Nos vamos?

—Vale.

—Si algún día quieres dar un paso más allá me lo dices, igual aún estoy libre y podemos intentarlo, pero de otra forma no habrá nada.

—Muy bien.

—Perfecto, vámonos.

Salieron a la calle, caminaron dos pasos y sintió el impulso de abrazarla y llevarla por la calle como a su chica, no como a una medio sobrina política a la que estaba escoltando por Mayfair. Era curioso, pero el hecho de que ella le diera el corte de esa manera lo descolocaba mucho más de lo aceptable. ¿Qué coño estaba haciendo? ¿Sería capaz de hablar con los O'Keefe y poner las cartas sobre las mesa? ¿Podría estar a la altura? ¿Saldría vivo de Dublín si metía la pata con Grace que apenas tenía diecinueve años? ¿Valía la pena? ¿Qué demonios esperaba de la vida? ¿Qué era lo correcto? ¿Qué estaba sintiendo? ¿Le gustaba lo suficiente como para apostar el cuello, el trabajo, el futuro y todo lo demás por ella? Se detuvo con un hueco enorme abriéndose paso en su estómago y Grace lo miró de reojo, se acercó, le acarició el pelo y él supo que estaba loco por ella, sí, pero no como para poner su vida entera en sus manos, no de momento.

—¿Qué te pasa, Diego?

—Me gustas muchísimo, creo que no puedo olvidarme de ti. De hecho, llevo muchas semanas, muchísimas, sin ver a otra persona, aunque ni siquiera te acuestes conmigo, pero no puedo vivir con la carga de comprometerme ante tu familia.

—Bueno, ya lo has dicho antes.

—Sin embargo, ¿por qué no intentamos hacerlo sin desvelar nuestro secreto, eh? Sé que podemos hacerlo, deberíamos intentarlo y, si todo marcha bien, primero hablaré con Paddy y luego iré a tu casa y se lo diré a tus padres, a tus abuelos y a quien haga falta.

—No te creo.

—Te doy mi palabra de honor.

—No sé... —Miró a su alrededor y él la sujetó por la cintura, la puso contra la pared y la besó con toda la energía que fue capaz de desplegar para convencerla. Ella respondió con la misma pasión y luego le puso una mano en el pecho para mirarlo a los ojos—. Me cuesta creer que después de tenerme quieras comprometerte conmigo, que no soy ni la sombra de las mujeres que te gustan. No creo que hables en serio, pero, vale, hagamos un intento. Tú también me gustas mucho.

—No eres ni la sombra de las mujeres con las que he salido antes porque eres mucho mejor, Gracie.

—Qué embaucador —soltó muerta de la risa, y miró la hora—. La tía Manuela tenía hora en el médico y luego se iba directamente a La Marquise. La casa está vacía, tenemos al menos una hora antes de…

—Genial —respondió sin dejarla terminar. La agarró de la mano y salieron corriendo hacia la el piso de los O'Keefe, que estaba a menos de cinco minutos andando.

Capítulo 34

En septiembre le correspondían dos semanas de vacaciones. Manuela le había entregado el planning y le dijo que podía tomárselas del quince al treinta de ese mes, pero él no estaba seguro de hacerlo si La Marquise Dublín, en ese momento, solo llevaría abierta un mes. Sin embargo, ella le dijo que era lo que le correspondía por su trabajo en Londres y que no cabía discusión. Mala fecha, opinó María, pensando en su parto y todo lo demás, pero Manuela parecía inflexible y él no podía hacer nada contra eso, así que se había puesto a pensar en qué podía hacer durante su descanso. Por supuesto, tenía que ir a Madrid a ver a la familia y los amigos, eso podía llevarle una semanita, y la siguiente podía ser llevarse a Grace a algún sitio romántico, tal vez Ibiza, Menorca o París. Ella también tenía sus vacaciones en el mismo período y aún no conocía España, así que si lo organizaban bien estaba claro que podían quedar en Menorca, por ejemplo, para encerrarse en el hotel a disfrutar como descosidos.

Le encantaba el sexo con Grace, era dulce y pausada, muy apasionada, pero se lo tomaba con calma y era muy cariñosa. Además estaba buenísima y podía pasarse horas besándole cada pequita de su piel de porcelana sin aburrirse, y se reían mucho juntos. Llevaban unos días haciéndolo en cualquier parte, incluso en la bodega de La Marquise, y luego les entraba un ataque de risa muy saludable, sobre todo, si podían conseguirlo en medio del turno de cenas, cuando aquello bullía de gente que no les prestaba la más mínima atención.

Era genial estar con ella y con el beneplácito del propio Paddy podía llamar al orden a cualquier capullo que osara tirarle los tejos, así que vivía más tranquilo, esperando el momento de secuestrarla para hacerle el amor a toda prisa o despacio si conseguían el escenario adecuado. La bomba. Incluso le gustaba probar cosas nuevas, posturas que normalmente sus ex no soportaban o jueguecitos absurdos como disfrazarse de camarera francesa para él, en un hotel diminuto del centro, donde alquilaron una habitación por horas para desatarse en una orgía alegre y divertida que les llevó a follar sin parar casi todo su día libre. Lo más duro era disimular delante de sus conocidos y en el trabajo, pero podrían vivir con ello, él podría y sabía que Grace también.

—Primo —Paddy se acercó y le palmoteó la espalda—. ¿Qué tal?

—Hola, tío. ¿No ibas a dejar de fumar? —Sonrió al verlo encender un pitillo. Acababan de superar el turno de comidas y se había escapado al parking para descansar y distraerse.

—Iba, pero es complicado. —Se echó a reír y se sentó a su lado, en uno de los bancos del pequeño jardín, estirando las piernas.

—Joder, macho, me encanta tu camisa. —Le miró la camisa blanca impoluta, tejido Oxford, que él llevaba abierta hasta el cuarto botón, con ojos golosos—. Y esos vaqueros, de ese color precisamente, no los encuentro por ninguna parte.

—La camisa es de mi camisería habitual, a ver si te pasas de una vez para que te hagan una, y los vaqueros son más viejos que yo, tío, por eso no los encuentras.

—Será eso —bromeó mirando la entrada del restaurante—. Echaré de menos este sitio, pero me muero de ganas de mudarme a Dublín.

—Y yo, ya solo quedan cuatro días.

—¿Y cómo lo lleva Manuela?

—Como está tan ocupada con la mudanza no asimila mucho el asunto, pero sé que los echará mucho de menos, al personal, al restaurante y por supuesto a María, que es su ojito derecho.

—Ahora tendrá que conformarse con nosotros.

—Eso... —sonrió—, pero irá todo bien. La Marquise Dublín será su otro bebé y eso la hará feliz.

—Menudo poderío... —soltó en español y Patrick lo miró de reojo.

—«Poderío».

—Quiero decir que con tanto negocio tenéis mucho poder, ya me entiendes, sobre todo tú, que eres responsable de tanta gente. Es una pasada.

—¿Poder? Nah, eso no es poder, Diego, el poder es otra cosa...

—¿Qué cosa?

—El poder es el que tiene tu prima sobre mí, ella es dueña de mi vida entera. Un día ya no me mira igual o deja de quererme y entonces yo hecho trizas de un plumazo, eso sí que es tener poder.

—¿Qué? —Se echó a reír y vio que él estaba sonriendo—. ¿En serio?

—Completamente en serio, mira... —Le hizo un gesto con la cabeza hacia la entrada del parking, donde en ese momento entraba Manuela charlando con María. Llevaba a Michael en brazos, acomodado en su cadera, y lucía su embarazo de seis meses con un precioso vestido recto de lino blanco, que le sentaba a las mil maravillas—. Ella, Michael y mi nuevo cachorrito, todo el poder en sus manos. Eso sí que es una pasada.

—Sí... —No atinó a decir nada más y observó como él se levantaba, tiraba la colilla al suelo y se acercaba a su mujer con una gran sonrisa.

Palabras sabias, pensó, sabias y sinceras. ¿Quién podía imaginar que un tío con la pasta, la facha y la experiencia de Patrick O'Keefe pudiera reconocer algo semejante en voz alta? Seguramente porque su pasta, su facha y su poderío le permitían admitir que estaba loco por su mujer y su familia sin despeinarse. Eso sí que era una pasada, y se preguntó si estar enamorado de verdad era sentir aquello, es decir, si significaba poner realmente la vida en manos de tu otra mitad, admitirlo y hasta disfrutarlo.

—Deja a mamá en paz un ratito. —Oyó que estaba diciéndole a Michael mientras lo cogía en brazos—. Hola, nena, ¿qué tal?

—Bien —contestó ella poniéndose de puntillas para besarlo en la boca—, pero no encuentro las dichosas vitaminas, las hemos encargado y me las mandarán a Irlanda.

—Seguro que las pillamos en Dublín.

—Creo que no. ¿Qué tal, Diego? —Lo miró a él, que se había acercado en silencio, y sonrió—. ¿Tú ya tienes todo listo para el traslado?

—Yo sí, dos maletas y poco más.

—¿Y dónde te quedas al final? —preguntó María mientras Michael se estiraba para intentar regresar a los brazos de su madre.

—Al principio en el piso de Paddy Jr. y Frank; el uno de agosto me dan las llaves del estudio cerca del parque.

—Menuda suerte has tenido.

—Sí, la verdad es que sí.

—Michael, ya está bien, al suelo y andando, que no eres un bebé. —Paddy se puso serio y el pequeño pisó la gravilla de la entrada medio lloriqueando—. Ya es suficiente, cachorrito, ¿eh? No seas insufrible. ¿Quieres ir a buscar un bollito a la cocina?

—¡No! Mamá. —Se agarró a sus piernas y ella se agachó y lo cogió en brazos.

—Qué pesadilla, en serio, cariño. —Le besó los mofletes y los miró a todos—. Me voy al despacho un rato, tengo que cerrar unas cuantas cosas.

—Dame al cachorrito, yo me ocupo de él.

—No, déjalo, se queda jugando en la oficina. ¿Has llamado a Jonathan? Me ha llamado dos veces.

—Sí, no hay problema… un momento —dijo, y se apartó del grupo para hablar por teléfono. Diego miró a Michael y le sonrió.

—Qué ojazos tienes, Miguelito. —El pequeñajo lo observó primero con cara de pregunta y luego le devolvió la sonrisa—. Eso es, no llores, tu mamá no se te va a escapar.

—Mamá… —dijo y la abrazó fuerte—. Vamos, oficina.

—Sí, vamos a jugar al despacho mientras mamá trabaja, ¿de acuerdo? —Él asintió—. Muy bien, os veo luego. Paddy, ¿qué pasa, mi amor?

—Nada, *Spanish Lady*. ¿Te arreglas bien con Michael? Tengo que ir a ver un asunto a Battersea.

—Claro, no te preocupes. Además, acabo y me voy. Grace también termina a las cinco y nos vamos juntas.

—Perfecto, te quiero. —Se acercó y le plantó un par de besos en la boca, luego besó a su hijo en la cabeza y se giró hacia Diego haciéndole un gesto para que lo siguiera—. Ven un momento, primo.

—¿Qué ocurre? —Lo siguió hacia su Austin Mini y esperó a que le hablara mientras abría la puerta.

—Duncan ha encontrado a nuestro Dimitri.

—¡¿Qué?! ¿Y lo tiene retenido?

—No, ha quedado con él en Battersea, no le digas nada a…

—¿Puedo ir?

—¿Estás seguro?

—Sí… —Se lo pensó medio segundo y sintió vértigo, pero luego lo miró a los ojos y asintió— no me lo perdería por nada del mundo.

Nunca había estado en Battersea, aunque había oído hablar continuamente de que Duncan y otros familiares y amigos de

Patrick vivían allí. Era un barrio fuera de la almendra central de Londres, muy industrial e interesante a ojos de un turista ávido de ese tipo de construcciones de ladrillo oscuro, tan propias de la revolución industrial, y le encantó. Por un momento se olvidó del fin último de su visita a la zona y disfrutó recorriendo sus calles, en silencio, sin cruzar una sola palabra con Paddy, hasta que de repente abandonaron las casas pareadas y salieron hacia una especie de polígono industrial donde se encontraron con un ordenado parque de caravanas. Patrick aparcó a la entrada y le hizo un gesto para que lo siguiera, enseguida se asomaron cabezas y la gente salió a saludarlo con palmaditas en la espalda y bastante respeto, o eso le pareció a él, hasta que llegaron al final del campamento y Paddy se deshizo de la gente con una venia imperceptible pero totalmente efectiva. Alucinante. En medio segundo el grupo se dispersó y él miró al frente esperando ver aparecer a Duncan, que lo hizo casi de inmediato.

—¿Qué?

—Está a punto de llegar.

—¿Qué le has dicho?

—Que queremos hacer negocios con él.

—Muy bien, vamos.

—¿El primo Diego también? —Duncan le guiñó un ojo y él empezó a temerse lo peor, pero cuadró los hombros y sonrió. Fuera lo que fuera a pasar allí, ya estaba metido hasta el cuello, así que solo quedaba atarse los machos y tragar.

—Claro, ¿hay algún problema?

—No, ninguno, primo, tú eres de la familia.

—Eso es… —Sonrió otra vez y miró a Paddy de reojo, él le sonrió y lo animó a pasar a la parte trasera del poblado, muy cerca de unas líneas de tren o de metro, donde había contenedores, basura y trastos varios. Solo se oía el ir y venir de trenes y de repente notó que había cuatro tíos más, cachas y enormes, dispuestos a darles apoyo o a protegerlos. No estaba claro, pero al menos estaban allí y eso lo tranquilizó un poco.

—¿Qué tal, Paddy? —Uno de ellos se acercó y le dio la mano—. ¿Qué tal la mujer y los hijos?

—Estupendamente, gracias. ¿Y los tuyos, Bill?

—Rachel preñada otra vez, ya vamos por el sexto.

—Enhorabuena, Manuela espera el segundo para septiembre.

—Dale recuerdos.

—Claro... Te presento a su primo, Diego Vergara, de Madrid como ella.

—Encantado. —Ese tipo gigantesco era extremadamente cortés y Diego empezó a sentirse en medio de una cámara oculta o algo así. Era de locos y solo atinó a devolver apretones de manos y sonreír sin parecer muy gilipollas.

—Ahí viene... —susurró Duncan apartándose para ir a recibir al ruso, que apareció con un colega bastante joven. Diego se preguntó si estarían armados y dio un paso atrás.

—¡¿Qué coño es esto, cabrón?! —gritó al ver a Patrick, y echó mano al bolsillo de su chaqueta, pero el pequeño grupo los rodeó y los inmovilizó en un santiamén.

—Solo quería hablar contigo. —Paddy tiró la colilla al suelo y se acercó con las manos en los bolsillos—. Ya me cansé de que intentes joderme la vida.

—Yo no he hecho nada, y tú, cabrón, que te chivaste a la poli —escupió hacia él, más asustado que otra cosa—. Cobarde de mierda.

—No le faltes al primo Diego o habrá más que palabras. —Duncan lo empujó y el ruso se calló.

—Vale, me vas a decir para quién trabajas y así acabamos con esta mierda de una vez. —Paddy parecía tan tranquilo, como hablando del último partido de golf—. ¿Eh? Dime quién es el gran jefe.

—Nadie, yo trabajo por libre.

—No, no eres más que un camello de poca monta. Nadie te conoce por aquí, a nadie le suena ni tu cara, así que me vas a decir quién es tu jefe por las buenas o acabaré rompiéndote las piernas y no quiero ensuciarme las manos contigo.

—Trabajo solo y yo no he hecho nada, solo intentaba defender a mi chica.

—Eso está mejor —asintió Paddy mirando a su gente—. O sea, que solo quería defender a su chica. Eso es muy loable, salvo que a mí me ha costado una pasta.

—Hice lo que cualquier tío haría por su mujer.

—Nah, yo creo que hiciste lo que cualquier camello haría si perdiera un punto de venta tan cojonudo como mi local, ¿no? —Se le acercó más y el tipo, que era más bajo y más escuálido que él, miró al suelo sudando—. ¿Te crees que somos gilipollas?

—No, yo...

—Tienes una última oportunidad. Dime quién es tu jefe y el problema ya lo tendrá él conmigo y no tú, ¿qué te parece?

—No hay nadie.

—Estupendo. Bill, apriétalo un poco, ¿quieres? —El tiarrón avanzó con el ceño fruncido. Diego dio otro paso atrás con unas ganas enormes de salir corriendo de allí y el ruso los miró a todos con ojos de pánico.

—Si te digo quién es mi jefe nos matará a los dos.

—Correré ese riesgo.

—No volveré a acercarme a tu local y...

—Eso desde luego, Dimitri, no volverás ni a pisar Mayfair, ¿me oyes? Ni a mirar mi local, ni a mi gente, ni a mi familia, porque si lo haces te arrancaré la cabeza con mis propias manos. Pero, aun así, dime quién demonios es tu jefe.

—No sabíamos quiénes erais, quién eras tú... —habló su colega muy acojonado, y Paddy le clavó los ojos claros.

—Pues ahora ya sabéis quiénes somos, os queda clarísimo para el futuro. Sin embargo, quiero el nombre de vuestro jefe...

—¡Venga! Es tardísimo —opinó Duncan sacando el puño a pasear. Le asestó un derechazo espectacular al más joven en la cara y Dimitri habló instantáneamente.

—Alexey Sokolov. Ese es mi jefe y pégame a mí, pero deja en paz a mi hermano.

—Muy bien... —Paddy agarró el móvil y se alejó del grupo para hablar. Duncan no soltó a los rusos y miró a Diego con una media sonrisa. Él, que estaba a punto de vomitar, empezó a imaginarse lo peor: policía, mafia, rusos, películas de Guy Ritchie. Tal vez había sido una idea pésima meterse en ese embrollo, tal vez había sido horrible que Manuela emparentara con personas que eran capaces de acojonar de esa manera, y Grace... su ninfa de ojos verdes... que llevaba en la sangre...—. Vamos.

—¿Adónde vamos? —quiso saber.

—A ver a su jefe, tenemos que zanjar esto ahora.

—¿A ver a su jefe? —Lo siguió por el parque de caravanas, donde no se veía un alma, y llegó al coche con el corazón en la garganta—. ¿No deberías llamar a la policía? ¿No es muy peligroso entrar en ese mundo, Paddy? ¿Qué pensaría Manuela...?

—A ella no la metas en esto, ¿queda claro? Y, si no quieres venir, estupendo, coge un taxi y vuelve al centro.

—No, yo voy contigo. —Se envalentonó y, sin hacer caso a su lado más sensato, se subió al Austin Mini con Patrick y Duncan, mientras los demás metían a los rusos dentro de una furgoneta cochambrosa.

Ninguno habló, ni comentó nada, y aceleraron hacia una carretera de salida casi sin mirarse. Diego no quiso abrir la boca ni preguntar nada y empezó a pensar en Grace. Solo podía pensar en ella, en sus preciosos ojos verdes, en ese aire frágil y etéreo que la rodeaba, en lo que la necesitaba, y se paralizó. Estaba prácticamente enamorado de ella, o eso creyó sentir, en medio de aquella situación desquiciante, con un grupo de gitanos (parientes suyos) dueños de una mala leche increíble, camino de ver a un ruso mafioso que seguramente no los recibiría entre aplausos. «¿Quién te ha visto y quién te ve?», meditó, cada vez más incómodo y preocupado. «Diego Vergara, ¿dónde te has metido, chaval? ¿Qué coño estás haciendo? Y lo más importante, ¿cómo demonios saldrás de esta?».

De repente, ya oscureciendo, llegaron a una especie de almacén cerca del río. No tenía ni pajolera idea de dónde estaban, pero le pareció siniestro, influencia clara de todo el cine que se había tragado en su vida, y puso pie en tierra muerto de miedo. Asustado, sí, pero con la certeza de que prefería estar allí que en La Marquise, ajeno a todo el lío. No sabía si eran sus compañeros de viaje o la adrenalina lo que estaba funcionando, pero de pronto se plantó firme y se dijo: «A por todas, que estas cosas no le suelen pasar en la puta vida a nadie que conozcas».

—¿Entramos? —quiso saber Duncan, y Paddy negó con la cabeza encendiendo un pitillo.
—No, ya saldrán a buscarnos.
—Estamos todos muertos —susurró Dimitri mirando al grupo—. No tienes ni idea de dónde te metes. Ni gitanos, ni irlandeses, ni la madre que os parió. Para Alexey no seréis más que puta escoria.
—¿Quieres que le meta una hostia, Paddy?
—No, déjalo, Billy, ya se ocuparán de él sus paisanos.
—Una puta mierda.
—Cállate, tío.
—¿Vas a dejar a tu mujer viuda?
—¿Cómo dices?
—Que si no nos vamos de aquí ahora mismo, vas a dejar a tu mujercita viuda, con lo buena que está, si hasta preñada está para... —No alcanzó a terminar la frase. Diego vio como Paddy daba dos pasos y le asestaba una leche monumental. El tipo se removió y cayó al suelo con varios dientes menos.
—A mi mujer ni la mientes o te remato aquí mismo, ¿queda claro?
—¡Pero ¿qué está pasando aquí?! —Una voz muy potente con fuerte acento ruso se escuchó en medio del silencio y Diego saltó literalmente en su sitio, se giró hacia ella y vio apa-

recer a un tipo rechoncho, con bigotes y gafas ópticas de pasta, rodeado por media docena de guardaespaldas. Tragó saliva y volvió a pensar en los ojos verdes de Grace.

—Alexey… —habló el hermano de Dimitri, y se lanzó a una perorata en ruso que el recién llegado detuvo en seco.

—¡Cállate, idiota! —gritó, y luego miró a Paddy con el ceño fruncido, dio un paso atrás, abrió los brazos y sonrió—. ¡Patrick O'Keefe, hijo de la gran puta, ¿por qué nunca vienes a verme, cabrón?!

—Ya ves, Alexey, hoy ha sido la ocasión.

—Ven a mis brazos, hombre. —El ruso caminó unos pasos y Paddy se acercó para abrazarlo. Diego sintió como el corazón se le paraba en el pecho y miró a Duncan, que estaba sonriendo de oreja a oreja—. Que sepáis que este es el mejor campeón de boxeo sin guantes que ha habido en los últimos veinte años. ¿Qué digo veinte años? En los últimos treinta o cuarenta. Siempre me has hecho ganar mucha pasta, Paddy, cabrón.

—Lo sé, Alexey. ¿Y cómo estás?

—Bien, luchando con los kilos y el colesterol, mi mujer me tiene frito. ¿Y tú? ¿Qué tal tu *Spanish Lady*, tan guapa como siempre?

—Más, mucho más guapa, embarazada del segundo.

—¡Cuánto me alegro, hombre! ¿Y qué coño me traes? —Los dos miraron a Dimitri, que seguía medio inconsciente por el puñetazo, y Paddy suspiró.

—Este cabrito dice que trabaja para ti. Ha estado varios meses pasando droga en mi local y, cuando lo largamos, a él y a su novia, le dio por hacer destrozos e intentar sabotear La Marquise. Es un mierda y quiero que me lo quites de encima.

—No trabaja para mí, trabaja para el idiota de mi hijo Sergei, pero me ocuparé de él. Debiste avisar antes si estaba molestando.

—No lo pillábamos y no sabía de quién era.

—Pues ya lo sabes, déjalo en mis manos.

—Gracias, Alexey. Te debo una.

—De eso nada. ¿Y cuándo vuelves al ring?

—Yo ya no, pero hace unos días Paddy Jr. se estrenó en Dublín. Sean lo traerá a Londres pronto y te avisaremos.

—Cuento con ello. ¿Os quedáis a tomar algo?

—No, hoy no, tengo mucha faena, pero te llamaré.

—Cuando quieras. ¿Y tú quién eres? —De pronto reparó en Diego, que seguía la escena como en trance, con la boca abierta, y le extendió la mano.

—Es Diego Vergara, primo hermano de Manuela. Diego, te presento a Alexey Sokolov. Empresario y prohombre de éxito.

—Encantado —atinó a decir mirando a ese ruso a la cara.

—Igualmente.

—Nos vamos amigo, te llamaremos.

—Llámame y dime dónde pelea tu chico, iré a verlo donde sea. Lo sabes.

—Eso está hecho, adiós.

Alguien le dio un pequeño empujoncito hacia el coche y él caminó con las rodillas temblorosas. Necesitaba una copa o una tila para superar aquellos minutos previos a la puesta en escena de Paddy, o moriría de un infarto. Había sido la leche, el puto amo, se dijo, sentándose en el asiento junto al conductor del Austin Mini, mientras Duncan y los demás desaparecían en su furgoneta. Patrick abrió la ventanilla, se encendió un pitillo y le ofreció otro sin mirarlo a la cara.

—Ni en sueños imaginé que veníamos a ver a un amigo tuyo. Por un segundo me temí lo peor.

—Alexey es un buen tío. Sus hijos no tanto, pero él es amigo de mi familia desde hace siglos.

—Por eso querías cazar a Dimitri, para ponerlo en evidencia.

—Para entregarlo a sus jefes. En su mundo esto funciona así, ni la poli ni Scotland Yard, lo único que vale para parar los pies a un cabrón de esos es entregarlo a su gente. Ellos se ocuparán.

—¿Y Manuela los conoce? Quiero decir a Alexey.

—Claro, ella sabe que es un viejo amigo de la familia, que va de vez en cuando a cenar a La Marquise.
—Vale.
—Todo lo que ha pasado hoy queda entre nosotros, ¿de acuerdo?
—Por supuesto.
—Nosotros nunca mezclamos a las mujeres en este tipo de asuntos y yo a la mía mucho menos.
—Clarísimo, Paddy. No te preocupes.
—¿Te vienes a cenar a casa? Hay que celebrarlo de alguna manera.
—Sí, gracias.

Asintió y guardó silencio el resto del trayecto a Mayfair, intentando asimilar lo que había visto y oído aquella tarde. Impresionante. Llegaron a la casa sobre las ocho de la noche y cuando abrieron la puerta el aroma a comida casera los recibió con los brazos abiertos. Paddy se fue directo a besar y abrazar a Manuela y él le hizo un gesto a Grace para que lo siguiera al cuarto de baño.

—Dame un abrazo —le dijo metiéndola dentro y cerrando la puerta con pestillo.
—¿Qué te pasa? ¿Estás loco?
—Calla y abrázame, Grace, por favor.

Capítulo 35

Diez días para salir de cuentas. Su doctora de Dublín insistía en que el parto sería el diez de septiembre, pero ella estaba convencida de que Liam llegaría antes. No quería preocupar a Paddy ni a la familia, pero estaba segura y por si acaso ya había metido una maleta con sus cosas y la canastilla del bebé en el coche y había hecho una compra grande por Internet. Todo controlado. No cabía espacio para la improvisación en sus circunstancias, e incluso esa mañana había dejado ropa de Michael en casa de sus suegros y organizado con Nieves, su asistenta, lo que había que hacer cuando ella estuviera en el hospital. Necesitaba tener esos detalles solventados. Aunque Patrick repitiera que se relajara, le resultaba imposible si no tomaba ciertas decisiones y dejaba todo medianamente controlado.

Paró el coche en el semáforo en rojo y pensó en que llegaba tarde otra vez. Afortunadamente, Paddy y Diego estaban llevando todo el peso de la recientemente inaugurada Marquise Dublín. Según lo previsto, abrieron sus puertas el jueves quince de julio, con una gran fiesta organizada por su antiguo jefe, Peter Minstri, que se había querido ocupar de toda la logística del evento, incluido el conseguir la asistencia de la flor y nata de la alta sociedad irlandesa a la fiesta, entre ellos Ronan y Eloisse Molhoney, a los que pudo confirmar personalmente que Michael había sido aceptado en el colegio que ellos le habían recomendado.

El pequeñajo empezaría a ir a su nuevo cole en primavera, como adaptación, a la espera de cumplir los tres años en junio y en septiembre podría empezar el preescolar con normalidad. Estaba muy contenta de haber conseguido matrícula en un centro tan bueno y vanguardista y ya había apuntado a Liam, para un futuro. Aunque le habían jurado que una vez uno de sus hijos estaba dentro, los demás hermanos automáticamente conseguirían plaza, era mejor curarse en salud. Cosas de coles, madres y niños. Muchas cosas que ya le estaban ocupando demasiadas horas de su escaso tiempo.

El primer año del máster lo había superado por los pelos y decidió pedir traslado de expediente al Trinity College para seguir con los cursos en Dublín aunque, obviamente, no estaba segura de sí podría llevar adelante sus planes. Por mucho que Paddy se dividiera por diez e intentara darle cobertura en todo, con dos bebés en casa, y uno de pecho, las cosas no serían tan sencillas. Seguramente congelaría el asunto para cuando Liam tuviera más autonomía y pudiera ir a una guardería.

La guardería, suspiró poniendo en marcha otra vez el coche. Llevaban dos meses en Dublín y el tema guardería se había convertido en tabú. Incluso su suegra lloraba desconsoladamente cada vez que mencionaban la posibilidad de llevar a Michael y al bebé a una estupenda que habían encontrado cerca del restaurante. Se negaba en redondo y se mostraba hasta ofendida de que no le quisieran confiar a sus nietos, así que, ante las súplicas de Paddy, tuvo que acceder a que Michael pasara las mañanas con su abuela y el día entero, cuando era necesario, alejándolo de la posibilidad de socializarse y convivir con otros niños de su edad, asunto que parecía no importarle a nadie salvo a ella.

Afortunadamente, el nuevo equipo de La Marquise Dublín, con Diego y el chef Bobby Richardson a la cabeza, empezaba a funcionar como una máquina bien engrasada y aquello le permitía volver pronto a casa y trabajar desde allí. Los chicos estaban haciendo un gran trabajo, los cursos de entrenamiento habían servido para separar la paja del heno y finalmente se habían quedado con un *staff* de personas comprometidas, trabajadoras y responsables. Un pequeño universo de camareros, personal de cocina y administrativos que estaba asimilando el espíritu de La Marquise a las mil maravillas y que cada noche atendían un restaurante lleno, donde las reservas se hacían con semanas de antelación: un éxito total, les decía todo el mundo mientras ellos intentaban implementar cuanto antes el club y la zona vip, que era lo único que les quedaba por inaugurar.

Afortunadamente, las despedidas de Londres ya habían quedado atrás, porque habían sido duras. Dejar a María, a Borja y a su equipo había sido como cortarse un brazo, pero al menos estaba valiendo la pena y su amiga llevaba dos fines de semana apareciendo por Dublín acompañada por Borja, que se lo pasaba en grande allí con Paddy, Diego y los chicos. Se veían más tranquilamente que en Londres, y cuando naciera Liam iban a tomarse una semana para quedarse con ellos y el bebé. Tenían guardados días de sus vacaciones para la ocasión y la sola perspectiva de tenerlos en casa la hacía muy feliz. Nunca había sido muy apegada a nada, pero no podía prescindir de María, eso estaba clarísimo, y Paddy opinaba que era lo más natural del mundo.

—Hola, mi amor —contestó al manos libres girando hacia St. Stephen Green.

—¿Dónde te metes, *Spanish Lady*?

—Ya casi llego. Me retrasé un poco en casa de tu madre y luego en todo lo demás, pero ya he acabado y comemos juntos, ¿quieres?

—No me gusta que vayas conduciendo sola. —Suspiró y ella sonrió—. Está bien, ven enseguida.

—Diez minutos. ¿Pasa algo?

—No, todo en orden. ¿Y tú cómo estás?

—Bien, la reunión de la cámara de comercio fue muy interesante, aunque la próxima vez quieren conocerte. Un poco machistas, pero en fin —se echó a reír—, nos dan la bienvenida con los brazos abiertos.

—Genial. ¿Has visto lo de los proveedores españoles?

—Sí, hablé con ellos, pero luego te cuento, llego enseguida.

—Vale, con cuidado.

—Sí, cariño. Te quiero.

Callejeó un poco y aparcó fuera del restaurante, sacó las carpetas y las abrió buscando el teléfono del comercial del whisky al que había que llamar. Era de Glasgow y apenas le entendía por teléfono, así que decidió que mejor se lo pasaba a Paddy, aunque debía llamarlo antes de la una de la tarde. Miró la hora y confirmó que era la una menos cuarto, debía darse prisa. Entró en el jardincito que rodeaba la entrada principal de La Marquise Dublín, donde no había parking como en Londres, y enseguida vio a Patrick charlando con un matrimonio mayor junto a la puerta principal. Estaba fumando, apoyado en la balaustrada, y charlaba de lo más animado. Se acercó pensando en sus cosas y buscó nuevamente la tarjeta antes de hablar.

—Lo siento, mi amor, pero necesito que llames urgentemente a Fraser, el del whisky. No quiero interrumpir, pero...

—¿Cómo dice? —La voz era grave y tremendamente familiar, pero no era la de su marido. Subió los ojos y se encontró con unos enormes e inconmensurablemente claros, muy parecidos a los de Paddy, pero definitivamente no era él.

—Ay, Dios. Lo siento muchísimo, pensé que era mi marido, lo siento. ¿Cómo está? —Le extendió la mano mientras ese hombre tan guapo la miraba con una gran sonrisa—. Me llamo Manuela O'Keefe, gerente del restaurante. Siento mucho la confusión.

—Michael Fassbender —dijo él devolviendo el apretón sin dejar de mirarle su tripa de embarazada—. Y estos son mis padres, Adele y Josef.

—Sé quién es, y bienvenidos a La Marquise.

—Muchas gracias, menudo susto —comentó sonriendo hacia sus padres—. Creí que me había perdido algo.

—Lo siento mucho. —Ella se acarició la tripa y los miró con una gran sonrisa—. Creí que era mi marido. Siempre le han dicho que se parece mucho a usted y hoy puedo confirmar que es cierto.

—Lo sé, conozco a su marido, nos presentaron hace años en el Soho, en Londres, en una fiesta privada.

—¿Ah, sí? No sabía nada. ¿Vienen a comer?

—Sí, nos han hablado muy bien de su restaurante.

—Estupendo. —Se giró hacia el portero, que seguía la escena con las manos a la espalda, y lo llamó—. Por favor, ¿puedes llamar a Diego?

—Hecho, señora —dijo el chico, y desapareció. Manuela volvió a mirar a Fassbender, que se había puesto de pie, y confirmó que era un poco más bajo y más delgado que Paddy, pero perfectamente podían pasar por hermanos.

—¿Viven en Dublín?

—Nosotros en Cork —contestó la madre—. Él en Londres, se supone, pero no para, ahora está rodando en Dublín.

—Manuela, ¿necesitas algo? —Diego se materializó a su lado, vestido impecablemente de negro, y miró al actor con la misma cara de sorpresa—. Buenas tardes.

—Diego, te presento a los señores Fassbender. Tienen reserva, pero ocúpate personalmente de ellos, por favor.

—Claro, por supuesto. ¿Me acompañan?

—Los dejo en manos de nuestro segundo de a bordo, el señor Vergara —les dijo llevándolos hacia el hall—. Y siento otra vez la confusión.

—No ha sido nada, ya me he repuesto de la impresión —bromeó Fassbender de lo más simpático, y ella los vio entrar al comedor sintiéndose idiota. Miró hacia la recepción y pilló a Grace con la boca abierta.

—¿Has visto, Gracie?

—Joder, ¿no será un hijo secreto de mi abuelo?

—No creo, ¿dónde está tu tío?

—En el despacho.

—Vale, gracias. —Caminó dos pasos y percibió un pequeño tirón en la espalda. Se detuvo y esperó, pero como no se repitió bajó casi corriendo las escaleras que llevaban hacia la administración, saludó a la secretaria y entró en su bonito despacho sin llamar. Paddy estaba de pie mirando el ordenador y cuando la vio entrar se quedó quieto esperando a que hablara—. ¿Sabes quién está comiendo hoy aquí?

—¿Quién?

—Michael Fassbender con sus padres.

—Ah... —respondió, y volvió a posar los ojos en la pantalla del portátil.

—Le he dado un susto de muerte.

—¿Por?

—Me acerqué, por un segundo creí que eras tú y le dije: «Mi amor, ¿puedes llamar a...?». Al pobre hombre casi le da un infarto.

—¿Lo confundiste conmigo? ¿En serio?

—Tiene el mismo pelo, la estructura general —trató de explicarse mientras él fruncía el ceño—. La misma pinta. Llevaba una camisa negra, como tú esta mañana, y estaba fumando... No sé... Os parecéis muchísimo, Paddy y lo sabes bien porque dice que te conoce de una fiesta en el Soho, hace años.

—Puede ser.

—¿Puede ser?

—Creo que sí.

—Claro que sí, hasta él reconoció que os parecéis.

—Vale. ¿Comemos aquí o en la cocina?

—Pues le di un susto momentáneo, pero un gran susto. —Se acarició la tripa notando lo tensa que estaba.

—¿Un susto? ¿Por qué?

—Porque que se te acerque una mujer, te llame mi amor por todo el morro y además esté a punto de dar a luz, impresiona a cualquiera.

—Seguro que creyó que había ganado la lotería. —La recorrió con los ojos y le guiñó un ojo—. Menudo bombón, y con todo el trabajo hecho.

—Paddy... —Bordeó la mesa para besarlo y fue entonces cuando la espalda volvió a tirar de ella hacia abajo. Se agarró los riñones y se quejó—. Ay, Señor.

—¿Qué te pasa? ¿Estás bien? —De un salto la sujetó y la sentó en una de las butacas—. ¿Manuela?

—Sí... No sé, ha sido una contracción, pero puede ser de aviso.

—¿Sí? ¿Quieres agua? —Ella asintió y el malestar que la invadió le mandó señales claras—. ¿Llamo al médico?

—Esperemos un poquito, ¿sí? Dame la mano. —Él se puso de cuclillas y le apretó la mano—. Llevo todo lo que necesito en el coche, pero habría que... Oh, Dios.

—Cariño, nena, mírame...

—Otra, y es muy seguida. —Se levantó a duras penas y sintió el agua caliente bajándole por las piernas—. Paddy... he roto aguas.

El estrés y la hiperactividad de los últimos dos meses, el cansancio o la ausencia total de reposo, le dijo su doctora, propiciaron el adelanto del parto. Unas cuestiones que importaban bien poco cuando te atacaban las contracciones y todo lo demás ya daba igual. A las dos de la tarde ingresó en el hospital, a las dos y media estaba en su habitación y a partir de las tres las dichosas contracciones se empezaron a suceder de manera vertiginosa, obligando al equipo médico a ponerse en marcha ya sin lugar a dudas de que Liam estaba a punto de nacer.

—Tienes un trabajo de parto impresionante —dijo la doctora Moore con una sonrisa y apartándose de la cama tras auscultarla—. ¿De verdad quieres la epidural, Manuela, o nos lanzamos al parto natural?

—No, nada de parto natural. Que le pongan la anestesia ya

y todos en paz —intervino Paddy bastante tajante—. ¿A qué demonios están esperando?

—Cariño —ella lo llamó con la mano, intentando abandonar la cama, y él la miró atusándose el pelo—. Por favor.

—Lo siento, pero es que con Michael a estas alturas ya...

—Porque era primeriza, pero con el segundo podemos intentar un parto sin química.

—No, no quiero verla así, ¿de acuerdo? —Miró a la mujer con toda la autoridad de la que disponía y ella movió la cabeza.

—La última palabra es de la madre, ella es mi paciente.

—¡¿Qué?!

—Paddy... —Estaba de pie, paseando, y se agarró a la pared respirando hondo. Se iba a partir por la mitad y no estaba para gilipolleces, ni especulaciones, ni dudas al respecto. Sintió la mano de Patrick en la espalda y miró a la doctora, jadeando—. Quiero la epidural.

—Vale, muy bien, mandaré al anestesista.

—Gracias.

—Menuda gilipollas —susurró Paddy, y ella se giró y lo miró a los ojos.

—¿Y tú? No paras de incordiar, deja que hagan su trabajo, ¿quieres?

—Son las siete de la tarde y no hacen nada por aliviarte un poco, no me pidas que...

—Vale, vale, mi amor. Por favor, no te enfades, me duele mucho. —Se echó a llorar y él la acunó contra su pecho, besándole la cabeza y acariciándole la espalda—. ¡Dios bendito!

—Shhh... Venga, respira conmigo... Vamos, *Spanish Lady*. Lo siento, lo siento mucho, pero es qué...

—La madre que lo parió. —Bufó, enderezándose otra vez para mirarlo a los ojos—. Juro por Dios que esta es la última vez, que lo sepas.

—Si yo pudiera me cambiaría gustoso por ti.

—Ni idea, lo dices porque no tienes ni idea.

—Sabes que moriría encantado por ti.

—Ya, pero no puedes parir por mí, así que mejor te callas. ¡Dios! —Lo agarró del brazo y él se inclinó para besarle la frente.

—Te amo, ¿lo sabes, *Spanish Lady*?

—No me consuela, Paddy, te lo digo en serio...

—Pero no lo olvides.

—No, claro, y una mierda...

—¿Señora O'Keefe? —Apareció el médico con una enfermera y le sonrió—. Cuando cese la contracción, avíseme y le aplicaremos la epidural. ¿Sabe cómo va?

—Sí, lo sabemos, ¿quiere hacerlo de una puñetera vez? —protestó Patrick, y el tipo frunció el ceño—. ¿No ve cómo está?

—Vamos, a la cama, póngase en posición, su marido puede cogerle las manos y vamos allá...

Disponer del ánimo y la concentración para que te pongan la epidural supone un esfuerzo titánico a los nueve meses de embarazo y con el cuerpo machacado tras unas horas de contracciones. Sin embargo, tras el agobio inicial sobreviene un alivio delicioso, lento pero seguro, que se apodera de ti y te deja en una nube de bienestar que quieres agradecer de rodillas a todos los médicos y enfermeras que pasan por tu habitación. Así se empezó a sentir de repente, se tiró en la cama y cerró los ojos para intentar guardar energías. Paddy se acostó a su lado y la abrazó canturreándole *Spanish Lady* y hablándole bajito hasta que la puerta se abrió y entró María con su ímpetu habitual.

—Así también quiero parir yo —soltó dejando la mochila en el suelo.

—María...

—Le han puesto la epidural —explicó Paddy, y ella se acercó a la cama.

—¿Estás bien? Pero no me llores, tonta.

—Has venido. —Se abrazaron entre lágrimas y Patrick se levantó para estirarse un poco.

—Pues claro que he venido, ¿cómo me lo iba a perder? ¿Y Michael?
—En casa de mi madre.
—¿Estáis solos?
—No queríamos que nadie nos incordiara.
—Me parece genial.
—Voy... —alcanzó a decir Patrick, y la doctora entró con la bata azul de quirófano puesta.
—Muy bien, si tienes diez de dilatación, nos vamos al paritorio. ¿Quién entra con ella?

Respirar y empujar y sentir que te desgarran por dentro, aunque sin dolor, es algo muy extraño. En el paritorio Patrick estaba a su lado abrazándola y animándola, pero en cuanto la doctora vio asomar la cabecita de Liam lo llamó y le permitió recibir al pequeño con sus propias manos. Él, nervioso pero disimulándolo bien, se sentó en el puesto de la ginecóloga y sujetó a su hijo entre lágrimas, lo que provocó que ella también se pusiera a llorar desconsoladamente y cuando, al fin, lograron que se levantara y le pusiera al bebé en el pecho, los dos ya lloraban sin parar, mirando y tocando la cabecita sucia de Liam, que era exactamente igual que Michael.

—Hola, bebé —le dijo mientras él se movía y abría la boquita diminuta y perfecta buscando su pezón—. Hola, mi amor. Soy mamá.

—Deja que succione, les tranquiliza —opinó la pediatra, y se lo pegó al pecho. Él buscó un poco y luego se enganchó con la pericia de un experto—. ¿Ves? Lo dejamos un ratito y luego me lo llevo para evaluarlo y limpiarlo.

—Gracias.

—Hola, Liam, hola cachorrito. —Paddy se inclinó y le besó la orejita perfecta—. ¿Has visto qué mamá más guapa tienes?

—Es igual que Michael.

—Sí...

—¿Estás bien, mi amor? —Levantó los ojos y con la mano libre le acarició la barbilla. Lloraba sin parar y parecía muy nervioso—. Ya pasó.
—Te amo, ¿lo sabes?
—Claro que lo sé.
—Más que a mi vida.
—Lo sé, yo también te quiero, mi amor.
—No, no tienes ni idea de cómo te quiero yo, ni idea.
—Vale, pues me lo imagino. —Lo acercó y lo besó en la boca. Él se le acurrucó en el cuello y se puso a sollozar como un niño. Manuela levantó los ojos y vio que la enfermera y la doctora los observaban con cara de ternura—. Estaba muy preocupado.
—Es normal. Acabamos el alumbramiento y te llevamos a la habitación. Según ha ido, mañana o pasado te vas a casa.
—¿Qué hora es?
—Las nueve y diez de la noche. Liam O'Keefe ha venido al mundo a las veintiuna horas del dos de septiembre. Enhorabuena.

Capítulo 36

—Ni tonteos, ni sonrisas, ni amabilidades ajenas al servicio exclusivamente profesional —soltó desde su mesa, y Patsy, la camarera, le sonrió—. ¿Te hace gracia?
—¿Tienes novia?
—¿Perdona? —Se levantó y se apartó del escritorio de Manuela con una indignación enorme subiéndole por el pecho.
—Ya me has oído. Hay apuestas para ver si estás comprometido o no.
—Como estás en periodo de prueba, se rescinde tu contrato con carácter inmediato. Recoge tus cosas y mañana puedes venir por tu cheque y tu carta de cese.
—Peor para vosotros —soltó ella moviendo la melena, y Diego frunció el ceño—. Me largo, esto parece un regimiento.
—Bien. —Agarró el teléfono interno y llamó a seguridad—. Owen, ven a dirección, recoge a la señorita Kelly y luego la acompañas a retirar sus cosas de los vestuarios. Está despedida.
—Cabrón —susurró Patsy Kelly, y salió del despacho con esos andares de macarra. ¿Cómo podían haber errado tanto el tiro y haberla contratado? Culpa suya, que era quien la había preseleccionado, ahora tocaría reponer su baja con urgencia.
—Hola, soy Diego Vergara, de La Marquise —dijo al teléfono, volviendo a la mesa—. ¿Qué tal, Shannon? Bien, gracias. Sí, un niño. Está perfectamente, gracias, pero yo te llamo por

otra cosa. Hemos tenido que despedir a una de las empleadas en prácticas, ¿podéis llamar a dos o tres de la reserva para entrevistarlas? Necesitaré una nueva camarera cuanto antes. Gracias. Adiós.

Colgó y respiró hondo, agarró la taza de café y se la bebió a pesar de estar fría. Las reglas de protocolo y atención al cliente de La Marquise eran clarísimas y esa idiota, ajena a todo el compromiso que se les pedía, se dedicaba a tontear con los clientes e incluso a darles su teléfono con guiño de ojos incluido. No llevaba ni tres meses en la casa y ya estaba comportándose de forma muy poco profesional. Era intolerable y no pensaba transigir con eso, además, ese tipo de llamadas al orden mantenían el equilibrio en el resto de la plantilla. ¿Qué? Él mismo se sorprendió de pensar así y se echó a reír.

Estaba agotado, Manuela había dado a luz hacía dos semanas y a Paddy O'Keefe no le habían visto el pelo por el restaurante. No era un eufemismo aquello de que «no se separará del bebé». No. Era un hecho, estaba como loco con su nuevo cachorrito, preocupado por su otro cachorrito y también por su mujer, que se recuperaba rapidísimo del parto, aunque obviamente aún no podía volver a la oficina, así que trabajaba desde casa y, si él había aparecido una o dos mañanas por La Marquise, era mucho decir.

Todo funcionaba perfectamente. Claro, habían tenido dos meses desquiciantes para ponerlo en marcha y prever lo que ocurriría cuando ella diera a luz, pero los problemas cotidianos, el día a día, eran siempre una aventura y se la estaba comiendo él solito, con la ayuda de Grace y dos o tres colaboradores más, como la inestimable aportación del chef Richardson, afortunadamente. Pero en general las decisiones eran suyas y había optado por apechugar cuando podía o llamar a Paddy cuando necesitaba ayuda.

En resumen: iban como la seda, estaban llenando, ya eran referente de glamour y calidad en Dublín y le encantaba su trabajo, no podía negarlo. Hacía semanas que no pisaba el gimnasio, salía de copas o se iba al cine, pero nada de eso le importaba. Llevaba un mes viviendo en su estudio cerca de Saint Stephen Green y aquello le daba autonomía y tranquilidad, comía lo que quería, se acostaba cuando quería y podía recibir a Grace también cuando quería.

Las primeras semanas en Irlanda, en el piso de Paddy Jr. y Frank, habían sido la puta locura. Se levantaban a las tantas, no limpiaban ni recogían nada, se tomaban su comida o sus zumos sin permiso y además, metían chicas a diario montando la de Dios casi todas las noches. Paddy había intentado llamar al orden a su hijo y a su sobrino sin éxito, así que la mudanza a su estudio la valoraba muchísimo más. Estaba encantado y hasta a su madre le había gustado, lo mantenía impoluto y ordenado, un remanso de paz que solo compartía con Grace, con la que seguía viviendo en una nube de romance y sexo desenfrenado bastante delicioso.

Su madre y sus tíos, Alfonso y Cristina, había pasado por Dublín exactamente cuarenta y ocho horas para conocer a Liam. Su madre había aprovechado la ocasión para sumarse al viaje y a él le había tocado llevarlos en coche y ocuparse de que estuvieran bien. Por supuesto, sus tíos babearon bastante con Michael, que era guapísimo y tan majo, y con el recién nacido, aunque se largaron rápido, para alivio de Manuela y sobre todo de Patrick, que los trataba con una indiferencia helada que le impresionó. Jamás había visto a Paddy tan serio delante de alguien y, cuando se atrevió a preguntarle el porqué, él fue tajante: «Jamás se han portado como corresponde con su hija, ni antes ni ahora, así que prefiero mantenerlos a una respetuosa distancia».

Y así fue. Apenas los trató, y fue él quien se los llevó hasta Ballsbridge para que conocieran la casa nueva de Manuela y saludaran a la familia, que los recibió con los brazos abiertos, a pesar de lo cual lo único que salió de boca de la tía Cristina fue: «Como se entere Luis del casoplón que se ha comprado su hermana, le da algo». Lamentable. Por primera vez en su vida sintió vergüenza ajena de su familia, de esos tíos tan fríos que no eran capaces ni de quedarse un par de días más para mimar a sus preciosos nietos. También sintió alivio cuando los dejó en el aeropuerto y su madre lo abrazó diciéndole lo orgullosa que estaba de él y su trabajo en Dublín.

Afortunadamente, Manu contaba con la numerosa, alegre y servicial familia O'Keefe para compensar la inutilidad de la suya. Todos estaban volcados con ella y tras dejar el hospital, a los dos días de ingresar, había miles de brazos femeninos que se peleaban por atender a los niños, ayudarla en casa y procurar que descansara. Ella estaba radiante, delgada e igual que antes del embarazo, guapísima le decía todo el mundo, mientras su marido, embobado con Liam, no se movía de su lado. Una época especial, llena de amor, pensaba él cuando iba a su casa a entregarle papeles para firmar o para hablar del restaurante. Muchos pañales, llantos y olor a bebé, mucho sabor a hogar, se le antojaba, cada vez que llegaba allí y los pillaba ocupadísimos con sus dos enanos.

El nacimiento de Liam también lo empujó a cambiar sus vacaciones. Con el bastón de mando todo suyo, se metió al ordenador y anuló las vacaciones, guardándolas para mejor ocasión. También las de Grace, a la que tampoco iba a poder llevarse a Menorca o a Ibiza como le hubiese gustado porque era imposible que la dejaran viajar sola. La relación con ella se hacía cada día más difícil. En Irlanda su madre le aplicaba un marcaje digno de Cristiano Ronaldo y no la dejaban ni respirar. Al salir del trabajo, directa a casa; el domingo y el lunes libres, con sus hermanos; las mañanas, en casa con la abuela o con Michael... Todo eran pegas y, además, estaban sus primos mayores, que la vigilaban por el rabillo del ojo.

En Londres eran mucho más libres; en Dublín, como ella pronosticó, apenas se podían mirar y en el restaurante no había tanto espacio o zonas libres de ojos como para esconderse y disfrutar. No, allí estaban siempre con gente y cuando, de milagro, conseguían escaparse a su estudio, tampoco podían dormir juntos o quedarse en la cama viendo la tele. Esos humildes placeres les estaban prohibidos porque ella siempre tenía que volver con prisas a alguna parte. Muy duro y de repente empezó a notar cierta fatiga en Grace, que lo miraba con sus preciosos ojos verdes incrédulos, llenos de dudas, como pidiéndole que tomara las riendas de una puta vez. Algo que quería hacer, sí, porque estaba seguro de que no podría prescindir de ella, pero que le costaba horrores enfrentar.

—¿Qué sientes por mí? —le preguntó una mañana antes de entrar a trabajar, mientras él ponía café en su diminuta cocina americana.

—Yo... —Le dio la espalda y abrió la nevera.

—Vale, no digas nada más. Te veo en el restaurante.

—Gracie, cielo, vuelve aquí. ¿Adónde vas?

Y se largó y no volvieron a mencionar el asunto. Jodido. Él no quiso discutirlo porque no tenía mucho que decir y desde entonces ella empezó a poner pegas para verse. Llevaban una semana así y era «lo que faltaba pa'l duro», como diría su padre. No podían ni mirarse y ella lo dificultaba aún más. Genial, una relación de putísima madre en el mejor momento profesional de su vida. Cuando más le apetecía centrarse y no complicarse la vida con historia sentimentales raras, ella empezaba a desvariar, ¿era acaso normal? No, no lo era y lo estaba volviendo loco.

—No podéis venir a mi trabajo y montarme este escándalo. No podéis. —Oyó la voz de Grace al borde del llanto y salió al pasillo, donde ella discutía con sus padres. Jon McGuinness permanecía quieto, con las manos en las caderas, mientras su mujer, una Erin echa un basilisco, la miraba con la boca abierta.

—A mí no me vas a decir tú, mocosa mal criada, dónde puedo o no puedo ir yo... faltaría más.

—Mamá...

—Nada de mamá. Vas a recoger tus cosas y te vienes a casa conmigo, inmediatamente.

—¡No! ¿Estás loca? Tengo una responsabilidad, la tía Manuela...

—La tía Manuela lo entenderá. —La fue a sujetar por el brazo y Grace se apartó de un tirón.

—¡Grace Bridget McGuinness!

—Perdonad, ¿pasa algo? —intervino ante la mirada escandalizada de la secretaria, y les hizo un gesto hacia su despacho—. ¿Por qué no pasáis dentro y habláis más tranquilos?

—Gracias, Diego. ¿Cómo estás, hijo? —Erin le acarició la mejilla y entró a la oficina de dos zancadas. Él cerró la puerta y se quedó quieto—. Perdona que vengamos a estas horas y aquí, pero es que estaba en la peluquería y...

—¡Cállate, mamá! Ya está bien.

—¡No le hables así a tu madre, Grace! —bramó el normalmente pausado Jon, y hasta Diego saltó.

—Estaba en la peluquería y tres amigas, no una sino TRES, me contaron que han visto a esta señorita entrando y saliendo de un edificio de apartamentos del centro, a escondidas, cuando se suponía que estaba con las amigas, trabajando o Dios sabe dónde. ¿Cómo quieres que me lo tome? Llamé a su padre y hemos decidido que, si no es digna de nuestra confianza, tampoco lo es para trabajar en La Marquise.

—¿Qué? —Se puso pálido y Grace le clavó sus inmensos ojos verdes—. No puedes llevártela, al menos no hasta que Manuela termine la baja maternal.

—Seguro que podréis conseguir otra recepcionista.

—No, claro que no, no con su experiencia y conocimiento del negocio. Estamos en pañales aquí y necesito a las personas que ya han trabajado en Londres, no podéis... Os lo pido por favor.

—Es una falta gravísima que nuestra hija se vea a escondidas no sé con quién, en el centro, y nos mienta de esta manera —intervino Jon—. No podemos pasarlo por alto.

—Lo entiendo, pero...

—No habrá marcha atrás. Esta noche hablo con Paddy y Manuela, seguro que lo entenderán. Ellos son padres y para nosotros la confianza es sagrada.

—Sin contar con su honra —interrumpió Erin—, que está completamente en entredicho. Ay, Dios bendito —se puso la mano en la cara y se echó a llorar—, dime al menos que es un hombre decente y que te respeta.

—Ni siquiera he reconocido lo que te han dicho tus amigas y mucho menos que esté viendo a un hombre.

—Esta ciudad es un pañuelo, Grace, no me tomes el pelo.

—No quiero dejar mi trabajo. Me gusta estar aquí, he aprendido mucho, me he esforzado mucho por llegar a...

—Haberlo pensado antes de andar comportándote como una cualquiera. Nosotros no te hemos educado para eso, no solo te faltas al respeto tú, también lo haces a toda la familia.

—Me estáis juzgando injustamente.

—Es lo que hay. Recoge tus cosas y a casa.

—No, por favor, papá. —Se acercó a su padre y él negó con la cabeza, así que se giró y lo miró a él—. Diego, por favor...

—No metas a Diego en tus cosas, él no tiene nada que ver.

—Diego...

—Yo... Por favor, no podéis...

—Fin de la discusión. Ya hablaré yo con Paddy —dijo Jon, agarró a su hija del brazo y la sacó de un empujón hacia la salida—. Recoge tus cosas, Grace, y ni una palabra más o acabarás esta noche durmiendo con mi madre en Kilkenny.

Y salieron caminando deprisa. Él se quedó medio segundo observando cómo ese bruto se la llevaba en volandas y corrió para detenerlo, decirle que no podía tratarla así, que no era la única responsable de nada, que ella era su chica y que nadie podía llamarla «cualquiera» tan alegremente aunque fuera su madre, pero una fuerza sobrenatural lo detuvo a mitad de la escalera. Lo clavó al suelo y ralentizó sus movimientos lo suficiente como para aparecer en el hall de recepción demasiado tarde, cuando ya iban camino del coche gritándole infinidad de cosas al oído. Por un momento sintió el impulso asesino de abofetear al pobre Jon McGuinness, pero obviamente no lo hizo y miró al maître con los ojos muy abiertos cuando este se le acercó con una tablet en la mano.

—¿Qué hacemos sin recepcionista?

—No te preocupes, me quedo yo.

—Bien, tú mandas.

Le entregó el aparato, él se instaló en la mesa donde Grace había colocado unas rosas blancas esa misma mañana y las olió con los ojos llenos de lágrimas. No sabía si estaba más cabreado por cómo se la habían llevado, avergonzándola delante de sus compañeros, por la injusta acusación de la que él era tan responsable como ella, de haberla perdido de una manera absurda o de su ausencia total de hombría en una situación tan delicada. No había tenido los cojones necesarios para sacar la cara por su chica, por su chica de tan solo diecinueve años que sí había tenido la valentía de callarse y no mencionar su nombre en medio del drama.

Era un puto cobarde y se odió a sí mismo por no haber reaccionado a tiempo. Era un cabrón. Uno inmenso y seguramente no se merecía tener a Grace a su lado, ella se merecía algo mucho mejor, un tiarrón gitano de esos que la rondaban y que eran capaces de acojonar al personal y partirse la cara por ella a la primera de cambio. Esos eran para Grace y no un pusilánime, cobarde de mierda como él, más preocupado por su ombligo que por todo lo demás.

—Y una mierda —dijo en español, agarró el teléfono y le mandó un mensaje—: *Lo solucionaré.*

—*???* —contestó Grace, y él sonrió.

—*Yo lo arreglaré, tú tranquila.*

Capítulo 37

Grace no volvió a coger el teléfono. Lo desconectó y cuando Manuela lo llamó para saber qué había pasado él le explicó que era una paranoia de los McGuinness y que no se preocupara, que había pedido a la recepcionista auxiliar que le echara un cable y que todo marchaba estupendamente.

Pero nada marchaba bien y no pudo dejar de pensar en su pobre ninfa pelirroja de ojos verdes, que había asumido el rapapolvo y todas las culpas ella sola. Estaba claro lo que debía hacer, no había que darle tantas vueltas. Lo sabía, debía sacar la cara por Grace, por los dos, pero se estaba jugando mucho, su vida entera, y se preguntó si estaba dispuesto a apostar tan fuerte solo por una mujer, aunque esa mujer fuera Grace.

Apenas durmió esa noche, se despertó varias veces buscando mensajes suyos en el móvil pero por supuesto ella no dio señales de vida. Y cuando se levantó, se duchó y se preparó el desayuno, decidió que tal vez ese era el primer día del resto de su vida, o el último, no estaba claro, pero algo debía hacer.

Se fue a trabajar, entrevistó a las nuevas candidatas para camarera y se pasó la mañana atendiendo el tejemaneje normal de La Marquise. Habló varias veces con María, una con Patrick y a las tres y media de la tarde, superado el turno de comidas, se metió en el cuarto de baño, se lavó la cara y se miró al espejo. Si iba a reaccionar y a comportarse como los O'Keefe esperaban de él, lo haría lo antes posible. Si marchaba bien, de puta madre; si no, pues encajaría la paliza, el escándalo y el destierro, cogería sus cosas y se volvería a Madrid, que tampoco estaba tan mal.

—Hola, Diego. —En cuanto salió a la calle, esa chica tan guapa, espectacular, de los vinos franceses, lo detuvo en la entrada el restaurante y lo agarró del brazo—. ¿Te vas? ¿Podemos hablar?

—Lo siento, Andrea. Voy a la casa de mi jefe para que me firme unos documentos y tengo prisa.

—Oh, pues vaya faena. ¿Ni un café?

—Pues… —La miró de arriba abajo. Llevaba un pantalón de vestir muy serio pero una camisa blanca transparente que dejaba ver el sujetador y sus encantos con toda claridad. Le temblaron las rodillas viendo el espectáculo, pero desvió los ojos y miró hacia la calle—. No, lo siento.

—Vale. Mira —buscó en su bolso y sacó un sobre—, mañana tenemos una comida para nuestros mejores clientes en el hotel Dylan. Habrá cata de vinos con un experto y podréis conocer la nueva carta que tenemos preparada para la navidad.

—Gracias. —Agarró la invitación y se apartó.

—Después podemos hacer algo, ya me entiendes.

—Yo mañana trabajo, así que…

—Joder, tío, qué difícil me lo pones.

—¿Perdón?

—Llevo dos meses tirándote los tejos y ni puñetero caso, ¿no estarás casado y eres de esos que no lleva alianza?

—No, no estoy casado. —Sonrió, pensando en que ni se había dado cuenta que ella le había estado tirando los tejos, y movió la cabeza. En circunstancias normales no la habría dejado escapar y decidió que aquello era una señal más que satisfactoria—. No estoy casado, pero tengo novia.

—¿En serio? No lo sabía.

—Ya. Gracias por la invitación, si puedo escaparme me paso por ahí.

—Genial.

La dejó de pie en la acera, llamó a un taxi y se puso camino de Ballsbridge con una gran sonrisa en la cara. De pronto se sentía pletórico, feliz y muy convencido de lo que había decidido hacer. Llamó a Grace treinta veces al móvil y luego a su casa, pero le dijeron que había salido con su padre, así que no pudo compartir la euforia con ella. No fue posible, pero no le importó y cuando se bajó del taxi y tocó el timbre en la casa de Paddy y Manuela, no le cabía el corazón en el pecho.

—Hola. Pasa primo. —Le abrió Paddy sin camisa y con Liam en brazos. Le sonrió y le hizo un gesto para que lo siguiera al salón, donde tenían poquísimos muebles pero una luz espectacular—. Siéntate un rato con nosotros, Manuela le ha dado el pecho y ha subido a dormir con Michael.

—Hola, pequeñajo —dijo inclinándose para mirar al bebé, que dormía sobre el pecho desnudo de su padre. Paddy lo sujetaba con una sola mano y él parecía un angelito diminuto, tan tranquilo y satisfecho—. Quince días ya.

—Sí, ya es todo un chaval, ¿verdad, cachorrito? —Le besó la cabecita cubierta por una pelusilla rubia y sonrió—. Ha comido muy bien y ahora le toca a papá.

—Sigue siendo buenísimo, ¿no?

—Sí, es buenísimo. Yo creo que Michael también lo era, lo que pasa es que nosotros no teníamos ninguna experiencia y nos parecía agotador... En fin... ¿qué me traes? ¿Quieres tomar algo? Mi madre acaba de dejar té preparado.

—No, no, gracias. Te he traído unos documentos para firmar. Son pedidos y los permisos de la terraza. Ya sabes.

—Claro. —Diego le acercó la carpeta y vio cómo firmaba sin soltar al bebé—. ¿Y qué tal marcha todo?

—Bien, nos arreglamos bien. Tenemos reservas para cenas hasta dentro de dos semanas, el turno de comidas está funcionando cada día mejor y esperamos estrenar el brunch este sábado, como había previsto Manuela.

—Muy bien. Le han dado otra estrella Michelin a Londres.

—¿En serio? No sabía nada.

—Ya, es que Phillipe no quiere contarlo hasta que sea oficial.

—Genial, menudo notición, Paddy.

—Lo sé, es estupendo, habrá que celebrarlo. Espero que puedan venir al bautizo de Liam el mes que viene y lo celebraremos todos juntos.

—¿El bautizo? ¿Cuándo?

—El domingo doce de octubre.

—¿Y abrirás La Marquise?

—No, no, lo haremos en uno de los hoteles para eventos. El que está en Killiney. Es grande, cómodo, queda frente al mar y así mi parentela se moverá con más libertad. No quiero que nos arrasen el carísimo mobiliario de La Marquise.

—¿Y tienen equipo de catering y demás?

—Sí, claro. Lo lleva mi prima Ayne, se hace cargo de las bodas y…

—Claro, estupendo. ¿Y quiénes son los padrinos?

—Erin y Jon. Eh, hola, cachorrito. —Miró al niño sonriendo, él movió sus manitas, abriendo un momento los ojos, y Diego pensó que era mejor largarlo de una vez. Igual si le daba un ataque de ira no se atrevería a matarlo en su casa y delante de su bebé.

—Paddy…

—¿Qué? —Levantó esos enormes ojos claros y se los clavó. Por un momento recordó ese polígono de Battersea y sintió un escalofrío por toda la espalda, pero a la mierda, pensó, tragó saliva y habló.

—Quería comentarte otra cosa de índole personal.

—Bien.

—Yo… es que… No sé ni por dónde empezar.

—Por el principio estaría bien.

—Claro, pero dime una cosa primero: ¿en este último año he demostrado ser un tipo de confianza...?

—Sabes que sí.

—¿Crees que soy una persona cabal y honesta?

—¿De qué vas, Diego? Suéltalo ya. ¿Necesitas pasta? Si es así, cuenta con ella.

—No, no es pasta. Se trata de Grace.

—¿Grace? —Frunció el ceño.

—Ya sabes el escándalo que se ha montado porque le han dicho a Erin que...

—Ya, ya sé de qué va, me lo contaron anoche.

—Vale, pues... —respiró hondo— yo soy esa persona a la que Grace ve a escondidas en el centro.

—¿Cómo dices? —Parpadeó un segundo y luego lo miró con los ojos entornados.

—Estoy enamorado de ella —soltó sin creerse lo que acababa de pronunciar en voz alta, lo miró de frente y comprobó que no se movía. Miró de reojo su brazo musculoso y tatuado a la altura del hombro y suspiró—. Hace meses que estamos saliendo juntos, a escondidas y... bueno, creo que ha llegado la hora de hacerlo público, hablar con sus padres y oficializarlo.

—¿Saliendo a escondidas?

—Lo sé, lo siento mucho, querrás matarme y con razón. He faltado a tu confianza, pero los dos queríamos ir despacio, asentar la relación.

—¿Qué clase se relación?

—Paddy...

—Tiene diecinueve años.

—Lo sé, pero estamos seguros de lo que sentimos.

—La madre que te parió, Diego. —Bufó—. La madre que os parió a los dos.

—Siento haber faltado a tu confianza, lo siento mucho, pero era muy complicado, muchísimo, y yo...

—¿Sabes lo que significa esto?

—Creo que sí.

—Hola, Diego, ¿qué tal? —Manuela apareció de repente en el salón. Llevaba a Michael en brazos y le sonrió pasando por delante de él para sentarse en un sofá junto a Patrick—. ¿Cómo estás? ¿Alguna novedad?

—Todo bien. ¿Y tú? Te veo espectacular, prima. —Le sonrió mirando su pelo recogido, sus vaqueros desgastados y esa blusa rosa que le sentaba tan bien. Ella se alisó la coleta y suspiró.

—Se agradece, pero he tenido tiempos mejores.

—Qué va, estás muy guapa —dijo en español, y buscó en el bolsillo de su chaqueta—. Oye Michael, mira lo que te he traído, es un taxi de Madrid.

—¡Hala, un taxi de Madrid! —exclamó Manuela también en castellano, y el niño se separó de ella para mirarlo con curiosidad—. Qué bonito.

—¿Te gusta? —Se lo extendió, Michael pisó el suelo y estiró la manita para cogerlo—. Lo he encargado por Internet y me ha llegado hoy. Así son los taxis de la ciudad donde crecimos tu mamá y yo, ¿te gusta?

—Sí —asintió mirándolo tan feliz—. Taxi, Madrid.

—Pero es un taxi solo para niños mayores, ¿eh? No se lo puedes dejar a Liam, ¿vale?

—No, mío. —Negó con la cabeza y Diego miró de reojo a Patrick, que seguía ensimismado.

—Eso es, todo tuyo.

—¿Cómo se dice, mi vida?

—Gracias.

—Muy bien, gracias, tío Diego… —De repente Manuela miró a Paddy y, al ver que no se movía observando al infinito, se inclinó y le acarició el pelo—. ¿Estás bien, mi amor? Sube a dormir un ratito, estás agotado.

—Estoy bien.

—¿De verdad?

—Perfectamente. —Miró otra vez a Diego y suspiró—. ¿Te vas a comprometer con ella? Porque si te has estado acostando con mi sobrina debes saber responder…

—¿Cómo dices? —Ella casi se ahoga, los miró a los dos y finalmente fue Diego el que habló.

—Se lo he dicho, Manu, no podíamos seguir así. A la pobre Grace sus padres la han sacado del restaurante porque creen que se ve con un hombre a escondidas y no puedo permitir que pase por esto sola, es muy injusto. Nos queremos y voy a decírselo a Jon y a Erin, aunque primero quería hablarlo con Patrick.

—¿Tú sabías algo? —Paddy miró a su mujer y ella movió la cabeza.

—Hizo todo lo posible por apartarme de Grace, pero lo que tenemos es más fuerte que el sentido común o los consejos de Manuela.

—¿*Spanish Lady?*

—Yo…

—Le mentimos y le dijimos que ya no había nada, no la culpes a ella también.

—Solo quiero saber lo que ha estado pasando a mis espaldas.

—¿Sabe Grace que has venido para hablar con su tío?

—No, Manu, desde ayer no coge el móvil y…

—Se la han llevado a Kilkenny, a pasar unas semanas con su abuela. Jon tenía trabajo allí y…

—Joder, debería hablar con sus padres, yo… ¿Queda muy lejos Kilkenny?

—Ni se te ocurra ir ahora a Kilkenny para hablar con Jon, no está el horno para bollos. Te esperarás a que vuelvan y yo te acompañaré a hablar con él. Al fin y al cabo, eres familia de mi mujer y Grace estaba a mi cargo en Londres. Soy tan responsable como vosotros. —Se puso de pie y los miró desde su altura—. Cachorrito, subamos a mi cuarto, ¿quieres? Vemos la tele y papá descansa un poco.

—¡Sí! —dijo Michael, y se agarró a su mano para seguirlo escaleras arriba.

—Paddy, yo… —Se levantó y Manuela lo agarró de la manga.

—Déjalo, está muy cabreado, yo no insistiría más. Dale tiempo.

—Joder, lo siento mucho, y si me despide por esto, no hay problema, cojo mi petate y me largo de aquí, pero no pienso dejar a Grace.

—Ay, mi Dieguito —soltó ella echándose a reír. Lo agarró de la pechera y lo abrazó—. Pareces otra persona, estoy tan orgullosa de ti...

—Es que soy otra persona y han pasado muchas cosas, pero... —bufó— creo que toda la culpa la tiene Grace.

—¿Sí?

—Absolutamente. Sus ojos, su forma de mirarme, no sé... —Sintió como se le encharcaban los ojos y Manuela le acarició el brazo muy emocionada—. Supongo que ha sacado lo mejor de mí, aunque esto suene muy cursi.

—Lo sé y no es nada cursi, es muy bonito.

—Es la primera persona que he conocido en toda mi vida que cree de verdad en mí.

—Diego...

—No, en serio, tú no puedes opinar al respecto porque siempre has sido un dechado de virtudes para todo el mundo, desde bien pequeña. Pero yo... yo siempre fui el tío majo y golfo que tarde o temprano la acabaría cagando.

—No es cierto.

—Sí que lo es, y no me di cuenta hasta que Grace me dijo justo lo contrario. Ella espera lo mejor de mí, ¿sabes? Y la pura verdad es que no quiero defraudarla.

—Eso es tan bonito... —Se echó a llorar y Diego buscó un pañuelo desechable muy preocupado.

—No llores, ahora sí que baja Paddy y me parte en dos.

—No, cariño, si son las hormonas, lloro por todo, no te preocupes, pero... sigue siendo precioso. Me alegro tanto por ti...

—Gracias. ¿Qué crees que estará pensando ahora tu marido?

—Seguro que valora mucho que hayas venido para hablar con él.

—¿En serio? ¿No me matará cuando me vea a solas?
—No creo.
—Vale... —Suspiró intentando guardar las formas y ella lo agarró por la cintura para llevarlo a la cocina—. Vaya por Dios, qué peso me he quitado de encima.
—Claro que sí. Y ahora, a planear esa boda.
—¿Qué boda? ¿Estás loca? No hay ninguna prisa. —La miró a los ojos y vio que se estaba riendo—. No me asustes, Manuela, paso a paso y con buena letra.
—Vale, genial. ¿Te pongo un té o una tila?

Capítulo 38

—«Ojos verdes, verdes como la albahaca. Verdes como el trigo verde y el verde, verde limón. Ojos verdes, verdes, con brillo de faca que se han clavaíto en mi corazón. Pa' mí ya no hay soles, lucero, ni luna, no hay más que unos ojos que mi vida son. Ojos verdes, verdes como la albahaca. Verdes como el trigo verde y el verde, verde limón...» —recitó una vez más, despacito y con toda la buena intención, pero desistió. Era horroroso intentar cantar aquello con fluidez y prefirió pasar y olvidarse de conseguir imitar el acento. Se sacó los cascos del iPad y se pasó la mano por la cara con unas ganas enormes de ponerse a gritar.

Llevaba ocho días en Kilkenny, en casa de su abuela Fiona, una agradable y ordenada casita de campo a la que antes, en otra vida, le encantaba ir, pero que en sus circunstancias actuales, con todo lo que tenía encima, se estaba convirtiendo en la peor de las pesadillas. Sus padres no habían esperado ni dos horas para sacarla de Dublín después del encontronazo en La Marquise. Menuda vergüenza presentarse en su trabajo para ponerla en evidencia y acusarla de unos delitos que no había cometido, o sí, pero no como ellos creían.

La gente era muy mala y las amigas de su madre mucho más. Por lo general, todas envidiaban a los O'Keefe, a su abuelo Patrick, que era un patriarca respetado y muy conocido en Irlanda, a sus tíos Paddy y Sean, que se habían enriquecido gracias al trabajo duro, la fortuna y su buena cabeza, y a todas las hermanas O'Keefe, desde la mayor a la más joven, que habían hecho buenos matrimonios y tenido muchos hijos sanos y bien educados. Eso era todo, los envidiaban a la par que les hacían la pelota y los agasajaban en todas partes. Todo el mundo les bailaba el agua pero estaban deseando enterarse del más mínimo traspié, de cualquiera de ellos, para restregarles en la cara el error, el fallo o el pecado, así de claro, y esta vez le había tocado a ella.

Su abuela Bridget, que era muy lista, siempre decía: «La mujer del César no solo debe ser honrada, sino además parecerlo, y las mujeres O'Keefe mucho más». Qué razón tenía, pero ya era tarde para lamentaciones. Aunque jamás imaginó que alguien iba a descubrir su idilio con Diego en St. Stephen Green, había sucedido, la habían pillado, estaba jodida y solo podía callarse y esperar a que pasara la tormenta.

En cuestión de minutos su vida cambió. El trabajo que tanto le gustaba pasó al olvido, sus estudios de español y francés en el aire, y su historia con Diego Vergara a la mierda, porque no pensaba volver a mirarlo a la cara, nunca más. ¿Cómo volver a mirar a los ojos a un hombre que no había sido capaz de defenderla, de sacar la cara por ella en semejante tesitura, eh? ¿Cómo? No volvería a dirigirle la palabra ni a confiar en él, era un crío idiota y egoísta, un acojonado sin pantalones, un imbécil...

Se levantó de un salto y se asomó a la ventana. Su habitación estaba en el ático de la casa y desde su posición se veía el campo verde y tranquilo. Suspiró y miró hacia abajo, al patio, donde su abuela y su tía Claire estaban en ese momento tendiendo la ropa. No llovía y después de lavar a mano, porque la abuela Fiona se negaba a usar la lavadora, hacían verdaderos esfuerzos por estrujar bien las sábanas antes de ponerlas en la cuerda. Un trabajo de locos, como de locos era que no hubiera por allí cobertura de móvil, ni conexión a Internet ni nada parecido a la tecnología del siglo XXI. Su abuela paterna estaba medio tarumba y vivía aislada del universo, algo, decía su madre, muy beneficioso en sus vergonzosas circunstancias. ¿Vergonzosas circunstancias? Ni que hubiera matado a alguien...

Por supuesto, le habían preguntado a las buenas y a las malas por su supuesto «amante», pero como ella era mujer de palabra y una tía legal, jamás iba a revelar el nombre de Diego. Porque si lo hacía lo iba a poner en una situación realmente comprometida, más aún después de quedarse callado como un pasmarote delante de sus padres, así que lo mejor era, por el bien general, hacerse la dura y guardar silencio. Su madre no podía imaginar ni en sueños que se trataba de él, como tampoco podía imaginar que esa no era su primera relación sexual, sino la segunda. Nadie sabía, nadie salvo Paddy Jr., que se había acostado con dos chicos ya: el primero había sido Kevin Dever, su prometido oficial durante un año entero. Kevin era un tío guapo y divertido, muy deportista y trabajador, bastante prudente y respetuoso, porque le tenía un miedo irracional a su padre y a sus tíos, pero con los suficientes arrestos para acostarse con ella y proponerle matrimonio inmediatamente. Ella había querido tener relaciones íntimas para matar el mito y ser una chica normal de su tiempo, pero entre gitanos aquello era sagrado y Kevin no tardó ni dos segundos en poner rodilla en tierra y darle un anillo tras su primera vez juntos. Era tierno y le dijo que sí, pero a las pocas semanas se dio cuenta de que él buscaba una mujer gitana normal, que fuera buena madre y ama de casa, una fiel y dulce esposa para instalar en el hogar mientras él vivía su vida. Y por ahí no estaba dispuesta a pasar, ella quería otra cosa, quería vivir, estudiar, trabajar y ser como sus amigas payas del cole, a las que no ponían trabas y dejaban viajar lejos para hacer el Erasmus o para estudiar idiomas. Esos eran sus sueños y con la tía Manuela en la familia la cosa quedó aún más clara: ella era la mujer del tío Patrick, era esposa y madre, pero sobre todo era una mujer independiente y autosuficiente, con carrera y cultura, con responsabilidades, y era el mejor ejemplo al que agarrarse para luchar por su propio futuro.

Mucho le había costado romper con Kevin, mandar los planes de boda al traste y conseguir que la dejaran vivir y estudiar en Londres. Había sido una lucha de titanes y no estaba dispuesta a renunciar a todo porque alguna cotilla impresentable le había ido a su madre con el cuento del «amante secreto» de St. Stephen Green. Por supuesto, conocía a sus padres y sabía que lo mejor en ese momento era callarse, tragar con el castigo y aguantar el chaparrón, pero en su fuero interno estaba dispuesta a todo por recuperar su trabajo y volver a estudiar. Hacía un par de meses había acompañado a la tía Manuela al Trinity College para informarse sobre los másteres y había quedado literalmente fascinada con aquello. Su tía había conseguido plaza en un máster en Gestión Empresarial para el año siguiente y ella se había llevado toda la información sobre carreras y cursos diversos para plantearse seriamente su ingreso en la universidad. Eso era lo que debía hacer, concentrarse en sus estudios y conseguir regresar a La Marquise, aunque le diera mucha vergüenza el escándalo que habían montado sus padres y no se imaginara cómo sería seguir trabajando bajo la atenta mirada del idiota de Diego, después de todo lo ocurrido. Pero su futuro pasaba por seguir trabajando y no pretendía renunciar a ello por culpa del cobardica del que se había enamorado... porque estaba enamorada, para qué lo iba negar, desde el minuto uno, desde que él la miró con sus preciosos y enormes ojos negros, desde que le dirigió la palabra con ese acento tan dulce y le regaló la primera sonrisa... Gilipollas... gilipollas e inmaduro... muestra más que irrefutable de que enamorarse de un payo era siempre un error garrafal.

Conocía a muy pocas chicas gitanas con novios o maridos payos; al revés sí, había algunos hombres gitanos que de repente elegían esposa entre las payas, como el tío Paddy y su propio abuelo Patrick, pero entre las mujeres, entre sus amigas y conocidas, el hecho de fijarse en un payo era casi un pecado. Algunas coqueteaban con ellos en el cine o en el centro comercial, pero de ahí nunca se pasaba. Jamás. Ella siempre se había reído de esas reglas no escritas, pero, visto lo visto, igual sus amigas tenían razón, y no por un asunto de racismo, ni mucho menos, sino por un asunto de sentido común. Porque, estaba clarísimo, un chico gitano jamás recula ante el compromiso, ni la marea a una con esperas y miedos absurdos, ni la esconde en su piso de soltero, ni se calla como un puto cobarde cuando más lo necesitas... Eso jamás y por esas razones, y otras más, una gitana como mejor está es al lado de un gitano, y no fantaseando y haciendo el ridículo junto a un payo egoísta como Diego Vergara.

Por él había aparcado prejuicios y costumbres, por él había olvidado sus resquemores y había abierto su corazón, sin trabas ni exigencias. Simplemente se había dejado llevar y por más que intentó racionalizar lo suyo, tomar distancia y controlar, al final sus sentimientos estuvieron por encima de cualquier cosa, por encima de ella misma y así le iba... recluida en Kilkenny, con sus padres indignados, con todo el barrio cotilleando a sus espaldas y más sola que la una.

—Espero que aprendas la lección, Grace —se dijo en voz alta—, y no vuelvas a hacer el tonto, nunca más, por ningún hombre, menos por uno como Diego Vergara...

Se giró hacia la cama con la intención de coger un libro y ponerse a leer y en ese preciso instante el sonido de un coche entrando en la parcela la hizo saltar de felicidad. De repente el corazón le dio un vuelco, pensó en Diego llegando a Kilkenny como un caballero andante en su rescate y se acercó a la ventana perdonándolo mentalmente de todo. Se asomó con medio cuerpo hacia la entrada y la alegría aumentó aún más al comprobar que era el coche de su primo Paddy el que estaba aparcando junto al jardincito. Esperó, apretando el alféizar con las dos manos, y se quedó en suspenso observando como Paddy bajaba del jeep y se iba a la parte trasera para sacar unas cajas de su pequeño maletero. Tardó una eternidad en la maniobra. Vio que su padre se acercaba a él para darle la bienvenida y ayudarlo en la tarea y pasados los primeros minutos supo que llegaba solo. Ni luces de Diego, ni nada parecido. Se le llenaron los ojos de lágrimas y volvió a odiarlo con toda su alma pero se detuvo y respiró hondo… No estaba allí, pero a lo mejor le había mandado un mensaje, una carta o un recado, unas palabras de cariño, un regalito… lo que fuera… Se arregló el pelo, abrió la puerta del ático y bajó a la carrera para interrogar a Paddy.

—Paddy…
—Hola, Gracie… —respondió él guiñándole un ojo a la tía Claire, la más joven de las tías McGuinness, que siempre se ponía como un cascabel cuando veía al tío Paddy o a Paddy Jr.
—Deja de mirar así al personal, podría ser tu madre.
—¿Mi madre? Si no llega a los treinta y cinco…
—Treinta y seis. —Se le puso delante y Paddy levantó las manos con cara de inocente—. Y su marido está al caer.
—Vale, pasadita.
—¿Sabes algo de Diego?
—No, llegué ayer de Derry y me encontré con todo el pastel. Manuela me contó…
—¿Está muy enfadada? —Lo agarró y lo hizo caminar hacia el campo, lejos de la casa—. ¿La tía Manuela está muy enfadada?
—No la vi enfadada. Me contó la movida y luego mi abuelo me mandó traer unos materiales a tu padre, no sé nada más. ¿Qué coño habéis hecho?
—Ya sabes lo que hemos hecho, lo que pasa es que las gilipollas de las O'Higgins le fueron con el cuento a mi madre, que me montó tremendo pollo en el trabajo y lo siguiente fue mandarme con mi padre aquí.

—Ay, Gracie, estás bien jodida… ¿Y qué dice Diego?

—¿Diego? Eso quisiera saber yo, desde que me sacaron a empujones de La Marquise no ha vuelto a dar señales de vida. Dijo que lo iba a arreglar, pero hasta hoy… nada de nada… El muy cabrón… —Se le empañaron los ojos y miró al horizonte intentando calmarse.

—Mira, Gracie, tú te empeñaste en seguir con Diego. Sabías el riesgo que corríais en Dublín, no hagas un drama de toda esta mierda. Habla con tus padres tranquilamente y seguro que lo entienden, todo el mundo quiere al primo Diego…

—No puedo decirles que salgo con Diego.

—¿Ah, no? ¿Y eso por qué?

—Porque él estaba delante cuando montaron el cirio en el restaurante y no dijo nada, se calló como una puta… No sacó la cara por mí, por nosotros, ¿cómo voy yo ahora a ponerlo en evidencia? Ni siquiera se ha molestado en saber cómo estoy aquí, perdida en el culo del mundo.

—Hablas como un camionero, prima, deberías lavarte esa boquita.

—No estoy para bromas.

—Ok, está bien, yo hablaré con tus padres.

—¡No! Ni de coña, nadie hablará con nadie, lo de Diego se acabó y punto pelota.

—Bueno, si tú lo dices… —Dio un paso atrás y la miró con los ojos entornados—. No llores, Grace, no soporto ver llorar a las mujeres.

—Es que… se ha portado tan mal conmigo… Yo sé que no me quiere como yo lo quiero a él, pero… pero… Se calló y dejó que yo me comiera todo el marrón sola. Ahora soy para mis padres una especie de pecadora… los he decepcionado mucho, a ellos y a los abuelos… Y todo el barrio piensa que soy una cualquiera, cuando en realidad no he hecho nada malo… —Se sonó con un pañuelo desechable y Paddy tragó saliva—. Jamás debí volver con él, darle otra oportunidad. Él no es como nosotros, los payos no son como nosotros, nunca pensó seriamente en un compromiso conmigo, nunca me ha demostrado nada y yo... yo soy idiota.

—Bueno, mira, hablando se entiende la gente. Cuando vuelvas a Dublín escucha su versión del asunto y luego, si quieres, podéis hablar con tus padres, los dos juntos, yo os apoyaré.

—No hay nada de qué hablar... La culpa es mía, por fijarme en un payo extranjero, de treinta años, que no entiende ni cómo soy, ni lo que siento.

—Vale...

—Él se empeñó en que le diera otra oportunidad y mira...

—Lo sé.

—Al final seguro que se buscará una paya guapa, inteligente y con carrera como la tía Manuela y se casará con ella.

—No digas eso, Grace, yo creo que Diego está loco por ti.

—¿En serio? —Lo miró a los ojos y él asintió—. En todo caso, ya es tarde, no me gusta cómo se portó conmigo. Me dio hasta vergüenza comprobar que no era capaz de sacar la cara por mí. Se acabó, a otra cosa, mariposa.

—Como tú dices, Diego no es gitano, ni piensa como nosotros. Es diferente, no sabemos lo que se le pasó por la cabeza...

—Es igual, ya pasó... ¿Cómo está Liam? ¿y Michael cómo lo lleva?

—Están todos bien. Grace... —Se acercó comprobando por el rabillo del ojo que su tío Jon los observaba desde la casa—. No me mientas y dime: ¿qué coño quieres en realidad?

—¿Qué?

—No me jodas, prima, que nos conocemos.

—Quiero que me demuestre que le importo. Me merezco un poco de consideración después de todos estos meses.

—Vale, muy bien. Vamos, me muero de hambre. —La agarró por el cuello para volver a la casa.

—¿Por qué? No te metas en esto, ¿eh?

—¿Yo? Ni ganas de meterme.

—Diego ya es agua pasada, solo quiero olvidarme de él y retomar mi vida normal.

—Lo que tú digas, Gracie... Hola, Claire... —susurró hacia su pariente, que los esperaba en la entrada de la casa con una gran sonrisa—. ¿Qué tienes para un viajero hambriento?

—Para ti todo lo que me pidas, Paddy, ya lo sabes.

Capítulo 39

Los resultados de La Marquise Dublín en sus primeros dos meses de existencia eran estupendos. Las previsiones de negocio estaban cumpliendo con creces las expectativas y a pesar de los problemas iniciales y los gastos extras generados por la apertura, seguían dentro de su plan de negocio y aquello era mucho más de lo que podían soñar. Con algo de suerte empezarían a ver beneficios a los seis meses y conseguirían autonomía económica de La Marquise Londres y de los otros negocios de Patrick antes de un año. Un éxito que venía a demostrar, una vez más, que el instinto de Paddy para ganar dinero era incuestionable.

El restaurante, más pequeño y manejable que el de Londres, funcionaba como un reloj. Diego se había hecho cargo de todo durante las últimas semanas y salvo los contratiempos habituales, había estado a la altura y estaban muy agradecidos por su esfuerzo y profesionalidad. Incluso Patrick decidió darle un bono de compensación en su última nómina y eso a pesar del asunto «Grace». Tema que seguía sin zanjarse porque los McGuinness continuaban en Kilkenny, donde Jon estaba atendiendo unos asuntos profesionales.

A pesar de sus buenas intenciones, Diego seguía en el limbo, a la espera del retorno de Grace y su padre a Dublín. No podía hacer otra cosa que esperar, sin saber lo que ocurriría finalmente con ellos, pero, al menos, decía él, Paddy no lo había partido por la mitad y por el contrario, parecía dispuesto a apoyarlo en el complicado momento de hablar con sus futuros suegros.

La novedad de ver a su primo enamorado y con la armadura puesta para sacar la cara por su amada le hacía mucha gracia a Manuela. Él, que toda la vida había saltado de flor en flor sin hacer el más mínimo esfuerzo por conquistar a nadie, de repente caía a los pies de una jovencita gitana, muy controlada por la familia y con la que no podía ir con medias tintas. Con ella era blanco o negro, se estaba jugando su futuro y tenía clarísimo que el único camino era el compromiso. No cabían más opciones, Diego lo sabía, lo había asumido y aquello lo honraba.

En el fondo estaba muy orgullosa de él. El chico guapo, golfo, encantador de serpientes y viva la virgen de siempre se había transformado en solo un año en un tío estable, responsable, trabajador y profesional que, además, estaba dispuesto a sentar la cabeza y apostar por sus sentimientos como el hombre adulto que era. Aquello sí que había sido un cambio radical y, desde su punto de vista, todo el mérito era del propio Diego. Aunque él viera en Grace a la musa de su transformación, lo cierto era que él solito había sabido parar, escuchar, reflexionar y madurar en un tiempo récord. Desde que había pisado Londres había estado dispuesto a adaptarse y crecer y eso no lo solía hacer mucha gente. Muchos otros como él y en su posición aguantaban un mes, cogían la maleta y se largaban de vuelta a lo que conocían, a esa zona de confort donde no te pasaba nada y donde nunca había la posibilidad de acertar o equivocarse. Sin embargo, Diego había demostrado que estaba hecho de buena pasta y eso la hacía feliz.

—¿Qué? ¿Ya estás? —preguntó María entrando con Michael en el despacho. Ella se puso de pie y se acercó a la impresora para recoger los informes de la auditoría de Londres y Sídney que le habían mandado por email.

—Ya casi. ¿Habéis acabado el recorrido?

—Sí, hemos dado una vuelta, inspeccionado el restaurante, saludado a todo el mundo y hasta probado un postre delicioso. Todo en perfecto estado de revista.

—Vale, dadme un segundo.

—Inés no se cree que estás igual un mes después del segundo parto... —Observó de arriba abajo sus vaqueros ceñidos y su blusa blanca—. Dice que te va a matar. Alba tiene ya siete meses y ella no baja de peso ni pa'trás.

—Porque subió veinte kilos durante el embarazo y apenas dio el pecho, así cuesta más y...

—Cuando me toque a mí...

—Cuando te toque a ti procuraré que te cuides, hagas dieta y ejercicio, no te preocupes.

—Vale. —Dejó en el suelo al niño, que corrió a agarrarse a las piernas de su madre. Manuela se inclinó y lo cogió en brazos—. ¿A qué hora le toca la toma a Liam?

—Dentro de una hora. En todo caso, he dejado un biberón por si nos retrasábamos.

—¿Pero se toma el bibe?

—No, no le gusta nada. Ya casi he terminado. —Agarró una carpeta y metió las hojas impresas dentro—. Los informes son estupendos, el cierre en domingo y lunes nos ha hecho crecer un diez por ciento. La bomba, María —la miró y ella sonrió—, tendríais que contárselo a todo el personal.

—Vale, eso el martes, ahora, ¿nos vamos? No tengo ni idea de dónde está mi maridito y quisiera poner un poco de orden.

—Se fue con Sean y los chicos a ver lo del hotel de mañana, no te preocupes.

—¿Chicos? ¿Qué chicos? Aquí siempre se habla en plural y no especificáis nada.

—Pues Paddy Jr. y otros sobrinos, no lo sé muy bien. Del bautizo no controlo nada y tampoco quiero saber demasiado.

—Haces bien, ya bastante tienes, y con lo de Diego...
—Alucinante, ¿eh?
—Hola, chicas. ¿Qué tal, Miguelito? —El aludido entró sin llamar y se las quedó mirando con perspicacia—. ¿Interrumpo algo?
—Estaba a punto de empezar a despellejarte —bromeó María, y se apoyó en la pared—. ¿Nos vamos ya, Manolita?
—Sí, ahora mismo. Hijo, camina solito, ¿quieres?
—No.
—Sí, claro que sí, o que te lleve la tía. Vamos. —Lo dejó en el suelo otra vez y él se le aferró a la pierna con fuerza—. Perfecto, Michael, qué pesadito te pones.
—Este enano ya es completamente bilingüe —opinó María muerta de la risa—. Increíble cómo entiende el inglés y el castellano sobre la marcha.
—Sí, veremos cuando se lance a hablar del todo. Yo creo que tiene una omelette considerable en la cabeza.
—¿Sabes algo de Grace y su padre? —Diego la miró de frente.
—Solo sé que mañana a mediodía deberían estar en la iglesia porque Jon es el padrino, así que... ya queda menos.
—Igual se raja y no aparece.
—No, es un bautizo, más sagrado que cualquier otra cosa para ellos, créeme.
—¿Y por qué no hablas con Erin? La tienes justo enfrente de Paddy y Manuela.
—Porque creo que si voy a pasar por eso, mejor de una sola vez. No quiero que ella se ponga como una loca, caliente al marido por teléfono y luego, cuando me vea, quiera estrangularme.
—Muy bien visto —asintió María.
—No es coña.
—Lo sé.
—No creo que Erin se ponga hecha una loca. De hecho, creo que es tu mejor aliada en todo este asunto —opinó

Manuela viendo su cara de pesar—. Pero tienes razón, ya que lo haces, hazlo bien y en una sola función. Los dos a la vez.

—«Quién os ha visto y quién os ve» —dijo María cogiendo a Michael—. Los dos emparentando con la familia O'Keefe, instalados en Dublín... las vueltas que da la vida. ¿Quién te lo iba a decir, Dieguito, cuando te liaste la manta a la cabeza y apareciste en Londres el año pasado, eh?

—Pues nadie.

—Tampoco está tan mal. —Manuela se acercó y lo besó en la mejilla—. Nos vamos, Paddy está solo con Liam y aunque dudo mucho que se acuerde de mí, es tarde.

—¿Señora O'Keefe? —Uno de los chicos de la cocina se asomó y le enseñó una maleta térmica de lo más moderna—. La cena que le pidió al chef Richardson. Dice que es su favorita.

—Ay, qué bien. Mil gracias... —Lo miró ignorando completamente el nombre y Diego se apresuró a intervenir:

—Paul, Paul Oglivy, uno de los asistentes del chef.

—Muchas gracias, Paul. Gracias. —Acarició el brazo de su primo y le guiñó un ojo—. Nos vemos mañana.

—Adiós, guapas, a ver si os vais directas a casa y no de ligoteo por ahí.

—Chao, Dieguito.

Se despidieron del personal de la entrada, de los de seguridad y caminaron con prisas hacia el coche. Eran la seis de la tarde de un sábado y empezaba a notarse el movimiento intenso del restaurante. Manuela se detuvo medio segundo y miró la elegante fachada con una enorme sensación de orgullo. La Marquise Dublín era preciosa y parecía resplandecer con esa iluminación tan cálida y tan característica que la rodeaba y que era idéntica a la de Londres. Sintió un pellizco de nostalgia en el corazón, pero lo espantó enseguida pensando en lo bien que iban las cosas y en lo mucho que aún les quedaba por hacer. No habían hecho más que empezar y todavía quedaba muchísimo trabajo por delante para asentar el proyecto y llevarlo al éxito que Paddy esperaba.

—Está guapísimo el restaurante, ¿no?

—Sí, muy bonito, y funciona genial.

—En medio del caos creí que nunca llegaríamos a vivir esta paz. Pero mira, y llenando.

—Tendrán un buen servicio de cenas esta noche —opinó María abriendo el coche—. ¿Ya has comprado una sillita para el bebé?

—Tenemos la antigua de Michael.

—Y dime una cosa...

—¿Qué? —Acomodó al niño en su asiento y la miró a los ojos—. ¿Por qué Diego no ha hablado todavía con Grace?

—La castigaron sin el móvil y su padre se la llevó a la casa de su abuela en el campo. Ni teléfono, ni Internet, ni nada de nada.

—¿No te parece un poco decimonónico?

—Totalmente, pero algunas cosas en esta familia son así. —Puso el coche en marcha y enfiló directo hacia Ballsbridge.

—¿Te comenté que el otro día me encontré con Milena en la calle?

—No, ¿qué tal le va?

—Se iba a trabajar a Marbella.

—Ah, mira, menos mal que consiguió algo.

—Le pregunté por su novio, el impresentable de Dimitri, y me dijo que se había vuelto a Moscú. Gracias a Dios.

—Joder, me había olvidado completamente de él.

En menos de quince minutos aparcó el coche en la entrada de su casa, viendo la superpoblación de vehículos por la zona. Habían llegado de toda Irlanda parientes y amigos para el bautizo de Liam y se alojaban en casa de su suegra y algunas cuñadas, mientras el resto llenaba el hotel de eventos donde los O'Keefe habían organizado la tremenda celebración. Con Michael había sido igual, o peor, y no se molestó en oponerse o intentar modificar sus costumbres. Para ella el trámite del bautizo era un asunto de Paddy y, si él quería aquel revuelo, adelante, a ella nadie le pedía que hiciera nada y tampoco tenía invitados en casa, solo María y Borja, que eran como sus hermanos, así que mientras respetaran su espacio y la dejaran en paz, lo demás le daba casi igual. La familia estaba dichosa e ilusionada, Patrick el que más, así que no había más que hablar.

—Hola, mi amor. —Lo vio descalzo, vestido con vaqueros y una camiseta de algodón sin mangas trajinando en la cocina, y la sola imagen le hizo temblar las rodillas. Cada día le parecía más guapo y se lo quedó observando embobada mientras él se agachaba para coger en brazos a Michael y comérselo a besos.

—Hola, *Spanish Lady*. ¿Qué tal? —Caminó hacia ella y le plantó un beso en la boca—. ¿Todo bien?

—Perfecto, y llenando esta noche.

—Genial.

—Hemos traído la cena.

—¿Y dónde está Liam? —preguntó María con sorna—. ¿Qué ha pasado que no lo tienes en brazos? ¿Ha cogido las llaves y se ha ido de juerga?

—Eres muy anticuada, María, los bebés como mejor están es en brazos de sus padres. Crecen más sanos, fuertes y felices, si no mira a Michael, ¿verdad, cachorrito?

—¡Sí! —contestó él abrazándose a su cuello.

—Lo de dejarlos llorar en la cuna es un poco medieval.

—Ya, ya, mira qué bonito. —Suspiró y de repente se alegró de ver a su marido bajando por la escalera—. ¡Borja! ¿No andabas con los chicos?

—Sí, pero vine a cenar. Luego vendrán a buscarnos para salir de copas. ¿Te vienes, no?

—¿Y vosotros? —Los miró a ellos y Manuela supo que el bebé estaba a punto de despertarse y pedir el pecho.

—Nosotros no, no puedo llevarme a los dos enanos al pub, María...

—Pero hay más opciones.

—No, gracias, yo quiero meterme en la cama y descansar.

Mañana será un día duro. Hola, mi amor. —Se acercó al moisés de Liam y lo vio con sus ojitos abiertos, se inclinó y lo cogió en brazos. Era tan pequeñito y olía tan bien que lo apretó contra su pecho mientras él empezaba a despertar del todo y a pedir comida—. Mi bebé, ¿cómo estás, mi vida? Te cambio y comemos, ¿quieres, mi amorcito chiquitito?

—¿Y tú, Paddy?

—No, yo estoy en la gloria con mi *Spanish Lady* y mis cachorritos aquí.

—Joder, pero…

Los oyó argumentar para intentar convencerlo, pero sabía que sería inútil. Estaban a horas de acabar la cuarentena y los dos estaban como locos por meterse en la bañera, darse un baño juntos, hacer el amor y devorarse un rato antes de que despertara el bebé. Llevaban semanas evitándose para no tentar a la suerte y Patrick no quería ni besarla en serio porque se excitaba y el tema acababa fatal. Parecían un par de adolescentes desesperados y de esa noche no pasaba, lo metería en la cama y se lo comería entero, ya habría tiempo para salir de copas otro día. Ese, en particular, sería solo suyo y no pensaba tolerar otra cosa.

—Hola —le dijo Patrick subiendo las escaleras. Ella había terminado de cambiar y alimentar a Liam y bajaba hacia el salón—. Iba a buscarte, cenamos en diez minutos, hay hambre.

—Vale.

—¿Comió bien?

—Sí, lo he dejado en la cuna, así no lo molestamos…

—Qué guapa eres, *Spanish Lady*, me vuelves loco. —La inmovilizó contra la pared y subió la mano helada por debajo de su camiseta—. Señor, no se puede estar más buena.

—Lo mismo digo. —Le acarició los brazos desnudos y se puso de puntillas para besarle el cuello. Él la sujetó y le plantó un beso de los suyos, apasionado y húmedo, bajando los dedos por su espalda hasta el trasero. La aplastó contra su muslo y ella creyó estar sufriendo un orgasmo ahí mismo—. Patrick...

—Patrick, Patrick... —Sonrió—. Creo que no podré esperar al postre, *Spanish Lady*.

—Yo tampoco.

—Vamos, pues, uno rapidito y ni se enterarán...

Capítulo 40

Esa iglesia medieval tan bonita parecía un sketch de los Monty Python con tanto tul, tanto maquillaje y tanto cachondeo en las últimas filas. Se había puesto su mejor traje, la camisa hecha a medida que Paddy le había regalado y una corbata italiana de sesenta euros comprada especialmente para la ocasión. Sin embargo, encontrarse con aquello lo dejó boquiabierto. María ya le había advertido de la «insólita» visión que tenían de la moda algunos amigos y familiares de los O'Keefe, pero verlo en directo podía provocar un shock.

Apenas había podido dormir, esperando su gran día. Se levantó temprano y se puso de punta en blanco, decidido a acabar cuanto antes con la incertidumbre. Vivir en esa inopia de no saber nada de Grace le carcomía el alma, así que, a pesar de lo que tenía delante, entró en la iglesia contento, y muy aliviado cuando al fin la divisó sentada junto a su abuela y sus hermanos en los primeros bancos.

Él se sentó dos filas por detrás de ella, con María y Borja, y en cuanto acabó la ceremonia del bautizo, se levantó, se acercó y la agarró del brazo. Ella, con su vestido verde oscuro y casi sin maquillaje, lo miró y frunció el ceño.

—Hola, Gracie, ¿cómo estás?

—Estoy con mi familia, ¿no lo ves?

—Lo sé, pero tenemos que hablar.

—No, no vaya a ser que te corran a gorrazos hasta Madrid.

—¿Qué? —Levantó las manos viendo por el rabillo del ojo como felicitaban a los padres y padrinos del bebé, y las bajó derrotado—. Está bien, ¿quieres venir y hablar conmigo medio segundo?

—La verdad es que no.

—Grace...

—¡Ay, mi niño precioso que no lloró nada! —exclamó Bridget O'Keefe a su lado, agarrando a Liam en brazos. El niño iba envuelto en una toquilla blanca inmaculada y vio que Manuela, muy guapa, le sonreía mientras dejaba que su suegra lo cogiera en brazos.

—Hola, Diego. ¿Qué tal?

—Hola, y enhorabuena. —Se apartó un poco y la admiró de arriba abajo antes de plantarle dos besos—. Espectacular, Manu, estás preciosa.

—Gracias, será que me miras con buenos ojos —susurró ella, alisándose el pantalón de seda negra que llevaba rematado con un ancho cinturón en el mismo tono sobre una camisa de seda blanca muy elegante—. Tú sí que estás guapísimo. ¿Has visto toda la ceremonia?

—Sí, muy bonita. —Vio llegar a Paddy con Michael en brazos y también lo felicitó—. Enhorabuena al papá y al hermanito mayor.

—Gracias, primo —contestó. Iba completamente de negro pero sin corbata, él se tocó la suya y se giró para buscar a Grace, que como era de esperar, había desaparecido de la iglesia como por arte de magia—. ¿Y Grace? ¿Adónde se ha ido?

—Por ahí —le dijo María indicándole la puerta principal, él bufó y salió detrás de ella.

—Este chico está loco —soltó María extendiendo los brazos hacia su ahijado—. Michael, ¿te vienes con la tía María?

—No. —Se escondió en el cuello de su padre y Manuela se acercó para acariciarle el pelo.

—Te has portado muy bien, mi amor. ¿Vamos andando al coche? ¿Quieres?
—No.
—Vale, no a todo, es la palabra del día —opinó Paddy encaminándose a la salida—. Mamá, vamos hacia los coches, venid todos, hay que moverse o no podremos aparcar en el hotel.
—Pero ¿no tienes aparcamiento preferente? —quiso saber Borja, y él negó con la cabeza—. Joder, pues deberías.
—¿Y qué hacemos con Diego? —Manuela lo vio moviéndose por los jardines de la iglesia y lo llamó—. Diego, Grace tiene que ir hacia el hotel, vente en nuestro coche, cabemos todos.
—Joder con Grace, es que…
—Ven con nosotros. —Paddy Jr. apareció por detrás y lo agarró para llevárselo a su coche, él se despidió con la mano de su prima y lo siguió hasta ese viejo jeep de segunda mano que era el gran tesoro del chaval. Abrió la puerta y justo detrás se encontró con Grace, que esperaba con cara de pocos amigos—. Gracie, menos mal.
—¿Qué coño quieres, Diego? —fue su bienvenida. El saltó al asiento trasero, Paddy Jr. puso en marcha el coche, y la miró a los ojos.
—No entiendo por qué estás enfadada conmigo. Llevo más de quince días sin saber nada de ti, no coges el único teléfono que pude conseguir de tu abuela…
—¿En serio no lo entiendes? ¿Te parece bonito dejar que me comiera el marrón yo solita delante de mis padres? ¿De la gente del restaurante…? Ni siquiera has tenido los huevos de ir a buscarme a Killkeny.
—No fui porque tu tío Paddy me dijo que no era buena idea.
—Claro, y como siempre, le haces caso al tío Paddy, no vaya a ser que te parta por la mitad. —Paddy Jr. soltó una risita y Diego suspiró.
—Estás siendo muy injusta conmigo, Grace.
—Pues imagínate cómo me sentí yo ese día en tu despacho.

Como una mierda. No me apoyaste, no tuviste los pantalones para dar la cara, y que sepas que ya no quiero saber nada más de ti.

—Grace...

—Va en serio, y no me toques. —Le apartó la mano y Diego sintió que se le partía el alma en dos.

—Si ya no me quieres lo entenderé, pero si aún me quieres, me merezco una oportunidad.

—¿Ah sí? ¿Y eso por qué?

—Porque yo te quiero.

—Un poco tarde. —Se movió en su sitio y Paddy susurró:

—Estamos llegando, poneos de acuerdo ya.

—No hay nada que hacer. Querías decirme algo, ya lo has hecho, pero no me vale de nada. Las palabras se las lleva el viento, yo necesito hechos y tú, en realidad, nunca te has molestado en hacer nada por mí, ni siquiera defenderme cuando mis padres me estaban tratando como a una mierda delante de tus ojos. Así que déjame en paz.

—Hablé con tu tío Paddy y se lo conté todo.

—Enhorabuena, estás haciéndote un hombre. Te felicito.

—Grace...

Paddy Jr. se bajó del coche y ella salió por su lado como un vendaval. Estaba hecha una furia y no valía la pena seguir rogando, se atusó el pelo y entonces su joven amigo se asomó y le dijo con una sonrisa:

—Tengo una idea.

—¿Qué idea? No quiere verme, ¿no lo has oído?

—Es de boquilla, conozco a mi prima. Las mujeres gitanas son muy orgullosas y difíciles, pero si sabes lo que hay que hacer, vas a triunfar.

—¿Ah, sí? ¿Y qué puedo hacer?

—Lo primero, borrar esa cara de hecho polvo. Baja y vente conmigo, te explicaré unas cuantas cosas de la vida, primo.

Manuela se resignó a ver pasar a Liam de brazo en brazo,

de abuela en abuela, de tía en tía, casi dos horas hasta que el niño empezó a pedir el pecho y no les quedó más remedio que entregárselo para que se lo llevara a comer. Eran extremadamente cariñosas, besuconas y atentas, pero resultaba complicado callarse cuando tu bebé de poco más de un mes, acostumbrado al silencio y la paz de su casa, era protagonista de tanto mimo en medio del ruido, la música y las charlas a gritos de los comensales del convite. Era de locos, pensó, recordando que en el bautizo de Michael se había cogido un ataque de llanto de pura desesperación en el baño, agotada y harta, hasta que apareció Paddy para llevárselos a casa.

Dos años antes la habían superado por todos los frentes, pero en la actualidad estaba preparada y había procurado reservar una habitación del hotelito para ella y los niños, donde tenía todo lo necesario para cambiarlos, dar de mamar y descansar del jolgorio general. Sería su remanso de paz. Patrick lo había comprendido perfectamente y hasta allí se encaminó viendo como él charlaba con los hombres en el lado opuesto del local de celebraciones, lejos de todas las mujeres, y con Michael jugando entre sus piernas. Pensó en ir a buscar al niño para intentar que durmiera la siesta pero decidió no entrar en conflictos innecesarios; salió al jardín del hotel y se fue directa hacia su suite con vistas a la piscina, donde la esperaba todo lo necesario para hacer un paréntesis.

—Preciosa. —Sintió el abrazo con todo el cuerpo y esa mano enorme y helada metiéndose por debajo de su sujetador. Se había quedado dormida profundamente después de dar el pecho a Liam y abrió un ojo viendo como Michael pasaba por encima para acostarse a su lado—. Hola, *Spanish Lady*.

—Hola, ¿qué hacéis?

—Venir a verte, hace dos horas que te largaste de la fiesta.

—¿Tanto? Paddy, por favor... —Le apartó la mano del pecho y miró a Michael con una sonrisa, él agarró su chupete y se acurrucó solito a su lado. En su moisés junto a la ventana, Liam seguía durmiendo plácidamente—. Cariño...

—¿Qué más da? No se entera de nada.

—Eso te crees tú. ¿Qué hora es?

—Las cuatro y media. —Se acurrucó en su cuello y la asió con fuerza—. Te deseo tanto, *Spanish Lady*...

—Y yo a ti, mi vida, pero no con Michael despierto, ¿ok? —Se separó de su lado, se levantó y se fue al cuarto de baño—. No soy tan moderna.

—El año que viene podríamos estar celebrando otro bautizo aquí.

—Ni lo sueñes.

—Quiero al menos cuatro hijos, tu deber es dármelos, *Spanish Lady*.

—¡¿Qué?! —Salió del baño lavándose los dientes y comprobó que estaba muerto de la risa—. Muy gracioso.

—Creo que Diego y Paddy traman algo.

—¿Ah, sí? ¿Y eso por qué?

—No sé, es una impresión.

—¿Y cuándo vais a hablar con Jon y Erin?

—Mañana o pasado. Hoy es un día de celebración y no quiero follones.

—Claro.

—*Spanish Lady*...

—¿Qué? —Se asomó otra vez y lo vio sacándose la camisa mientras caminaba hacia la puerta y la cerraba con pestillo—. ¿Qué pasa?

—Michael se ha dormido, Liam tiene para un rato y ahora me toca a mí, yo también tengo hambre.

—Patrick...

—Patrick, Patrick... —susurró con esa voz grave y preciosa suya, se acercó y empezó a desabrocharle la camisa con manos expertas—. ¿No sabes que tu acento me pone cachondo?

Diego entró al salón buscando a Paddy y no lo encontró. Nadie lo había visto desde hacía un rato y tampoco estaban Manuela, Michael o Liam, lo que le hizo pensar que se habían ido a casa. Sin embargo, su cuatro por cuatro seguía aparcado en el parking de la entrada, así que siguió buscando hasta que pilló a Borja hablando con la señora Bridget y algunas tías sobre enfermedades varias, se acercó y lo rescató llevándoselo a un rincón.

—Creo que si pusiera consulta privada aquí, me forraría.

—¿Ah, sí? Pues tú mismo, Borjita. ¿Dónde están Manuela, Paddy y los niños?

—Se fueron a dormir la siesta a una habitación. Los enanos no soportan tanta jarana y ella se pone de los nervios.

—Y con razón. —Recorrió con los ojos la fiesta, que a esas horas estaba en su plenitud, y suspiró—. ¿Y tu mujercita?

—Ahí viene.

María se plantó a su lado y los agarró del brazo.

—¿Qué tal, chavales? ¿Ya es hora de abandonar el barco? Podríamos cenar en la playa o incluso en algún restaurante de la competencia.

—No, no puedo irme. Tengo algo importante que hacer, pero necesito a Paddy presente, ¿puedes ir a buscarlo? No coge el móvil.

—Porque están con los niños dormidos. ¿Qué coño piensas hacer, Diego?

—Algo que, si me vieran en Madrid, me dejaría de hablar todo el mundo, pero en fin hay que echarle huevos.

—¡¿Qué?! —Los dos se apartaron para mirarlo a la cara y el movió la cabeza—. ¿Vas a hablar con Jon McGuinness?

—Un vuelta de tuerca más…

—¿De qué estás hablando, tío?

—Joder, pues ya es la hora.

Vio aparecer a Grace rodeada por sus amigas, vecinas y primas y la observó salir hacia el gran parking, donde estaba toda la chavalería de cachondeo, medio haciendo botellón, pero sobre todo ligando lejos de sus mayores. Se envalentonó sin cuestionarse nada de lo que pretendía hacer y salió detrás, cruzó una mirada elocuente con Paddy Jr., que seguía la maniobra para darle la cobertura necesaria, y avanzó hacia ella con paso firme. Por supuesto, chicos y chicas estaban separados por esa barrera invisible que no permitía que se mezclaran nunca, pero él la superó, barrió con la mirada a todas esas niñas que abrieron ojos y bocas al verlo aparecer y se puso detrás de Grace, que al notar que algo raro ocurría, se giró hacia él ceñuda.

—¿Qué quieres, Diego?

—Vamos.

—¿Cómo?

—Te vienes conmigo... —La agarró del brazo y tiró de ella como un troglodita hacia la salida, tal y como le había explicado Paddy Jr., y se la llevó a rastras ante la algarabía general.

—Tirón, tirón, tirón... —se puso a jalear Paddy Jr., y todo el grupo lo siguió con gritos, silbidos, aplausos y escándalos varios.

Avanzó varios metros con ella de la mano hasta que se detuvo, se volvió y le plantó un beso de película. Ella respondió primero a regañadientes y luego se abrazó a su cuello para besarlo como una loca entre risas y lágrimas de emoción. Era delicioso y alucinante, y pensó que aquella había sido la mejor idea de toda su vida.

—¡¿Qué demonios significa esto?! —La voz de Jon McGuinness retumbó, provocando un silencio instantáneo, y los dos se giraron para verlo a él, seguido por su mujer, acribillarlos con los ojos entornados.

—Lo sé, Jon, es muy raro, pero...

—¿Raro? Es una estupidez —opinó Erin—. Grace, ven aquí.

—No, un momento. —Diego la dejó a su espalda y caminó hacia ellos con las manos en alto—. Por favor, ahora iba a entrar para hablar con vosotros. Quiero a vuestra hija, quiero comprometerme con ella y si para conseguirlo había que hacer esto, lo he hecho, espero que me entendáis.

—¡¿Qué?! —Jon bramó, pero Diego pudo ver como Erin se tapaba la boca con los ojos llenos de lágrimas—. ¿Estás loco? Ella es una niña y tú...

—Tengo treinta años, lo sé, pero tengo trabajo estable, me conocéis y, sobre todo, quiero a Grace desde hace muchísimo tiempo y...

—¿Cómo dices? —Caminó hacia él con ganas de asesinarlo, pero en ese preciso momento apareció Paddy escoltado por Paddy Jr. para poner algo de orden. Diego levantó los ojos y vio a su prima Manuela, con su bebé en brazos, siguiendo la escena con la boca abierta.

—Tranquilo, Jon. Diego es un buen tío, es familia y no creo que haya mejor pretendiente para Grace. Además, parece que ella lo quiere, así que...

—¿Familia y ha estado rondando a mi niña de diecinueve años? ¿Desde cuándo?

—Eso ya es irrelevante, lo importante es que Diego —se acercó y lo abrazó por los hombros— es de mi entera confianza, un hombre cabal, puedo dar fe, y personalmente me siento muy tranquilo de que ahora vaya a convertirse en el prometido de Grace.

—Pero...

—Mi hermano tiene razón. —Erin agarró a su marido del brazo—. Tu hija quiere a Diego desde hace tiempo y él es un chico de la familia, de confianza, todos lo apreciamos y deberíamos alegrarnos por los dos.

—La madre que os parió... —Bufó Jon, y Grace dejó su escondite para mirarlo a la cara.

—Papá, lo quiero y quiero casarme con él.

—¿Tú estás segura, hija? Es payo y...

—Como la abuela y la tía Manuela, a nadie debe importarle eso.

—Dejo mi tesoro más preciado en tus manos, chaval —le dijo

mirándolo a los ojos. Diego asintió y relajó los hombros—. Que sepas que si le haces algo, por mínimo que sea, te mataré con mis propias manos.

—Lo sé.

—Vale, ven a mis brazos. —Jon lo agarró y le pegó un abrazo de oso que lo dejó casi sin aliento, luego lo apartó y se abrazó a su mujer y a su hija entre lagrimones.

—¡Diego Vergara! —exclamó Manuela sin creerse aún lo que acababa de pasar. Estiró la mano y lo asió para abrazarlo y darle un beso—. No sé qué decir.

—Enhorabuena estaría bien.

—¡Enhorabuena! —Borja, María y Manuela lo abrazaron y él soltó una lagrimita de la pura tensión. Miró otra vez a su preciosa ninfa de ojos verdes y le sonrió—. Cómo nos cambia la vida, chavalote…

—Pues sí.

—Claro que sí… —Manuela se echó a llorar y Paddy llegó para abrazarla y besarle la cabeza.

—Pero *Spanish Lady*, no me llores.

—Ha sido muy bonito.

—Sí. ¿Nos vamos a bailar un poco? ¿Eh?

—¿Tienes ganas de bailar?

—Nah, es una excusa para meterte mano.

—¡Patrick! —Se echó a reír y él la agarró de la cintura para meterla de vuelta a la fiesta.

—Patrick, Patrick… Sigue por ahí, *Spanish Lady*, tú sigue por ahí.

Epílogo

Catorce de diciembre, el cuarenta cumpleaños de Patrick, y Manuela había decidido abrir La Marquise para celebrarlo como correspondía. Él estaba completamente de acuerdo, por descontado, pero le había tocado formar un equipo que quisiera trabajar en domingo y sin una hora determinada de cierre. Costó, pero ahí los tenía y el chef Richardson había sido el primero en apuntarse para poder lucirse delante de los jefes y de sus antiguos compañeros, que habían llegado puntuales a la fiesta.

Otra vez el *staff* directivo de La Marquise Londres sentados en la misma mesa: María, Phillipe, Günter, Sonny, Manuela y Paddy, además de los antiguos dueños, Peter y Jonathan, y de sus respectivas parejas. De repente Diego recordó lo que había admirado a esa gente y pensó que él ya era uno de ellos, en Dublín sí, y a cargo de un restaurante más pequeño, pero a todos los efectos era el segundo de Manuela allí y cumplía de maravilla con su trabajo. Todo el mundo lo decía y él estaba de acuerdo, para qué lo iba a negar.

Se puso de pie para comprobar que todas las mesas estaban servidas y Grace tiró de su pantalón para que se sentara. Le hizo caso y le cogió la mano admirando el bonito anillo de pedida que ella lucía en su dedo anular derecho. Tras el famoso tirón durante el bautizo de Liam, que lo convirtió en héroe entre los chicos más jóvenes de la familia, habían formalizado el compromiso con una pedida de mano en toda regla, con la presencia de su madre, a la que le pagó el billete a Irlanda para que aceptara ir, en casa de Manuela, y con muchos testigos delante. De ese modo se comprometió oficialmente con Grace McGuinness, sin poner fecha de boda porque ella era aún muy joven, pero con el beneplácito y la bendición de toda la familia. Aquello les cambió la vida, él de pronto empezó a estar más tranquilo, a dormir mejor y ella regresó al trabajo, donde seguía siendo un valor imprescindible y un enorme apoyo.

El solo hecho de encontrarla allí cada mañana, de ver sus preciosos ojos verdes, le arreglaba el día, y por las noches podían pasar un rato a solas antes de tener que llevarla a casa. Un noviazgo clásico que esperaba disfrutar por mucho tiempo antes de que alguien empezara a presionar para la boda. Y no es que no quisiera a Grace, estaba convencido de que la quería y quería casarse con ella, pero prefería darle un margen más amplio para madurar y no equivocarse. No quería que se casara en un impulso casi adolescente, no, la quería más serena y convencida, claro que ella, a sus diecinueve años, seguía siendo más madura que él y estaba muy segura de querer pasar por el altar dentro de un año o dos.

Sin embargo, de eso no se hablaba, se habían concentrado en su amor, en conocerse mejor, en confiar el uno en el otro y viceversa y mientras tanto Grace vigilaba por el rabillo del ojo su natural tendencia al coqueteo, lo marcaba en corto y empezaba a fiarse más de él, que, por otra parte, se había convertido en un santo. Estaba loco por ella y nadie, en ninguna parte, le llamaba ya la atención. Tal y como le había dicho Paddy antes del verano, en el parking de La Marquise, sentía que ella lo era todo, que tenía todo el poder en sus manos: el poder de subirlo al cielo o bajarlo al infierno, y aquello le encantaba. Así de claras estaban las cosas.

Por lo demás, La Marquise Dublín seguía ocupando la mayor parte de sus desvelos. Estaban triunfando y ya tenían la época navideña reservada, no quedaba ni una sola mesa libre desde mediados de noviembre, y aquello podía suponer para un restaurante nuevo el empujón definitivo para convertirse en el más deseado y famoso de la ciudad. Salían en las guías gastronómicas, les hacían reportajes y les pedían entrevistas. Una pasada. Afortunadamente, Manuela se había reincorporado al trabajo justo después del bautizo de Liam, cuando él tenía casi dos meses, y se lo llevaba al restaurante con su capazo y todo lo necesario para pasar las mañanas trabajando en el despacho. Por las tardes, trabajaba desde casa y Paddy, muy a su pesar, también tuvo que volver a la palestra y retomar su apretada agenda profesional. Agenda que ya no incluía viajes, no al menos mientras pudiera evitarlos, y por las tardes también intentaba estar en casa, donde seguía volcándose con sus cachorritos, que eran la mayor alegría de su vida.

Las cosas caminaban lentas pero seguras, pensaba siempre que miraba hacia atrás y analizaba su último año, el más importante de su vida. Estaba en el camino que siempre había deseado, tenía una chica preciosa y estupenda a su lado, una nueva familia que adoraba y nuevos amigos, de esos de los que jamás quieres prescindir. Se podía considerar un tipo afortunado y, aunque siempre era posible cagarla y volver de golpe a la casilla de salida, él estaba convencido de que no pasaría, no lo permitiría y seguiría luchando por conservar todo aquello que el destino le había regalado.

—¡Qué preciosidad! Si es que es un muñeco, igual que Michael —Oyó que decía Peter Minstri, y giró la cabeza para ver qué pasaba. Paddy había sacado a Liam del capazo para sentarse con él en la mesa. El bebé de tres meses los miró a todos con sus almendrados ojitos claros y luego buscó a su madre, la encontró y le sonrió.

—Hola, mi bebé. —A ella le brillaron los ojos y Diego sintió en su propia piel la ternura que exudaba Manuela con sus niños. Era una profesional impecable, una número uno, pero también era una madraza plena y feliz, y no pudo evitar sentirse orgulloso de ella—. ¿Tienes hambre, cariño?

—Todavía aguanta un poco —contestó Paddy girándolo hacia él para mirarlo a los ojos con una enorme sonrisa—. Hola, cachorrito, ¿vas a celebrar el cumple de papá, eh?

—Papá —se apresuró a decir Michael, que dejó los brazos de su abuela para intentar subirse a las rodillas de su padre—. Cumple papá.

—Claro, cachorrito, ven... —Lo agarró con la mano libre, lo abrazó y le besó la cabeza—. ¿Quieres tarta?

—¡Sí!

—Pues vamos a pedir la tarta y luego a poner un poco de música para bailar. ¿Quieres bailar con mamá?

—Sí —dijo él muerto de la risa.

—Buscaremos *Spanish Lady* y se la cantaremos tú y yo, ¿de acuerdo?

—Sí.

—Estupendo... —Lo abrazó con fuerza y miró a Manuela para darle al bebé—. ¿Pedimos la tarta ahora?

—Sí, claro. —Acunó a Liam contra el hombro y Diego se levantó como un resorte para ir a buscar la tarta, pero ella lo detuvo con la mano y también se levantó—. Bueno, ya que estamos todos, quiero daros las gracias por venir a celebrar el cuarenta cumpleaños de Patrick. Estamos encantados de veros, muchas gracias. —La gente aplaudió y ella miró al cumpleañero—. Es muy difícil regalarte algo porque te lo mereces todo, mi vida, así que solo puedo darte las gracias. Gracias por ser el amor de mi vida, por darme lo más importante del mundo: nuestros dos sanos y preciosos bebés... y un par de restaurantes bastante rentables —bromeó, y todos se echaron a reír, él estiró la mano y le acarició el trasero—. Por ser el mejor padre, el mejor amigo, el mejor compañero y el mejor marido del mundo. Te queremos muchísimo. Michael, Liam y yo estamos locos por ti y esperamos celebrar contigo tus próximos cuarenta o cincuenta cumpleaños. Te quiero. —Se inclinó y le dio varios besos en la boca—. Más que a mi vida, que lo sepas.

—*Spanish Lady* —susurró él muy emocionado. Diego miró los ojos encharcados de Grace y de casi todas las mujeres de la mesa e hizo amago de ir a pedir la tarta, pero Manuela lo volvió a detener.

—Y ya que estamos, queríamos dar las gracias al gran Diego Vergara por organizar esta maravillosa fiesta. —Se quedó petrificado y sintió como se le subía el corazón a la garganta—. Ha sido un valor inestimable estos últimos meses en Dublín y gran parte de esta Marquise es obra suya. —Todos aplaudieron, Grace le agarró la mano y él sintió como se sonrojaba hasta las orejas—. Hace un año apareció por sorpresa en Londres, como un vendaval, y quince meses después ya es parte imprescindible de nuestra familia y un baluarte valiosísimo en nuestro negocio. Gracias, primo, eres lo más grande —le dijo en español, y él no atinó ni a moverse.

—¡Un brindis por Diego! —gritó Borja, y todos levantaron la copa, miró a Paddy y él le guiñó un ojo.

—¡Por Diego!

Igual que si hubiera ganado un Óscar, así se sentía. Quiso echarse a llorar y agradecer a la familia, a su primer profe de mates, a su novia y a los amigos, pero no fue capaz ni de hablar, se giró hacia el pasillo después de brindar y salió disparado hacia la cocina para que no lo vieran llorar. Muchos piropos había recibido en su vida, pero ninguno como aquel, que era a lo más que podía aspirar. Pocas veces habían reconocido su valía y su trabajo, porque nunca antes se había esforzado demasiado, claro, y oírlo de boca de Manuela casi le provocó un infarto. El corazón parecía que se le iba a salir del pecho y cuando llegó al office y pidió que encendieran las velitas para sacar la tarta preparada, aún le temblaban las rodillas. Lagrimeaba sin parar y se acercó a la pila para abrir el grifo y lavarse la cara.

—Enhorabuena. —Oyó, y se giró para mirar a su preciosa Grace—. Qué bonito.

—Sí, demasiado.

—Te lo mereces. Te matas a currar, sin ti esto no sería posible y yo no estaría tan feliz. —Lo abrazó y él le besó la cabeza.

—Vamos a ver lo del pastel, no me lo quiero perder.

—Vale. —Ella se agarró a su cintura y caminaron detrás de los camareros—. ¿Crees que cuando cumplas cuarenta años estaremos juntos y celebrándolo así?

—Por supuesto, con tres o cuatro niños y un negocio propio.

—¿En serio?

—Por supuesto.

—¿De verdad lo crees? —Lo detuvo y lo miró con esos enormes y preciosos ojos verdes.

—Puedes jurarlo, Gracie, puedes jurarlo.

Últimos títulos publicados en Top Novel

Damas y libertinos – STEPHANIE LAURENS
Spanish lady – CLAUDIA VELASCO
Mi alma gemela (Mo anam cara) – CAROLINE MARCH
Corazones errantes – SUSAN WIGGS
Cuando no se olvida – ANNA CASANOVAS
Luces de invierno – ROBYN CARR
Nada más verte / Nunca es tarde – ISABEL KEATS
Amor en cadena – LORRAINE COCÓ
Una rosa en la batalla – BRENDA JOYCE
Tormenta inminente – LORI FOSTER
Las dos historias de Eloisse – CLAUDIA VELASCO
Una casa junto al mar – SUSAN WIGGS
El camino más largo – DIANA PALMER
Un lugar escondido – ROBYN CARR
Te quiero, baby – ISABEL KEATS
Carlos, Paula y compañía – FERNANDO ALCALÁ
En tierra de fuego – MAYELEN FOULER
En busca de una dama – LAURA LEE GUHRKE
Vanderbilt Avenue – ANNA CASANOVAS
Regalo de boda – CARA CONNELLY
La dama del paso – MARISA SICILIA
A salvo en sus brazos – STEPHANIE LAURENS
Si solo una hora tuviera – CAROLINE MARCH
Cócteles – VARIOS AUTORES
Mujer soltera busca pianista – KAT FRENCH
Pasión encubierta – LORI FOSTER

www.ingramcontent.com/pod-product-compliance
Lightning Source LLC
LaVergne TN
LVHW030336070526
838199LV00067B/6312